ARSENE LUPIN

——谁也抓不住亚森·罗平，包括作者本人

亚森·罗平探案全集（第一辑）

莫理斯·勒布朗作品（Maurice Leblanc 1864 – 1841）

亚森·罗平探案全集(第一辑)

金发女人
两种微笑的女人

La femme aux deux sourires

(全译本) [法] 莫理斯·勒布朗 著

杨以新 译

中国言实出版社

图书在版编目（CIP）数据

金发女人·两种微笑的女人/（法）勒布朗（Leblanc,M.）著；杨以新译.
—北京：中国言实出版社，2011.12
（亚森·罗平探案全集.第1辑）
ISBN 978-7-80250-724-1

Ⅰ.①金…
Ⅱ.①勒… ②杨…
Ⅲ.①侦探小说—法国—现代
Ⅳ.①I565.45

中国版本图书馆 CIP 数据核字（2011）第253286号

出版发行 中国言实出版社
地　址：北京市朝阳区北苑路180号加利大厦5号楼105室
邮　编：100101
电　话：64924716（发行部）　64963101（邮　购）
61924880（总编室）　64963107（一编部）
网　址：www.zgyscbs.cn
E-mail：zgyscbs@263.net

经　　销 新华书店
印　　刷 三河市东方印刷有限公司
版　　次 2012年2月第2版　2012年2月第1次印刷
规　　格 880毫米×1230毫米　1/32　9印张
字　　数 240千字
定　　价 21.50元　ISBN 978-7-80250-724-1/I·72

译者前言

如同福尔摩斯的名气比柯南道尔更响一样，亚森·罗平的名气也比莫里斯·勒布朗大得多。

作为一个作家，勒布朗十分低调，即使在其塑造的主人公亚森·罗平风靡世界之后。不过，他对世界侦探文学的影响是深远的。对于小说家来说，福尔摩斯的形象过于单纯、清澈，不便挖掘和仿效；而亚森·罗平的形象则丰富得多，更值得玩味。

亚森·罗平是个探案高手，抓住了很多坏蛋，就像福尔摩斯一样，但他的魅力并不局限于此。他不但探案，而且作案，喜欢劫富济贫，偶尔会亲自出手偷点儿东西，作案手段匪夷所思，让警方一筹莫展；他生性幽默，作案之后喜欢跟警方开玩笑，甚至会利用报纸宣传自己的义举，让被害者哭笑不得；他英俊潇洒，经常变换身份出入于上流社会，绅士风度十足，颇受女性欢迎；他具有强烈的爱国心，关心民生，有时候会插手国家大事，甚至影响政治走向；他足智多谋，知识广博，精于易容术，懂政治，通经济，上知天文，下知地理，连考古也要搞一搞……

作为公认的“法国国贼”、“侠盗界鼻祖”，亚森·罗平无疑是极富魅力的。按照作者勒布朗的说法，亚森·罗平是一个“诱惑者，无政府主义者，艺术爱好者，爱国者”。也有人说，亚森·罗平是“最后的浪漫英雄”。

莫里斯·勒布朗曾获得法国政府小说写作勋章。他留下了七十余部侦探小说，代表作有《碧眼姑娘》、《空心岩柱》、《虎牙》、《神秘住宅》、《金三角》、《三十口棺材岛》、《水晶瓶塞》，等等。与大部分畅销书作家不同，勒布朗的创作是从纯文学开始的，领路人则是法国文学史上鼎鼎大名的福楼拜和莫泊桑。福楼拜是勒布朗的舅父，通过这个大师级的舅父，勒布朗结识了许多著名作家，如龚古尔、左拉、莫泊桑。勒布朗的早期创作，被评论家认为“有莫泊桑的风格”，或者“继承了福楼拜的家风”。

勒布朗的侦探小说创作源于一个偶然的机会。1903 年，有朋友要求勒布朗给通俗杂志《我什么都知道》写几篇侦探小说，但钟情纯文学的勒布朗并不愿接受这样的约稿。最后，迫于无奈，勒布朗勉强动笔，写了一篇作品，名字叫做《亚森·罗平被捕》。之所以一开始就写主人公的被捕，是因为勒布朗懒得让这个故事发展下去。没想到，小说一发表，立即引起轰动。于是勒布朗写了下去，使亚森·罗平的形象越来越清晰地展现在世人面前。

正因为亚森·罗平是个具有浓厚浪漫色彩的人物，他才会受到法国人的狂热追捧。而亚森·罗平战胜福尔摩斯的故事，更是满足了法兰西民族的自尊心。“越是民族的，就越是世界的”，时至今日，亚森·罗平历险小说在全世界流行，仅袖珍本就卖了近千万册，其中《空心岩柱》销售过亿。

我们这套亚森·罗平探案全集，选取了三十多部作品中最有代表性的，而且尽量保证各本书之间的差异性，以便向读者做尽量全面的展现。在翻译上，立足于法文原文，同时参照了英译本，力求给中国读者一个最准确、最全面、最通俗的版本。

参与翻译工作或资料搜集者还有：富强、梁援朝、史晓萌、李燕、刘常洲、王敏、郑南、周洋、赵雪苇、赵红波、牛云花、朱永欢、郭利萍、张婷婷、李亚茹等。在此一并致谢。

目录

CONTENTS

金发女人

目录

CONTENTS

两种微笑的女人

金发女人 Arsène Lupin

1. 彩票争端

勒尔布瓦先生是一个数学老师，任教于凡尔赛中学。去年 12 月 18 日，在一个旧货摊儿上，他看上了一个小书桌。这个小桌子是桃花芯木的，还有好几个抽屉，他喜欢极了。

“太漂亮了，苏珊娜一定会喜欢的，我得买下它。”

经过一番讨价还价，没有多少收入的勒尔布瓦先生买下了它，花了 65 法郎。但为了让女儿高兴，他很满意自己的决定。

他正把送货地址写给店员时，一个看起来高雅的男青年路过了旧货店，进来看了看，也喜欢上了这张桌子，探身问道：“这张桌子多少钱?”

“有人买了。”

“这位先生买的?”

勒尔布瓦先生朝年轻人确定地点了点头。别人也喜欢这件家具，他感到非常愉快，转身出了店门。

但是，就在他刚走了几步的时候，那个年轻人又出现在他眼前。年轻人脱帽致意，很有礼貌地说：“对不起，先生，容我冒昧地问一句，您是专程来买这张桌子的吗?”

“不是啊，我是准备来买架物理实验用的旧天平的。”

“那么，这张书桌您不是非要不可了?”

“我就是要它。”

“是因为这是件古董吗?”

“它看起来很好用。”

“那您愿不愿我用一张更好用更结实的书桌跟您换?”

“这张就够好了，不必麻烦了。”

“您再考虑一下……”

“没有什么好谈的了!”对于性格阴沉、易于发怒的勒尔布瓦先生来说，他急于想摆脱这件麻烦事。但是，那个男青年依然没有要走的打算。

“不管您为它付了多少钱，先生，我愿意出两倍的价钱。”

“没得商量。”

“再加一倍?”年轻人纠缠不休。

“天哪，不要再烦我了。”勒尔布瓦先生不耐烦地吼道，“这就是我的东西，我不会把它卖给任何人!”

年轻人无奈地看了一眼后，转身走了。那模样让勒尔布瓦先生印象深刻。

一个钟头后，维罗弗莱路勒尔布瓦先生家，收到了旧货摊儿送来的书桌。他高兴地把女儿叫到书桌边：“看看这漂亮的桌子，苏珊娜！喜欢吗？它现在是你的了。”

美丽的姑娘扑向父亲，不停地吻着他，那活泼快乐的表情，就如同是得到了一件宫廷珍宝。

当天晚上，苏珊娜就迫不及待地与保姆奥尔唐瑟把书桌搬进了卧室。她把抽屉整理干净，把菲利普表兄送的几件小礼物和她的信纸、信盒、信件，还有珍藏的明信片一起小心地放了进去。

次日清晨七点半，勒尔布瓦先生照常去学校上课。到了10点，苏珊娜像平常一样在校门口等父亲。在学校门口对面的人行道上看到女儿快乐的模样，作为父亲的他就感到很满足了。父女俩一起回了家。

“那张书桌不错吧?”

“好极了！奥尔唐瑟和我把桌上的铜件擦得像新的一样!”

“你还喜欢吧?”

“非常喜欢！我在想，以前没有它的日子是多么黯淡无光啊！”

他们路过房前的花园时，勒尔布瓦先生说道：“还没到午饭时间，我们再去看看那张书桌好吗?”

“太好了，我也是这样想的！”她迫不及待地跑上楼，可是，她刚上去不久，就传来了一声尖叫。

“发生了什么?”勒尔布瓦先生焦急地问道。随后他走进房间，发现书桌没了。

这件作案手法极其简单的案件让法官觉得很奇怪。苏珊娜出了门，保姆又去了市场。邻居们看见一个搬运工把马车停在了门口，由于不知道家里没人，所以眼看着搬运工人不紧不慢地搬着书桌，也没感到有什么奇怪的地方。

其中需要特别说明的一点是家里的柜子都没有动过的痕迹，座钟挂钟都在原位，大理石桌面上的小钱包只是被放到了旁边桌子上，钱一分都没少。小偷明显就是冲着桌子来的，但却有点让人摸不着头脑，冒着这么大风险偷一件便宜货，值得吗?

勒尔布瓦先生能想到的线索也就是昨天与那个年轻人的碰面。

“我一不答应，那个年轻人就换了一副面孔。他是一副不会轻易罢休的神情离开的，这点我不会记错的！”

这个线索没有多少价值。警察找旧货商询问了一些情况，旧货商告诉警察，他对两个人都不了解，那个桌子是他在一个拍卖会上买的，是谢弗勒兹的遗物，花了40法郎，价钱很公道。调查陷入了僵局。

可是，在勒尔布瓦先生看来，自己遭受了很大损失。那个年轻人一定知道桌子里藏有秘密，肯定还是一笔不小的财富，否则他不会为了那张桌子铤而走险的。

“我可怜的父亲，那笔钱对我们又有什么用呢?”苏珊娜不断地问父亲。

“有什么用？这将会是一笔不小的嫁妆，你能凭它找个体面的丈夫！”

苏珊娜心里只有她的菲利普表兄，可惜他只是个穷小子。父亲的话让她更加难受，只能愈加哀叹自己的不幸。

这所凡尔赛的小房子里，人们依旧过着平凡的日子，不同的是少了轻松的欢笑，多了沉重的困扰，整天为财富的丢失而难过。

两个月后，毫无预兆地，许多大事件接连发生，好事和灾祸都不断地涌了过来。

2月1日的下午5点半，刚刚回家的勒尔布瓦先生坐在凳子上，把眼镜戴好，看起了晚报。他翻过第一版无聊的政治新闻，马上被一条报道吸引住了。报上醒目的写着“第三次新闻协会抽奖；23组514号中奖，奖金100万法郎”。

他的手激动地抓不住报纸，周围的墙壁好像都在他眼前摇晃起来，他的心都感觉不到跳动了：他的彩票号码就是23组514号！他是碰巧帮朋友买的。他从来没奢望会中奖，但这次，他中了头奖！他急忙打开记事本，上面清楚地写着23组514号。可是，彩票在哪里呢？

他跑进书房去找信盒。那张珍贵的彩票就藏在信件里。但是，刚迈进书房，他就呆住了，身子都站不稳了，心里“砰砰”直跳：信盒没有在桌上！他才想起，信盒都有几周没见了。几周以来，他批改学生作业时，就没见过信盒。

花园的小道上有人路过。勒尔布瓦先生喊道：“苏珊娜！苏珊娜！”

她飞快地跑上楼。

他难过地、一字一顿地说道：“苏珊娜……盒子……信盒……”

“哪个信盒？”

“上面画着罗浮宫的……对了，是一个周四拿回来的……一直放在这张桌上的！”

“爸爸，您好好想一下……我们把它放在……”

“什么时候？”

“就是那天晚上……您知道的……买回书桌那天晚上……”

“放到哪里去了？”勒尔布瓦先生急切地问道，“快说啊！”

“哪儿？就在桌子抽屉里啊！”

“那张不见的书桌儿？”

“是啊……”

“被偷走的那张桌子！”勒尔布瓦先生绝望地自言自语道。接着，他抓紧女儿的手，用更小的声音说：“信盒里可是有 100 万啊，苏珊娜……”

“天哪，爸爸，您怎么不早说？”她抱怨道。

“100 万！”他说，“我中了大奖！那张新闻协会的彩票。”

这个打击让他们彻底跌入了谷底。他们互相看着对方许久，谁也没心情再为此说点什么。

最终，还是苏珊娜打破了平静：“爸爸，他们会把奖金给您的。”

“凭什么给我呢？有能证明我中奖的东西吗？”

“还要凭据吗？”

“肯定需要啊！”

“您手上没有吗？”

“我有的。”

“在哪里？”

“信盒里啊！”

“那个丢失的信盒里？”

“那好吧，这笔钱只能送给别人了。”

“这太不公平了，爸爸，您还有办法吗？”

“我能有什么办法！我能有什么办法！”

“那个人不寻常，很有能力……您还记得……书桌的事……”

他突然站起来，跺了下脚，叫道：“绝对不行，这 100 万不能给他，他凭什么拿那笔钱？他如果敢去领奖，就让警察逮捕他。”

“您有办法了，爸爸？”

“不管怎么样，我得争取我的权利，这 100 万一定会是我们的，没错！”

几分钟后，他发了这样一份电报：

巴黎卡布遣会修院街地产信贷银行总裁：

我是23组514号彩票持有者，请用一切合法手段阻止所有冒领行为。

勒尔布瓦

就在同一时刻，地产信贷银行也收到了另一份电报：

23组514号彩票在我手上。

亚森·罗平

地产信贷银行对此事进行了调查，得到了买主的身份是炮兵少校贝西。可是，少校已死于骑马事故。从少校朋友那里得知，在死前，少校把奖票给了一个友人。勒尔布瓦先生坚持说："我就是他的那位友人。"

"拿出点证明来。"地产信贷银行总裁说。

"让我拿出证据？简单极了，二十多个人可以为我作证，我和少校经常见面，一般都在阅兵场的咖啡馆。一天，还是在那个地方，他有点周转不开，我好心花20法郎买了他的彩票。"

"有人看见了吗？"

"没有。"

"那既然如此，您凭什么说彩票是您的？"

"我有封他写给我的信，上面提到了这件事。"

"那封信呢？"

"和彩票夹在一起的。"

"拿出来看看。"

"和书桌一起被偷了。"

"那就等找到再说。"

亚森·罗平也为此事发表了声明。《法兰西回声报》——这份传言亚森·罗平也是其股东的报纸，俨然成了他的话筒。报纸声称，亚森·罗平已经把贝西少校写给他本人的信交给了他的法律顾问德迪纳先生。

这条消息如此夺人眼球，亚森·罗平竟然找了个律师！亚森·罗平还会遵纪守法，指定一个律师作为自己的辩护人！

德迪纳先生家门口聚集了许多记者。德迪纳律师为人耿直，博学多才，性格怪异，是个激进的议员，在社会上很有影响力。德迪纳先生虽然接到了亚森·罗平的委托，但还从没见过罗平本人，对此，他深表遗憾。对于罗平的委托，他以此为荣，表示会尽最大努力为当事人辩护。

他翻开新建的案卷，拿出了少校的信件。这封信只提及了转让彩票的事宜，但只字未提接收人的名字。"亲爱的朋友……"信上就只有这句简单的称呼。亚森·罗平加了个标注："'亲爱的朋友'就是指我。信在我手里就是最有力的证明。"

勒尔布瓦先生家马上也招来了大批记者，勒尔布瓦面对记者，只重复着一句话："'亲爱的朋友'只会是我。彩票和少校的信是一起被亚森·罗平偷走的。"

"他能拿出证据吗？"亚森·罗平反问记者。

勒尔布瓦先生在同一群记者面前喊道："他把书桌偷走了，信和彩票当然会在他手上！"

"空口无凭。"亚森·罗平发起反击。

这场彩票所有权争夺战真是异常激烈，成了人们热烈讨论的话题。记者们两边来回奔波，一边是亚森·罗平冷静自如，另一边，勒尔布瓦先生脾气火暴异常。报纸上满是对勒尔布瓦先生不幸遭遇表示关注的文章，他用朴实的语言讲述着自己的遭遇："善良的先生们，你们可知道这坏蛋有多可恶，他偷走了我宝贝女儿的陪嫁啊！这笔钱我自己也没多大用，可是我的女儿怎么办啊？你们想想，100万，多大一笔财富啊！我早就知道他是冲着这笔钱来的。"

尽管别人提醒他桌子被偷时，人们还不知道中了奖，但这些他都听不进去。他仍旧不停地唠叨："他知道……他一定清楚，否则那件破家具何必费神去偷？"

"那我们不知道。但他肯定不知道里面有张奖票。"

"那可是100万，他一定知道，他就是为此而来的……啊！你们太小瞧了那个贼！被抢走的一百万又不是你们的！"

这场争论的结束看起来遥遥无期，可是，就在第十二天，勒尔布瓦先生收到了亚森·罗平写的一封信，信封的醒目位置上，赫然写着"机密"两字。他越往后读，不安的情绪越强烈。

> "先生，我们如果继续争论下去，人们只会把我们当成笑柄。您不认为我们该谈谈如何解决问题吗？我是认真的。事情很明朗，我有彩票，但拿不到钱，您有权去拿钱，但缺少这张作为凭证的彩票。我们单独都拿不到钱，但我们又不愿意放弃自己的财富。怎么解决？
>
> 我认为就一个公平的方法，平分，我们各一半。这对我们双方都有利，没有谁占了便宜。这件事没有商量的余地，您只能同意。
>
> 三天后，您必须答复我。周五清晨，在《法兰西回声报》小广告栏里，我期待看到致亚森·罗平先生的通知，不需要署名，只要能让我明白您答应了条件就好。之后，您可以得到那张奖票。其中的50万我会告诉您如何给我。
>
> 如果您不照做的话，我一样会得到那笔钱，到那时您不仅会为了您的顽固不化而后悔，还将失去额外的25000法郎。
>
> 此致敬礼。

这封来信真是气坏了勒尔布瓦先生，这让他做了许多蠢事，他不但把信给人看了，还让别人写了下来。他还对大批记者宣称："想都别想，我一毛钱都不会给他。这可是我的东西，就是毁了也不会给他。”

“有总比没有好吧？”

“我不会放弃我的权利，就等着法院的开庭吧。”

“您要起诉亚森·罗平？这听起来非常可笑。”

“不，地产信贷银行该付我 100 万，我要起诉他。”

“您没有彩票作为证据啊！”

“我有亚森·罗平的信，他承认偷了我的桌子。”

“亚森·罗平的话是没有法律效力的啊！”

“没其他办法了，我就这样做。”

大家都为他鼓劲。人们互相打赌，有些人觉得亚森·罗平会逼迫勒尔布瓦先生答应条件，有些人觉得亚森·罗平不过是虚张声势。然而，大家都清楚，双方实力差距太大，一方来势汹汹，一方毫无招架之力。

周五，《法兰西回声报》成了抢手报纸，人们都是为了找第五版广告栏的通知，但是上面没有给亚森·罗平的消息。勒尔布瓦先生用他的沉默向亚森·罗平发起了挑战。

当天晚上，人们就从报上知道，勒尔布瓦先生的女儿被亚森·罗平绑架了。人们普遍认为，警察在亚森·罗平的行动中总是一个可笑的角色。亚森·罗平的行动不会因为警察而失败。在亚森·罗平眼中，一切都是畅通无阻，那些警察丝毫不会影响到他。不过警察还是在毫无头绪地调查着。只要涉及到亚森·罗平，警察局就热闹了起来，他是个厉害的对手，牵着你的鼻子走，耍得你团团转，你还拿他没一点办法。

保姆说，9 点 40 分，苏珊娜离开了家。10 点过 5 分，勒尔布瓦先生下班，他没看到女儿在老地方等他。由此可以推测，在家门口到学校路上，或者学校附近，凶手用了不到 20 分钟就完成了绑架。

两个邻居说在距勒尔布瓦先生家 300 米远处见过她，这件事他们记得很清楚。有位太太见过一个像苏珊娜的姑娘，她在林荫大道上出现过。可后来如何，就没人知道了。

警察到处寻找线索，从火车站和税收处的职员处也没得到什么有用的消息。在维尔—达弗莱，一个卖日常用品的商人说，他见过一辆来自巴黎的小轿车在他这加过油。车上除司机以外，还有个金发女子，这点绝对没错。过了一小时，车从凡尔赛方向回来，那个金发女子身边又坐了一个女人，用丝巾遮着脸，看不清她的样子。这一定是苏珊娜·勒尔布瓦小姐。

可是，大家必须想想：绑架可是发生在大白天，还是在繁华路段。是怎么绑架的？在哪里绑架的？没有呼救声，没有一个让人注意的行为。

卖日常用品的商人说出了汽车的特点：二十四马力深蓝色的标致车。

警察从车行经理夫人博伯—瓦尔图尔夫人那里了解到，周五上午，她把一辆标致车租给了一位金发女子，说好租一天，可后来就再也没看到那个女人。

“司机呢？”

“埃尔内斯特，前一天找的，是个好人。”

“他在这儿吗？”

“不在，车送回来就没影了。”

“就没办法找到他了？”

“有的，这是他介绍人的名字，你们可以去找他打听。”

警察随后调查了联系人，结果，他们对埃尔内斯特这个人一无所知。

这就好像刚出了迷宫，马上又进入了一个新的迷宫。

勒尔布瓦先生的战斗刚一开始就让他痛苦不堪。女儿失踪后，他痛恨自己的固执，哀伤不已，最后还是选择了投降。一条小公告出现在了《法兰西回声报》上。人们对此讨论激烈，觉得这是勒尔布瓦先生此刻最好的选择。亚森·罗平赢了，只用了四天，争斗就结束了。

过了两天，勒尔布瓦先生来到了地产信贷银行的院子。有人带他来到总裁面前。他递上 23 组 514 号彩票。总裁吃了一惊："天啊，您拿回来了？他还您的？"

"我一时健忘，不记得放哪了，现在终于找到了！"

"可您不是说……这还得想一想……"

"那都是瞎说的。"

"但是我们还是需要证据！"

"少校的信够了吧！"

"足够了。"

"给您看看。"

"好的，这些文件我们先留着。半个月后，我们审查没问题就通知您来取钱。先生，我觉得，取钱之前的这段时间，您保持沉默是最好的。"

"我也是这样想的。"

勒尔布瓦先生对此避而不谈，总裁也是不漏一点儿消息。可是，即便是没人透露，有些秘密人们还是能了解个大概。几乎所有人都知道了亚森·罗平把 23 组 514 号彩票还给了勒尔布瓦先生，大家在惊讶的同时，也佩服亚森·罗平的手段。亚森·罗平真是个不错的牌手，彩票这张王牌就这样轻易地被他放到了桌上！毋庸置疑，他是为了让交易进行下去才这样出牌的。但他就不怕苏珊娜逃走吗？如果警察找回了她呢？

"警察找出了破绽，加强了攻势。"

"亚森·罗平是偷鸡不成蚀把米。"

"他觊觎那 100 万，可一分钱都得不到。"

那些看热闹的人一下换了立场，开始嘲笑起亚森·罗平了。

找到苏珊娜才是问题的关键。可到现在也没有她获救和逃跑的消息。只能说亚森·罗平领先了一局。然而，最难办的事情还在后面！苏珊娜还被他囚禁着，拿 50 万才能换回自由。

交易在哪儿进行？如何进行？为此，必然约定好地点时间，勒尔布瓦先生难道不会把消息透露给警察？如此一来，他不仅能拿到钱，还能救回女儿。

记者采访了勒尔布瓦先生。他看起来很郁闷，什么也不想谈，让人揣摩不出他的想法。

“我没有什么好说的，我只是在等消息。”

“您女儿呢？”

“还在寻找。”

“亚森·罗平还给您写信吗？”

“没有。”

“您确定没有？”

“没有。”

“他还是写了，对吧？他要您做什么？”

“无可奉告。”

记者又找到德迪纳先生打探消息，他也一样不透露一点儿风声。

“罗平先生是我的委托人，你们得理解，保密是我的义务。”他回答道。

人们对此很不满意，他们猜测亚森·罗平暗中一定已经想好了办法。警察在勒尔布瓦先生身边昼夜守候，亚森·罗平已经安全实施了计划，有三种可能的结局：亚森·罗平被逮捕；亚森·罗平拿到钱全身而退；这件案子就这样不明不白地结束。可是，这远远无法满足人们的好奇心。为此，本书首次公开了事情的真相。

3 月 12 日，周二。勒尔布瓦先生收到了一封看上去很普通的信，里面是来自地产信贷银行的通知。

周四下午一点，他乘车去了巴黎。两点，他拿到了一百万法郎，都是面额 1000 的钞票。他激动地数着用来赎回宝贝女儿的钞票。

离大门不远处的汽车里，两个人谈着话。其中有一位头发都快白了，可那坚毅的表情与他那身小职员的打扮极不相称，他就是加利玛尔探长，亚森·罗平的死敌。他对福朗方队长说：“还不迟，早到了 5 分钟，马上就能见到那家伙了。都做好准备了吗？”

“准备好了。”

“去几个?”

“8 个。两个骑自行车的。”

“我的想法是要 3 个。8 个也不错，也不算太多。无论如何，不能跟丢了勒尔布瓦。不然一切都完了，他会去找亚森 · 罗平，用 50 万法郎救回他女儿。”

“那家伙为何不带上我们一起去? 那会好办得多! 带我们一起去，那一百万就都是他的。”

“是啊，他还是害怕。如果触怒了那个人，他女儿就不能回到他身边了。”

“哪个人?”

“他。”加利玛尔很认真而有点害怕地说出了这个字，就像说的是某种神秘生物，它的威胁已经让他感觉到了不适。

“说来真是可笑，我们被迫保护这位先生，不让他伤害自己。”

“亚森 · 罗平一出现，秩序都变了。”加利玛尔感叹道。

一分钟过去了。

“注意!”他说道。

勒尔布瓦先生走了出来，到了卡布遣会修道院街尽头，拐入了左边的大马路，沿着旁边的小店向远处走去，边走还边看着陈列在旁边的商品。

“这人太沉得住气了。”加利玛尔说道，“如果你兜里有 100 万，肯定不会这样闲逛。”

“他想干什么?”

“我看，他什么也干不了。”

“还是小心点好，对手可是亚森 · 罗平啊!”

这时，勒尔布瓦先生走到一个报亭前，买了几份报纸，边走边看。猛然间，他一头钻进了路旁的小汽车。汽车可能一直开着发动机，人一上车就开走了，随后绕过马德莱娜教堂，不见了踪影。

但汽车在马勒泽尔布林荫大道口上出了故障，勒尔布瓦先生只好下了车。就在同时，他又跳上了旁边经过的一辆马车。出了罗亚尔宫广场地铁站后，又换乘了另一辆马车，在交易所广场转乘地铁。随后，在维里埃大街他第三次叫了汽车，这都在加利玛尔探长和福朗方队长的监视之下。

他如约到了克拉佩隆路25号德迪纳先生家。当勒尔布瓦先生踏进律师办公室时，墙上的钟正好显示3点整。他问道："他要我3点来，他自己还没来吗？"

"还没到呢！"

勒尔布瓦先生坐了下来，一边盯着自己的手表看着，一边担心地问道："他会来吗？"

"先生，那也是我很想知道的事情，我也是第一次这样心绪不宁！不管怎样，他来是有很大风险的，两周以前，这里一直被警察严密监视……他们一直怀疑我。"

"这可与我无关！"勒尔布瓦先生情绪激动地说道，"我没出问题，我只是服从他的指示，我在他说的地方取了钱，用他说的方法到了你家。为了我女儿的安全，我分毫不差地遵守了我的承诺，他却失约了！"

勒尔布瓦先生拿出钱，把钞票分成相同的两份，木然地坐在那里，只是专心地注意有没有人按门铃。随着时间的流逝，他等得越来越不耐烦，德迪纳先生也坐不住了。

勒尔布瓦先生已经完全崩溃了，两手放在钱上，颤抖地说："上帝！他只要来，他只要出现……为了我的女儿，这笔钱他都可以拿走！"

门被打开了，一个声音说道："勒尔布瓦先生，我只要一半就满足了。"

一个衣着光鲜的青年出现在门口。勒尔布瓦先生一下就认出了他，他就是那个在旧货摊纠缠自己的人。

亚森·罗平关好门，不紧不慢地脱下手套。

"先生，我可没听到门铃响啊……"德迪纳先生疑惑地问道。

“门铃如果有动静，那就没趣了。我最后还是来了，这才是问题的关键。”

“你把我女儿怎么样了?”勒尔布瓦先生大声嚷道。

“我的上帝，先生，您冷静点儿！安心吧，您的女儿马上就会回到您的身边了！”亚森·罗平安慰道。

他走了几步，接着，庄重说道：“勒尔布瓦先生，我对您的机智表现表示赞扬。如果那辆该死的汽车不出问题，在星型广场见面就好了，德迪纳先生也不会为这次会面忧心了。总的来说，这都是我们谈好了的。”

他看到桌上的两堆钱，喊道：“啊，太好了，一百万都在这了，我们别浪费时间了。”

亚森·罗平先后从两堆钱里各拿出25张，一起交给了德迪纳先生：“亲爱的先生，这一份是勒尔布瓦先生的给您的报酬，这份是我给的。这是我们应该给您的。”

他又把剩下的5万法郎给了勒尔布瓦先生。

“您在书桌里发现了什么吗?”德迪纳先生还是忍不住问道：“我的意思是，您为何如此在意这件家具。”

“与历史有关，亲爱的先生。与勒尔布瓦先生的说法不同，除了那张彩票——当时我也不知道彩票的事，书桌里没有其他财富。我很想买下它，而且从未停下过寻找它，原因只是这有花瓣的还带有叶柱头的用紫杉木和桃花芯木制作的小书桌，是在波兰玛丽·瓦尔芙斯卡那所小小的秘密住所里找到的。里面有一个抽屉刻着‘献给拿破仑一世，法国皇帝陛下。忠诚的仆人芒西永’。这一排字上面，还刻着这样几个字‘送给你，玛丽’。后来，拿破仑又让人做了一张同样的桌子送给了约瑟芬皇后。所以，现在摆在玛尔梅松宫的写字台只是件仿制品，跟我收藏的那件一比，就差多了。”

“天哪，如果我在那时知道这些，我会马上把它让给您的!”勒尔布瓦先生说道。

亚森·罗平笑着说道：“那这100万就是您一个人的了，23组

514 号彩票可中了不少钱啊!”

“您也不会去绑架我女儿了。”

“亲爱的先生，您弄错了，我没有绑架您的女儿，是她自愿当人质的，就像是她的主意一样！您的女儿非常聪明，再加上她还有自己喜欢的人，决不会放弃自己的嫁妆!”

德迪纳先生好奇地问道：“不可思议的是，您居然跟他谈成了。您能随意地与那位小姐谈话吗?”

“我当然做不到，我没有认识她的机会。我的一个女朋友很愿意参与这次会谈。”

“就是汽车里的那位金发女郎吧!”

“就是她。她们在学校附近见了面，一切都商量好了。此后，勒尔布瓦小姐就和她这位新朋友一起旅行去了。她们去了比利时和荷兰，当然，这次旅行是会让年轻的姑娘感到满意的，她还能学到不少东西。”

这时，门铃响了，三声长音，两声短音。她们到了。

亚森·罗平跟金发女郎讲了几句话，然后向苏珊娜行了个礼：“小姐，对您受的所有痛苦，我衷心地请求您的原谅。”

“痛苦！不，我太快乐了！噢，如果我可怜的父亲能陪在我身边的话。“

“那就更好了。再拥抱他一次吧！抓紧这个机会——这是最好的时机，跟他说说您的表兄。”

“我的表兄？什么意思？我……我不明白……”

“不，您知道的……您的菲利普表兄，就是您小心收藏着他信件的那个小伙子。”

苏珊娜脸红了，为了掩饰害羞，又扑到了父亲怀里。

罗平看着那对父女，很受感动：“好人总是会有好报的！多么感人的场面啊！幸福的父亲，幸福的女儿。罗平，这可是你创造的幸福!”

随后，他走到窗户旁边：“好汉加利玛尔还在路上守着吗？不好，他不见了!”

勒尔布瓦先生心里不禁一动，现在，女儿已经在身边了，他开始考虑现实的问题，把他的对手交给警察，那50万就还是他的！他本能地向前迈了一步。

有人按了一下门铃。

罗平猛地做了个手势，止住了勒尔布瓦先生的举动，冷酷地说："先生，您就待在这儿，想想您的宝贝女儿，放聪明点儿，否则……德迪纳先生，您还有什么要说的？"

勒尔布瓦先生就像被定住了一样，站在那不动了，德迪纳先生也在原地不敢动弹一下。

亚森·罗平掏出口袋里的一只金色外壳的大怀表："勒尔布瓦先生，现在是3点42分。我允许您在3点46分离开这里，不能提早一秒，说好啦？"

"他们会把门砸开的！"德迪纳先生插话道。

"亲爱的先生，您忘了还有法律？加利玛尔没胆量硬闯一个法国公民的住处。"

几分钟后，勒尔布瓦先生毫不犹豫地走向前厅，罗平和金发女郎已经不见了。他打开门，加利玛尔冲了进来："这位女士……她哪儿去了？罗平呢？"

他撩开一个门帘，看到了一道长长的楼梯，径直通向厨房，加利玛尔沿着楼梯跑下去，看见佣人楼梯口的门上是锁住的，便向窗外的一个警察喊道："没人出来吧？"

"没有！"

他又喊起来："太好了！他们肯定困在大楼里了！一定在某个房间里！他们逃不掉了！我的罗平小弟，让你耍我，这回你可玩火自焚了！"

他让手下搜查。

晚上7点，警察局局长迪杜伊先生亲自来到了这里。他先向一直守候的警察了解了情况，接着同德迪纳先生进了卧室。在那里，他看见了一个人，也可以说，看见两条在壁炉外乱蹬的腿。他笑着说:“好了!好了!加利玛尔,你那样能找到什么?跟个烟囱工人一样。”

加利玛尔在壁炉里找了一段时间了,脸上黑乎乎的,烟灰弄得制服上到处都是,两眼像放着光一样,根本都认不出他了。他小声抱怨道:“我认为他是藏在烟囱里!”

加利玛尔在壁炉烟囱里一无所获,这才缓过神来,用满是烟灰的手抓住局长的袖子,不满地问:“局长,您认为他们跑哪去了?他们不会像烟一样飘走了吧!”

“当然不会。可是,他们还是逃出去了。”

2. 老探长的失算

奥特雷克男爵是一位老将军，住在昂利—马丹大街 134 号。他在第二帝国时期担任过驻柏林大使。这幢小楼是他哥哥六个月前遗赠给他的。

3 月 27 日晚上，奥特雷克在安乐椅上舒服地打着盹，安托瓦内特小姐在身边为他读书，女仆奥居斯特则帮他暖被窝，而且给他打开了了床前的小灯。

11 点整，女仆走了。不一会儿，男仆夏尔就在旁边等候着了。这时，奥特雷克已经醒了，对夏尔说：“夏尔，还是常说的那些话，检查一下你房间的电铃好不好用，电铃一响，马上去医生家。“

20 分钟后，奥特雷克又睡着了。安托瓦内特小姐轻声离开了。夏尔如平日一样，认真关好了一楼全部的百叶窗，锁上了厨房连接花园的门，在前厅门锁好防盗锁，然后回到了位于四层顶楼的小房间，躺下休息了。

大约过了一个小时，他突然从床上爬起来，又是那该死的电铃闹的，铃声持续响了六七秒钟。铃声停了，夏尔这才回过神来，一边穿衣服，一边喃喃自语：“男爵不知又怎么了？”

他跑下楼，在门口停下来，习惯性地敲了敲门，没有人回应，他推门进了房间，嘴上还嘟囔着：“该死，为什么把灯都给关了？”

他小声地喊着安托瓦内特小姐，但是依旧没人回答。周围是一片死寂，终于，他感觉到了不妙。他又向前走了两步，不小心一脚踢到了一张倒在地上的椅子上。在扶椅子时，他的手又碰上了什么东西，他紧张不安地开了灯。在房子中间的桌子和衣柜之间，奥特雷克男爵就躺在那里，人已经死了。

屋子里乱七八糟，椅子都倒在了地上，一个水晶烛台被打得粉碎，壁炉上的座钟也倒了。离尸体不远处，一把闪着寒光、染着血迹的小钢刀赫然可见，床垫上还有一块凶手扔下的血手帕。

“男爵被人杀了！男爵被人杀了！”他大喊起来。

他突然想到，可能还有别的事情，他推开小姐的房门，里面没人。他想，小姐可能被歹徒抓去了，或者就是出事前离开了。

他又回到男爵的房间，往书桌上看了一圈，家具都没被弄坏。在每晚都放在桌上的钥匙串和钱夹边上，放着一大把金路易。夏尔打开钱夹，里边一共 13 张一百法郎面值的钞票。他着魔一样地抓住这些钱，塞进口袋里，飞快地跑下楼去，打开门锁，关上大门，逃进了花园。

夏尔是个诚实的人。刚关好花园的门，迎头而来的雨水就使他回过神来。他停下了脚步，突然之间为自己所做的事感到害怕。一辆出租马车恰巧路过这儿，他叫车夫快去警察局报案，说这里发生一起杀人案。

可是，夏尔刚才急着关门，把钥匙丢在里面了，现在他也进不了门，门铃也成了摆设，小楼里不会有人来开门了，里面一个活人也没有了。

过了大约一个小时，他终于等来了警察，他把那 13 张钞票交给了警察，还汇报了凶案现场发生的情况。警察又叫来了锁匠，花了不少力气打开了花园和前厅的大门。

再次进入房间，夏尔在门口呆住了，他被眼前的景象弄得疑惑不堪：所有家具都按原来的次序摆好了，他看得目瞪口呆，说不出话来。他走到床边，把床罩揭开，奥特雷克男爵安详地躺在床上，身上盖着将军礼服，礼服上别着荣誉勋章，他眼睛微微地合着，脸上的表情很安然。

夏尔肯定地说道："一定有人来过，一小时以前，那边有把匕首，很细的刀锋……钢的……床垫上有块血染的手帕……都不见了……有人把它们藏起来了……一切都整理好了。"

"你还记得最后一个在男爵身边的人是谁吗？"警察问道。

"安托瓦内特小姐，一个陪护女郎。"

但夏尔却认为，她可能在事发前就离开了，与凶案没有牵连。

大家把小楼里面搜了个遍，也没有发现凶手的痕迹，凶手是如何跑掉的？何时跑掉的？是凶手本人还是他的帮手重新打扫了犯罪现场，并带走了证据？这成了个难解的谜题。

警察按照夏尔的叙述复原了尸体原来的位置。女仆奥居斯特一来，马上遭到警察的询问，安托瓦内特小姐的失踪让她感到很吃惊，她来这里到今天也才 12 天，女仆不相信她会丢下看护的病人，在深夜一个人走了。

"我们还是想想，她会不会出了事儿？"

"我觉得，可能被劫持了。"警察局局长说道。

"这不可能，这与调查结果不相符。"这话很是肯定，作为加利玛尔一贯的风格，在场所有人都习惯了。

"加利玛尔，你来了呀！我一直都没见到你啊！"

"我都来了两个小时了。"

"除了 23 组 514 号彩票、克拉佩隆路事件、金发女郎、亚森·罗平以外，你也对这种案子感兴趣了？"

"哈哈，"加利玛尔冷笑一声，"我没说罗平与本案无关。在有新的发现之前，彩票事件可以先缓一缓。现在，让我们看看发生了些什么事儿。"

他有条不紊地开始了调查："首先，我想让夏尔先生弄清一个事实，他第一次看到的被弄乱的，或是被打翻了的家具，在第二次进来时，是不是都回到原来的位置上了？"

"不错。"

"显而易见，要想做到这一点，他必须对每件家具的位置都了如指掌。”

这个结论让大家一下子都明白了。

加利玛尔又问道：“第二个问题，夏尔先生，您是被铃声弄醒的，您觉得会是谁摁的铃？”

“当然是男爵摁的。”

“如果是他，那么，他是在哪个时候摁的？”

“在与凶手抵抗之后……临死前。”

“不可能，您描述他倒地的地方，离电铃按钮有着4米远的距离。”

“那就是在与歹徒打斗的时候。”

“也不可能，因为您说电铃是持续地响了七八秒钟，您认为凶手会给他这样呼救的机会吗？”

“那就是打斗之前了。”

“仍然不可能。您告诉我们，您听见铃响，到您进入房间，总过才用了3分钟，假如男爵先摁的铃，那在3分钟内，凶手要与男爵搏斗，并且杀死他，还得安全离开事发现场，时间根本不够。”

“但确实是有人摁了铃，如果不是男爵，那会是谁呢？”法官不解地问道。

“是凶手自己摁的。”

“为什么要这样做？”

“我还不知道。但是，可以知道凶手了解这铃是通向男仆房间的，那么，除了楼里的另一个人，还有谁知道这情况？”

调查的范围缩小了，加利玛尔简洁明了的几个问题，都指向了案件的核心。他的思维还是很缜密。法官明白了他的意思：“您怀疑安托瓦内特小姐。”

“不是怀疑，是指控。”

“证据呢？”

“我在死者手里找到了一缕头发，还有，死者身上有被指甲抓破的痕迹。”

他拿出那几根金色的头发，就像金线一样，闪闪发光。

夏尔小声说道："绝对错不了，这就是安托瓦内特小姐的头发。"

接着他又补充道："……那么……我想……我以前还见过那把刀子……对，那是她用来裁书页的。"

法官提出了不同意见："我们必须找到更有效的证据，才能证明杀死男爵的凶手是安托瓦内特小姐。您对此还有别的意见吗？"

"没有。"

加利玛尔显得很丧气，过了一会儿，才咬着牙，略显费劲地向大家公布："我所讲的就是我现在知道的情况，我在这里发现了与23组514号彩票案件一样的手法，也可以说是同样的逃跑方式。安托瓦内特小姐在这楼里出现和消失，与罗平跟金发女郎从德迪纳先生家逃跑方法一样神秘。"

"这又能说明什么问题？"

"这两件事情未免太巧合了，看上去就觉得不可思议，12天前，安托瓦内特小姐受雇来到了这里，那刚好是金发女郎消失后的第二天。让人注意的还有一点，这几根金发，和金发女郎的头发完全一样。"

"那您的意思是，安托瓦内特小姐……"

"就是金发女郎。"

"那么说来，这两件事都是罗平一手策划的？"

"一定是这样。"

"可是，他总有原因吧！现在，书桌是好好的，钱夹和金币都好好地放在原地。"

"是啊！可是蓝宝石到哪儿去了？"加利玛尔大声说道。

"什么宝石？"

"蓝宝石，就是那块镶在法国国王皇冠上的宝石啊！这块赫赫有名的宝石先是被A公爵卖给了莱奥尼德·L，莱奥尼德·L去世后，奥特雷克男爵又把它买下了，为了他以前热恋过的，那位著名的喜剧女演员。"

加利玛尔一边走向尸体一边说道："我已经认真检查过这只手了，你们也可以好好看一下，手指上只有一个金戒指。"

"请您看看手心那边。"仆人提醒道。

加利玛尔用力掰开紧握着的手指，戒指手心那边，一颗闪亮的蓝宝石镶嵌在底盘正中。

"我总认为事情越古怪，就一定越与罗平有关。"加利玛尔困惑地说道。

这就是警察在这件蹊跷的案件发生的次日初步了解的所有情况。

此外，人们对这桩案子的兴趣让案件掺杂了更多的感情色彩，它的罪行触怒了人们。

唯一获利的是男爵的继承人。他们在昂利—马丹大街的小楼上举行了家具展览，为将在德鲁奥大厅进行的拍卖做着准备。展览的都是新潮但俗气的家具，还有一些毫无艺术价值的小摆件。然而，屋子的正中央，却放着一个被两个警察严加看管的光彩夺目的蓝宝石戒指。

蓝宝石在德鲁奥大厅进行了拍卖，竞价声此起彼伏，非常热闹，就像一场盛大的节日，把巴黎上流社会的人都聚到了一起。价钱到了10万法郎，一个意大利歌唱家抬到了15万法郎，又一个法国喜剧明星把价钱提到了175000法郎。然而，当价格到了20万法郎后，业余的爱好者们都被淘汰出局。价格25万法郎时，就剩下了两个人，一位是著名金融家、金矿之王赫舍曼先生，一位是美国女财主克拉松伯爵夫人，后者收藏了不少著名的珠宝。

两人你来我往地把价钱抬到了35万法郎，最终还是克拉松伯爵夫人得到了它。赫舍曼先生仅仅是反应慢了一秒钟，出价40万法郎，依然没赶上。他失望地说，这都是因为有一位女郎塞给他一封信，让他分了神。

加利玛尔按照赫舍曼先生的描述快速跑到大厅门口，女郎正在下楼。他马上追了上去，但一股人流挡住了他的去路，等他挤出去后，女郎早就不见了踪影。

他只能回到了大厅，向赫舍曼先生说明了自己的身份，就追问起那封信来。赫舍曼先生把信递给他，信是用铅笔草草写的，只有短短一句话。

“蓝宝石会带来不幸，请您想想奥特雷克男爵。”

蓝宝石的故事还没有结束。男爵遇害，还有德鲁奥大厅的激烈拍卖，使蓝宝石成为了人们街头巷尾议论的话题。6 个月后，有人偷走了那块被克拉松伯爵夫人高价买下的蓝宝石。

8 月 10 日，位于松姆河港的克拉松伯爵家，来了许多客人。伯爵夫人在钢琴边的小凳上把玩着她的首饰，这里面就有奥特雷克男爵的蓝宝石。一个钟头后，伯爵起身离开了，他的两个表兄安德尔兄弟和伯爵夫人的密友雷阿夫人也相继走了，剩下的只有奥地利领事布莱兴先生和夫人。伯爵夫人关上了客厅桌上的大灯，同时，布莱兴先生也把钢琴边的两盏小灯拉灭了，一时间，屋子里漆黑一片。这时，布莱兴先生点起了蜡烛，三个人各自回了房间。

伯爵夫人刚进了卧室，想到首饰还放在客厅里，便吩咐贴身女仆去取。女仆把首饰拿回来放在壁炉上，女主人看也没看就睡下了。第二天，伯爵夫人发现少了一个戒指，就是那个蓝宝石戒指。她赶紧去找伯爵商量，他们马上得出了结果，贴身女仆不可能偷宝石，这个人只会是布莱兴先生。

伯爵通知了亚眠省警察局局长，警察马上开始了调查，并秘密地派人监视布莱兴先生，让他无法把戒指转移出去。

两周过去了，没有发现任何线索。布莱兴先生说要告辞了。当日，对他公开提起了起诉，警察局局长也出面了，下令检查布莱兴夫妇的行李。在一个小提包里（小包的钥匙布莱兴先生一直带在身边），警察找到了一个用来装牙粉的瓶子，瓶中就装着那只戒指。布莱兴先生坚持认为，这是克拉松伯爵的陷害，因为他劝过伯爵夫人与伯爵离婚。可是，伯爵夫妇坚持不取消起诉。事件也没有新的进展。巴黎警察局只好派加利玛尔来解决这个难题。

在这4天里，加利玛尔到处了解情况，同女仆、司机、花匠和附近的邮差闲聊，还仔细检查了布莱兴夫妇、安德尔兄弟、雷阿尔夫人住的房间。第五天的清晨，他没有打招呼就离开了。

一周以后，伯爵夫妇收到了一份电报：

请你们明天（星期五）晚五时到布瓦西—当格拉的日本茶馆来。

加利玛尔

周五下午5点整，伯爵的汽车停在了瓦西—当格拉9号门前。在人行道上等候的加利玛尔什么也没说，就把他们领到了二楼的日本茶馆。

房间里还有两个人。加利玛尔介绍道："勒尔布瓦先生，凡尔赛中学的数学老师。你们也许还有点印象，亚森·罗平从他手里偷走了50万法郎。莱翁斯·奥特雷克先生，奥特雷克男爵的侄子，是男爵的全部财产的继承人。"

四个人都坐了下来。几分钟后，警察局局长也来了。加利玛尔告诉局长说，这几桩迷案就要在这破解了，然后，他郑重其事地宣布："布莱兴先生是无辜的！理由是，戒指丢失的第三天，伯爵家的3位客人乘车出去远游，他们去了克雷西镇，之后，两个人去参观著名的战场，还有一位急匆匆到邮局寄了个包裹，一个用绳子捆得好好的小盒子。盒子按规定的那样封严实了，申报栏里说里面东西值100法郎。这个人用的名字是罗素，明显是个假名。而收件人是住在巴黎的一位叫福克斯的先生，他在收到包裹的当天就搬走了。这就说明，那包裹里藏的就是戒指。

当伯爵夫妇询问加利玛尔，他们的表兄是否也参与其中时，加利玛尔用否定的回答打消了他们的顾虑。疑点无疑集中到了雷阿尔夫人身上。加利玛尔的理由是：雷阿尔夫人参加了拍卖会，并且怂恿伯爵夫人买下了这枚戒指，伯爵夫人也记起她是第一个向她提到蓝宝石的人。可她是自己的好朋友，肯定不会做这种事。伯爵夫人还是不明白，如果雷阿尔夫人真的偷走了戒指，那戒指又怎么到了布莱兴先生的牙粉瓶里?

加利玛尔坚称雷阿尔夫人其实并不存在，这个人其实就是金发女郎。他说他每天都在关注报纸，在一份特鲁维尔旅游名单中，发现了“博里瓦日旅馆……雷阿尔夫人”等等信息。他当晚去了特鲁维尔，经过他的仔细查证，证实这位雷阿尔夫人就是自己要找的那位金发女郎。不过遗憾的是，她已经离开了，留下的地址是巴黎科利兹路3号。前天，他又去了这个地方，四处一打听，并没有一个叫雷阿尔的夫人住在当地，只有一个雷阿尔女士，住在三楼，是个宝石首饰中间商，前几天才从外地旅行回来。昨天他找到了她，用了个假名，说自己是也是个中间商，有人想买宝石，所以今天约在这里见面，谈第一桩买卖。他非常确定这个女人就是他要找的雷阿尔夫人。

他刚讲到这里，外边传来一声口哨，提醒加利玛尔，金发女郎已经出现了。与此同时，一个女人出现在了门口，高挑的个子，苍白的脸庞，还有那一头惹人注目的金发。她等在门口，觉得周围很不安全，刚准备离开，加利玛尔上前将她拦了下来：“我向您介绍这位朋友，他想买一些首饰，尤其是宝石，您能像当初答应我的那样做吗?”

“不……不……我不清楚……我不记得这回事了……”

“不，您记得……一个您认识的人给过您一个彩色的宝石……就是诸如蓝宝石那类的。记起来了吗?”

她沉默了，手里的小提包掉到了地上，她慌张地捡起来，紧紧抱在胸前，手还微微地抖着。

“好了，雷阿尔夫人。您不相信我们?我来做个提示，先给您看看我手里有什么。”

他从钱包里拿出一个小纸包，打开，放在桌上，里面是一缕头发。

“这是奥特雷克男爵先生在临死前拔下来的，我也给勒尔布瓦小姐看过了，她马上认出这是金发女郎的头发，这与您头发的颜色也很相似啊。”

雷阿尔夫人不明所以地看着他，他又接着说：“这里还有两个香水瓶，虽然上面都没有标签，瓶子也是空的，不过瓶里还残留有很浓的香味。今早，我把它带给勒尔布瓦小姐去辨认，她一眼就认出这就是金发女郎使用的香水瓶，而且香水的味道也符合她的印象，这一瓶是在雷阿尔夫人住的克拉松城堡的房间里发现的，另一瓶是博里瓦日旅馆您住过的房间里找到的。”

“不明白您在说些什么……金发女郎……克拉松城堡……”

加利玛尔没理睬她，又在桌上放了四张纸：“最后，看这儿，这第一页上面的笔迹是安托瓦内特·布雷阿的，第二页是那位给赫舍曼先生递信的女士的笔迹，第三页是雷阿尔夫人在克拉松城堡留下的笔迹，第四页嘛……夫人，是您自己在博里瓦日旅馆留下的姓名住址，那么，请您对照看看这四个笔迹吧！是不是很眼熟，它们完全一样！”

“天哪，先生，您是不是疯了？这些能证明什么？”

“夫人，这表明金发女郎、罗平的女友，不是别人，就是您！”加利玛尔激动地说道。

接着，他冲进隔壁的屋子，将勒尔布瓦先生、奥特雷克先生、克拉松伯爵夫妇叫出来辨认，结果他们都声称自己从没见过这个女人。这真是让加利玛尔没有了一点儿办法。迪杜伊先生也没有话好说了。一切就以赔礼道歉收了场。

迪杜伊先生起身要离开了，雷阿尔女士走到他身旁，说道：“我刚才听您叫他加利玛尔先生……没错吧！那么，我这里有一封给他的信，是今早刚收到的，信封上写着‘劳雷阿尔女士转交加利玛尔先生’。毋庸置疑，这个人知道我们会面的事情。”

信的全文是：

以前，有一个金发女郎还有一个罗平和一个加利玛尔。不过，坏人加利玛尔想欺负可爱的金发女郎，好人罗平可不让他这样做。好人罗平还想让金发女郎成为克拉松伯爵夫人的好朋友。他给了她雷阿尔夫人这个名字，这是个本分的女商人的名字，或者说，与她的名字很像。女商人也是一头金发，白白的脸蛋。好人罗平又说："如果坏人加利玛尔老是追着金发女郎不放，我就让他跑错方向，让他去找女商人吧！聪明的计策有了回报。在坏人加利玛尔常看的报上发了个小提示。真正的金发女郎有意在博里瓦日旅馆房间里留了香水瓶，还在登记簿上留下了雷阿尔夫人的名字与地址。这回合就打完了。加利玛尔，您觉得如何？我真想认真地给您讲一下这个有趣的故事。我知道，以您的聪明，您一定会最先明白这个笑话的。这故事真是很精彩，我偷偷地告诉您，我真是太开心了。仅此致谢，亲爱的朋友。向杰出的加利玛尔先生转致我的问候。

亚森 · 罗平

加利玛尔感到很沮丧：罗平知道一切！连自己没告诉别人的细枝末节都了解！他知道自己要请局长过来，也知道自己找到了第一个香水瓶……他是怎么知道的？加利玛尔又把信拿起来读了读，足足看了 10 分钟。这上面找不到任何线索，只知道金发女郎是罗平这个计划中重要的女主角。

"我没办法了。"加利玛尔叹息道。

克拉松伯爵迟疑了一下，伯爵夫人在听到加利玛尔的话后，说道："有一个人，在我看来是您之外唯一能看穿罗平计谋的人。先生，我们去请夏洛克 · 福尔摩斯帮忙，您不会反对吧？"

3. 初次交锋

一天晚上，亚森·罗平像往常一样，给我打了个电话，邀我到一家小餐厅吃晚饭。我知道，罗平的邀约一定不会少了那些惊心动魄的冒险故事，他总是让我充满期待。

那天夜里，我的心情比往常更激动。他一坐下来，就先给自己倒了一大杯凉水，一口气喝光，说："您看了今天的《时代报》吗？夏洛克·福尔摩斯，那个大侦探，他就要来法国了，6点钟就会出现在巴黎的街头。"

"他到巴黎来干什么？"

"由克拉松伯爵夫妇、奥特雷克和勒尔布瓦先生出钱做次小小的出国旅行。北方车站，他们约好在那见面，加利玛尔也会去参加。现在，六个人正讨论如何对付我呢！"

他接着说道："《时代报》还发表了加利玛尔的专访。据那个老探长说，我的女友——一个金发女郎，谋杀了奥特雷克男爵，之后还试图从克拉松伯爵夫人手里骗取那颗出名的蓝宝石。请您注意，他还说我是这幕后的黑手。"

"那么，这次您可碰上了让您头疼的对手了，还是两个人！"

"其中一个没必要担心。"

"另一个人呢？"

"福尔摩斯？他可是不能小看。不过，这正是让我感到刺激的地方，亚森·罗平大战夏洛克·福尔摩斯……法国大战英国……"

他突然停住了，小声说道："快把大衣和帽子拿给我，看见刚才进来的两位先生了吧……那个高个子……"

"他是谁啊?"

"福尔摩斯。"

"您怕什么? 您只要乔装改扮，谁也认不出来，连我每次见您都觉得像是碰上了另一个人一样。"

"可是，他会发现我的。他仅仅见过我一次，我总觉得，不论我如何变装，他一定能认出我……"

"那我们出去吧?"

"不，最好主动出击……我去他那儿……"

"您真要这样做?"

他又想了想，嘴角浮现起孩子般调皮的表情，突然站起来，来了个一百八十度大转身，行了个礼，高兴地说道："太巧了，真是有缘！请允许我向您介绍我的朋友……"

那个英国人愣了一秒钟，然后，好像随时准备抓捕罗平。罗平摇了摇头："这可是你的不对了……"

另一个英国人站起身来，冷冷地说道："华生，我的同事和朋友……亚森·罗平先生。"

华生有点不解地问道："您为什么不抓住他?"

"您没发现吗? 这位先生要想逃跑的话，早就能躲过我们，跑到外面去了。"

"这又有什么关系！"罗平绕到桌子这边，坐下来了，让英国人待在他们之间，让他掌握先机。

福尔摩斯依旧是一脸深藏不露的神情。不过，过了一会儿，他吩咐服务生送来了苏打水、威士忌和啤酒。然后，四人围着桌子，安然地聊起来。

福尔摩斯年纪大约 50 多岁，看起来就像普通市民，橙红色的须髯，剃得干干净净的下巴，看起来有点沉闷的表情，就如同一个老派的伦敦人。只有那一双眼睛与众不同，锐利，灵光，好像能看透一切。

亚森·罗平问起福尔摩斯要在巴黎待多久。他马上进入了主题："我的去留取决于您，罗平先生。"

"如果我能做决定的话，我希望您今天晚上就打道回府。"

"今天还太急了。我希望 8 天到 10 天之内……"

"您还是这么赶时间啊？"

"我要处理的事情还很多，中英银行失盗案、绑架埃克莱斯顿夫人案。罗平先生，您觉得一周时间足够了吗？"

"完全够了，如果只是蓝宝石案件，一周时间都不要。另外，如果您认为这案子与我有关的话，我得小心点了。"

"在 8 天到 10 天里，我会考虑好这一点的。"

"那就是说，可能会在第十一天逮捕我？"

"不，在第十天，最后一天。"

罗平想了想，摇了摇头。

福尔摩斯缓了缓，接着说道："很明显，现在我手里没有一张好牌，因为这是几个月前的事情了，我没有办法去当时的案发现场调查。不过，除了加利玛尔先生的调查结果，我还必须好好利用所有的资料和调查结果，还有我个人的推论。"

亚森·罗平以专为福尔摩斯准备的尊敬的语气说："如果向您打听您现阶段的判断，不算是泄露秘密吧？"

福尔摩斯慢慢地装好烟斗，点上火，用他那独到的语气说道："我的观点是，这件事不像看上去那么复杂。我把事情说成'这件事'，这是因为我认为这些现象都是一件事。奥特雷克男爵之死，蓝宝石的故事，还有那个 23 组 514 号彩票事件，这些都不过是人们所说的金发女郎之谜的几个表面现象而已。换一种说法就是，我认为，只要找出这出三幕剧之间的联系就好了，也就是找到三个方式的连接点。加利玛尔的结论太过肤浅。他在逃跑方式这一点上看出了联系，但是，我觉得神秘现象这种说法并不能让人信服。"

"那么……"

“照我看来，这三件事明显都是您一手策划的。您想让事情按照您的设想发展，虽然现在还不知道您的计划，但这些是您完成下一步必不可少的铺垫。”

“您能说得具体一些吗？”

“很简单。这样说吧，您与勒尔布瓦先生发生冲突时，您是有意选择在律师家作为见面地点，这个地方对您很安全，足以让您能公开会面而不会受到威胁。

“现在再谈谈蓝宝石。是不是奥特雷克男爵一买下它，您就想把它弄到手呢？我看不是。可是，男爵继承了他哥哥的宅院。6 个月后，安托瓦内特小姐混进了男爵家，尝试夺取宝石，没有成功。在德鲁奥大厅组织了轰动一时的大拍卖，这次拍卖真是无人操纵吗？一定是谁有钱，谁就能买到那个宝石吗？完全不是，在赫舍曼就要买到宝石的时候，一位女士递给他一封恐吓信，这让同受这位女士影响的、事先就做好准备的克拉松伯爵夫人购得了宝石。它会马上消失吗？不，您还得等待时机。那么，来个幕间的休息。后来，伯爵夫人回城堡住下了，这正是您所期望的，戒指消失了。”

“难道就是为了在布莱兴领事的牙粉瓶里再次出现？这太反常了，让人无法理解。”罗平反驳道。

“好了！”福尔摩斯用力敲了下桌子，“这些无聊的解释不该由我来完说，笨蛋才会让人为所欲为，我可是个老侦探了。”

“您的意思是……”

“那颗在牙粉瓶里放着的是赝品，真的到了您手里。”

罗平沉默了下来，然后盯着福尔摩斯说：“先生，您真是太厉害了。只有您才了解事情的真相！这真是场思维缜密的推理！”

“现在，我只要发现案件为何发生在克拉佩隆路 25 号、昂利—马丹大街 134 号和克拉松城堡就行了，问题的关键就在这里。我会在 10 天内得到结果，罗平先生，我的判断错了吗？”

“10 天以内，您会了解全部真相的。”

“您将会被逮捕。”

“不会，如果要抓我，必须是很特别的情况，我得碰上一系列的倒霉事。不过，我是不会让这些情况发生的。”

“罗平先生，不需要特殊情况，也不用您碰到一堆倒霉事，一个人坚定的意志就足够了。”

“福尔摩斯先生，如果另一个人也用这样顽强的意志来设置障碍阻止您呢?”

“罗平先生，没有越不过的障碍。”

“那么，福尔摩斯先生，我们约好了，10 天吧?”

“10 天。今天是周日，到再下一周的周三 8 点，事情将完全解决。”

四个人客气地相互告别。出门不一会儿，罗平就丢掉才点的烟，飞奔过马路，和两个刚从黑影里钻出的人会合在一起，二人在对面人行道上窃窃私语了几分钟，罗平又回到了我旁边。

“请您见谅，这个讨厌的福尔摩斯要为难我，不过，我向您保证，他可糊弄不了罗平……他马上就会知道我的厉害……再见，还是那个华生说的对，我不能再有片刻的耽搁了。”

他急匆匆地离开了。

这个特别的夜晚就这样结束了，在以后的几个小时里，又发生了不少事情。

在罗平离开的同时，福尔摩斯拿出怀表看了看时间，也站起了身：“8 点 40 分。9 点我还约了伯爵夫妇在车站见面。”

他们相继出了门。

出来后，福尔摩斯说道：“华生，别向后看……也许有人正跟踪着我们呢！你说说看，罗平为何会到这个餐厅来?”

“来吃饭呗!”华生想都没想地说道。

福尔摩斯又接着说：“还要不要去克拉松伯爵家?加利玛尔已经把这件事告诉记者了。为了让他不觉得受了骗，我应该去，可是，为了争取到时间，我又不能去。”

“啊?”华生愣住了。

“老伙计，你快沿着这条路一直向前走，搭一辆车，然后换一辆，再转乘第三辆，接着再回到这里，把我们放在寄存处的行李取走，迅速赶往爱丽舍宫大旅店。”

“到爱丽舍宫大旅店？”

“你到那订间房，好好地睡上一觉，等我的消息。”

华生离开了。福尔摩斯拿出火车票，上了开往亚眠的列车，伯爵夫妇早就在车上等候多时了。列车开出 10 分钟后，他走到伯爵夫人身旁坐下：“夫人，您把戒指带来了吗？”

“带来了。”

“能麻烦您借我看一下吗？”

他拿过戒指，仔细地鉴定起来：“不出所料，这是块人造的赝品。”

“人造的宝石？”

“这是现在最新的工艺，在高温下用宝石的粉末做原料，熔化成一个完整的宝石块……这样的方法才能制造出珍稀宝石的仿冒品。”

“不可能，我买的可是真货！”

“您在拍卖会上买的的确是真品，可惜这颗宝石不是原来那颗了。”

“我的宝石在哪里？”

“一定到了亚森·罗平手里。他拿这件赝品调了个包，您是在布莱兴先生的牙粉瓶里找到这块儿的吧？”

伯爵夫人吃了一惊，目瞪口呆。克拉松伯爵还是不敢相信，拿着戒指翻来覆去地看了好一会。一段时间后，伯爵夫人还是有点难受地说：“会是这样吗？拿走真宝石不就好了吗？而且，他是如何偷走宝石的？”

“我正要弄清楚这件事。”

“是到克拉松城堡吗？”

“不，我在克莱耶就下了，回巴黎去。那才是适合我和罗平较量的舞台，在那儿，我们得好好过过招。不过现在，最好让罗平安心地认为，我还在旅途上。”

“那么，您就安心等着吧，虽然不久前我才做出了一个难办的承诺，不过，我以福尔摩斯的信誉担保，他一定会将真宝石交到您手上的。”

火车开始减速了，他把假宝石装进口袋，打开了车门。

伯爵夫人吃了一惊：“您怎么在月台的背面下车！”

“如果我被罗平的手下跟踪，这样就能避开他们，再见！”

一个铁路工人对福尔摩斯的危险行为大声斥责，他却毫不在意地走进了站长室。50 分钟后，他乘上了另一列开往巴黎方向的火车。在午夜前，他再次回到了巴黎。他飞奔着离开车站，穿过一个餐厅，拦下了一辆出租马车：“车夫，去克拉佩隆路。”

在确信没人跟踪后，他在克拉佩隆路停了下来，仔细观察起德迪纳先生住的大楼和相邻的两幢房子，他还下车用步子在房子之间测了距离，接着把这些数据和所见情况写在了笔记本上。

“车夫，昂利—马丹大街。”

车停在了昂利—马丹大街和拉蓬普路的交叉口上，他给了车夫钱，接着下了车，走到 134 号楼前，在奥特雷克男爵公馆和两边大楼前进行了之前同样的测量记录了每个建筑的宽度，计算了楼前小花园的深度。他看到楼前花园的栏杆上挂着“此屋出租”的牌子，自言自语道：“男爵一死，这里就再也没住过人了……我作为第一个客人也不错啊！”

有了这个想法，他就不会放弃。可是，如何从外面进去呢？围栏太高了，攀爬是不行的。他拿出自己从不离身的两件东西，电筒和万能钥匙。可他刚一拉门，门就自动开了，这让他非常吃惊。不过，他还是溜了进来，把门虚掩上。可是，才走了三步，他又停了下来。一线灯光在三楼的一个窗里闪了一下。在接下来的第二个、第三个窗口依次闪过，不久，又到了二楼的房间，在一间间屋子里陆续出现。

福尔摩斯在原地待了好长一段时间，在那些没挂窗帘的窗户外，唯一能看见的只有一个映照在房间墙上的人影。谁会无聊地在凌晨一点，到男爵的命案现场闲逛？这让福尔摩斯非常好奇。

只有一个方法能知道谜底，就是进去看看。可是，他刚要走到楼门口，灯光就在窗口消失了，里面的人肯定发现他过来了。福尔摩斯听不到任何声响。他转身进了一个房间，悄悄地走到窗口，看见刚才在屋里的那个人已经来到了院子里。显然，他是由另一边的楼梯下来出去的。现在，他正小心翼翼地顺着灌木丛向前移动。

福尔摩斯赶忙跑下楼梯，越过台阶，从后面堵住了那人的退路。可是，前面一团漆黑，他什么也看不清楚。过了几秒钟后，他才发现在灌木之间，还有一团更加黑的东西，那东西稳稳地待在那里。

福尔摩斯有点困惑了，那个人明显有逃跑的机会，他为什么待在那不动？这一定不是罗平本人，罗平的身手矫健得很，应该是他的同伙。

就这样过了好几分钟，对方仍旧没有行动。福尔摩斯把转轮手枪准备好，手上握紧匕首，无所畏惧地，但又不失冷静地扑向那个黑影。两人在黑暗中扭成一团。他把对手扑倒在地，死命地压住他的身体，一只手死死掐着那人的脖子，另一只手打开电筒，照向那人的脸孔。

“华生!”他吃惊地喊道。

突然，福尔摩斯怒气冲冲地摇着他老友的肩膀：“你来这里干什么？告诉我！我要你躲到灌木丛里监视我吗?”

“监视你？天哪，我哪里知道是你啊?”

那你跑到这儿来干吗？你该好好地躺在旅馆的床上休息!”

“我是躺到床上了!”

“应当安静地睡觉。”

“我是睡着了。”

“那就不该起来!”

“是您写信要我来……”

“我的信!”

“一个警察拿着您的信去了旅馆。”

华生边说边将信递了过去。福尔摩斯把信拿到电筒下一照，吃惊地读道：

> 华生，起来。快点去昂利—马丹大街。那是个空楼，想办法进去。去里面认真画张地形图，再回旅馆休息。
>
> 夏洛克·福尔摩斯

他懊恼地说：“华生，下次再收到我的信，先弄清楚是不是有人模仿我笔迹。”

华生这才模糊地看出了事情的真相：“那是谁写的？”

“亚森·罗平。”

“他为什么要这么做？”

“我也不知道，这正是我要思考的。”

他们来到铁栏杆前，这才发现门被人从外面锁起来了。福尔摩斯死命摇了摇铁门，马上意识到一点办法也没有，他无奈地垂下手来，慢慢地说道：“现在我懂了。这也是罗平的计划，他早就料到我在克莱耶下了车，就在这儿设计困住我，好让我不能有所行动。他还把你骗过来与我为伴。这不仅是让我浪费一天的时间，还在提醒我不要插手他的事情。”

就在这时，二楼一扇窗户的灯亮了起来。他们马上跑上二楼，向亮灯的房间赶去。推门一看，房间中央的地板上点着半截蜡烛，边上放着个篮子，里面有两只油光发亮的鸡腿，一个大面包，还捎带着一瓶酒。福尔摩斯高兴地笑起来：“太美妙了！有人专程送夜宵给我们吃。好了，华生，收起你的苦瓜脸！”

吃完鸡腿，喝完酒，他们就和衣在地板上凑合了一晚。

早上，华生从睡梦中醒来，一阵轻微的响声把他吸引了过去，福尔摩斯正弓着腰跪在地板上，拿着放大镜看着残留着的白色粉笔痕迹，那些像是一些记号和数字，他把它们都写到了笔记本上。福尔摩斯在另外的两个房间发现了同样的粉笔痕迹，在橡木壁板上还发现了两个圈，一个墙板上还画着一个箭头，楼梯的四个台阶上分别写着四个数字。福尔摩斯考虑了大约有一小时，向华生问道："你觉得，他们表示什么？"

"意思很清楚，它们代表地板条的数目。那两个画上圈是为了说明，这两块墙板是后来换上去的，您可以去与边上的墙板比较一下。箭头是指向厨房连接餐厅的小型升降机。"

福尔摩斯露出敬佩的神情，称赞道："我的好伙计，你是如何发现的？你的聪明真让我自愧不如。"

华生笑着说道："这太明白了，这标记就是我昨天晚上画上去的，是按照您的吩咐……不，应该说是罗平的安排，那封信是他冒您的名字写的。"

没有办法，他们只有往外走，可是门还是锁着的，他们依然打不开。最终，他们只好向门外的警察求助。但他们被带到了附近的警察分局。分局局长对他们两人进行了严格的审问，而且用一种让人难受的态度，礼节性地送他们离开。

之后，就有辆车送他们去了爱丽舍宫旅馆。到了服务台，华生向服务生要房间钥匙。服务生找了一会儿，吃惊地说道："先生，您不是写信给您的朋友，让他帮您把房间退掉了吗？"

"哪个朋友？"

"就是把您写的信交给我的那位先生，您看，您的名片还夹在信一起呢！"

华生拿到手上一看，还真是他的名片，信也是模仿他的笔迹写的。行李也一起让那个人拿走了。

他们无奈地来到了圆形广场，福尔摩斯停下说道："华生，你的名片让我明白了一些事。"

"怎么了？"

"有一个人事先就猜到不可避免地会碰上我们，他提前就弄了一张你的名片，还模仿了你我的笔迹。你想想，谁具备这么缜密的思考能力，还有极强的组织协调手段?”

“这就是说……”

“这就说明，我们面对的是一个强敌，他有着完善的组织，精良的工具，而且为了迎接我们的到来做好了充分的准备。要战胜他，我必须全力以赴。而且，就像你现在看到的情况，这第一局我很难赢。”

正如福尔摩斯预料的那样，6点钟时，一篇短文出现在了《法兰西回声报》上：

> 今日上午，十六区警察分局局长，泰纳尔先生释放了夏洛克·福尔摩斯先生和华生先生。他们不知何种原因被关在了已故男爵奥特雷克的空宅里，而且还在那幢屋子里待了难以言喻的一晚。另外据悉，他们就行李失窃一事，对亚森·罗平提出指控。亚森·罗平这次让他们尝了点苦头，提醒他们不要轻举妄动。
>
> 福尔摩斯把报纸胡乱地弄成一团，扔到了地上，声音都因为愤怒变了调：“我才不会生气呢！最后的胜利者一定是我！”

4. 初露端倪

一个上午的时间，福尔摩斯除了抽烟和睡觉，什么也没做。直到第二天，他才有所行动。福尔摩斯会见了 3 个人，先去了德迪纳先生家，谈话后他还仔细检查了他的房间。接着，他打电话请苏珊娜去他住所，向她详细了解了金发女郎的事情。最后，他去了维西当第纳修道院，与奥居斯特女仆进行了长谈。

他与华生去了很多地方，先去了昂利—马丹大街上挨着 134 号公馆的两幢大楼，接着，又去了位于克拉佩隆路的 25 号。福尔摩斯说道："明显可以猜到，在这些楼房之间有秘密通道连接……不过，现在我还是有些地方不懂……"

突然，一个黑影从他们头上落了下来，打断了他们的谈话。他们凑上去一看，原来是个装了半袋沙子的麻袋。福尔摩斯顺着袋子落下来的方向望去，六楼阳台上搭着脚手架，上面有几个工人正忙着干活。他马上飞奔进大楼，一口气爬到了六楼，直朝阳台跑去。可惜的是，阳台上没有一个人。

"刚才在这干活的工人呢？"他向仆人打听道。

"刚刚才走。"

"从哪儿出去的？"

"从佣人楼梯走的。"

福尔摩斯从窗口向下望去，有两个人出了楼门，骑着自行车消失在了马路的拐角。

“他们来这多久了?”

“这两个人是新来的,今早才上的工。”

福尔摩斯又回到华生身旁。他们闷闷不乐地回到了旅店,就这样一言不发地度过了剩下的一天。

第二天,一样安排,他们在昂利—马丹大街同一条长椅上坐着。福尔摩斯说:“我希望发生点什么,就算是一件很小的事件,我都能利用它做点儿事。”

“会发生吗?”

后来,还真出了点事,上午平静的气氛就这样消失了。

就在骑马道上,也就是行车道的中间,一个先生骑着马慢慢地走着。忽然,他的马向福尔摩斯坐着的位置跑了过来,马屁股刚好擦了一下福尔摩斯的肩膀。

在那位先生让马匹安静的时候,福尔摩斯拔出了手枪,对准了那人。华生赶忙上前制止了他。那个人也在这时拍马跑了。

“笨蛋!你没看出来,他就是罗平的手下!把他的马射伤就行了。要不是你的阻拦,我就能逮住罗平的一个手下了。”福尔摩斯那可怕的表情,让华生害怕极了。

5点钟,在克拉佩隆大街上,华生和福尔摩斯正走着,迎面撞上三个青年工人。他们三人手挽着手,哼着曲子在街上走着,撞上福尔摩斯和华生后,他们那挽着的手还是不肯松开。为此,他们之间进行了一场打斗,福尔摩斯把两人打倒在地,然而,这两人并没有反击的意思,爬起来像刚才那样挽着手离开了。

福尔摩斯回头看了一下华生,可怜的华生无力地靠在墙上,两只手就像断了线的木偶,看上去一点儿力也使不上。当福尔摩斯怀着担忧的心情把华生送进药店的时候,华生早已被疼痛折磨得昏了过去。医生带着助手赶忙过来诊断,两只手臂都被打骨折了。华生刚醒来,就被一次剧烈的疼痛再次击昏了。

福尔摩斯这时却在考虑其他的事情,他突然像明白了什么一样说道:“华生,我想到了,一切问题都解开了……答案就在眼前……

当然……”

他撇下华生，沿着马路一路小跑，到了克拉佩隆大街 25 号门前。就在门的右上方，有块石头刻着“建筑师，代斯唐拉，1875 年”。他在 23 号楼也发现一样的铭文。

“昂利—马丹大街的建筑物上是不是也刻着相同的人名字呢?”他马上搭上一辆出租马车赶到了昂利—马丹大街 134 号。屋外的一块墙上刻着“建筑师，代斯唐拉，1874 年”，旁边的楼房上也刻着“建筑师，代斯唐拉，1874 年”。

福尔摩斯已经控制不了自己激动的心情了，在马车里躺下来，足足几分钟，全身都因为喜悦而发抖。他终于找到了一条追踪的线索。

他接着跑到附近的邮局，给亚眠打了个长途电话。伯爵夫人刚好在家，接了他的电话。

“是福尔摩斯先生吧？一切都还进行得顺利吧!”

“顺利极了。可是，现在，请您告诉我，克拉松城堡是谁修建的？在什么时候修建好的?

“按照门牌上标注的说法，是吕西安・代斯唐拉于 1877 年修建完成的。”

“夫人，非常感谢您!”

他一边走着，一边思考着:“吕西安・代斯唐拉……这个名字我在哪本书上看过?”

他到图书馆，找了一本现代名人传记辞典，在里面找到了吕西安・代斯唐拉的资料。吕西安・代斯唐拉生于 1840 年，罗马建筑大奖获得者，荣誉军团军官，设计了许多有艺术价值的建筑物……他把这些都记在了自己的笔记本上。

接下来，他回到了华生的病房。

“我找到线索了!”福尔摩斯控制不住激动的心情，大声说道。

“什么线索?”

“华生，我已经知道金发女郎消失的线索了。还有，罗平为何会选择在那三幢大楼里行动?”

“是什么原因?”

“因为那三幢建筑是出自同一个设计师之手。这让三幢建筑拥有相同的设计结构。表面上看起来不可理解，其实问题的关键非常简单!”

“现在都是第四天了，10天的期限已经快过了一半了。”

“是啊，我刚才突然注意到，那些恶徒完全可以像对付你一样，把我也打伤。你说是不是?”

福尔摩斯接着说道:“这次的事件让我们明白了不少。华生，我们犯的最大错误，就是我们总是在等着对手攻过来，让自己处于被动地位。”

“您可以去找加利玛尔先生帮您吗?”

“这不可能。只有当我找到了罗平的老巢，有了取胜的办法。那时，我才会用到加利玛尔给我的这两个地址，位于佩尔莱斯路他的住宅，还有夏特莱广场瑞士酒店。在时机成熟前，我必须单独行动。”

他来到病床前，关切地说道:“老伙计，你现在能帮到我的就是，拖住罗平两三个手下。他们肯定会监视你，想在我探病的时候盯上我。你一定能完成好这个任务的!”

说完他就匆匆离开了。

没过多久，在代斯唐拉先生的住所前，一个穿着黑色礼服的人按响了门铃，一个仆人打开门走了出来，看了来人两眼，不屑地说道:“先生有名片吗?”

这个人没有名片，但带来了一封介绍信。

他被仆人领到了一间圆形大房间里，这房间位于楼房的一角，屋子里四壁都是放书的架子，上面密密麻麻摆满了书。

代斯唐拉向来人问道:“您就是施蒂克曼先生?”

“是的，先生。”

“我的秘书最近生病了，现在，他的工作由您来做，其实很简单，就是照我的吩咐把图书分好类，最主要的是德文书的分类。您适应做这种工作吗?”

“适应，先生。”

在了解了工作内容之后，他们马上签订了合同。这位新秘书马上就和建筑师开始了工作。

这位神秘的先生其实就是大侦探福尔摩斯。他打听到，代斯唐拉先生身体不好，已经退休在家，他除了每天看看书，也没有了其他的爱好，关于她的女儿洛蒂尔德，听说她跟老建筑师一样怪异，从不出门，不过她是住在楼房的另外一角。

福尔摩斯一边把代斯唐拉先生说的书名记录到记事本上，一边想着自己的案子：“这些推测都没有证据，但是我现在已经有了不小的进展，答案很快就能被我找到的，代斯唐拉先生会不会是罗平的同谋?他们现在还有来往吗?那三间大楼的图纸还在不在?图纸上还有没有其他建筑的线索?与这类似的房子，罗平那一帮人肯定会用来做老窝。这些问题太让人感兴趣了!”

福尔摩斯一刻也没有懈怠，从他进来工作起，他就觉得气氛不太对劲儿，屋子里正谋划着些什么。

午后两点，他第一次见到了洛蒂尔德小姐，她是个三十岁的女人，有着一头棕色的头发，脸上的表情就像是对她性格的说明：内向、冷漠、不问世事。她与代斯唐拉先生交谈了几句，就像没有感觉到福尔摩斯存在一样，转身离开了。

下午5点，代斯唐拉先生说有事要出去，这就留下福尔摩斯一人继续在藏书架中工作。

天逐渐变黑了，他也想着该走了，就在这时，一阵窸窸窣窣的响声传了过来，他感到房里还有人在。又过了好一阵儿，忽然，他背上一凉，模模糊糊的，有一个人影出现在了他眼前，就在他前面的阳台上。这真是太让人吃惊了。那个人躲在这儿多久了?难道一直在这儿守着他?他是从哪里钻出来的啊?

只见那人轻巧地下了台阶，走到一个大橡木柜子前，把柜前的布帘翻了起来，跪在柜子前，在堆得满满的文件里翻找着什么。他要找的是什么呢？

忽然，门被从外面打开了，洛蒂尔德小姐愉快地走进门来，向着还在门外的某个人说道："您肯定不会再出去了，爸爸……"

那个正在找东西的人马上关好柜子，躲到了窗帘后面。

父女两人就并肩坐在一起，洛蒂尔德小姐读起了自己带来的书，代斯唐拉先生慢慢地靠在背垫上睡着了。

又过了一会儿，窗帘被那人打开了，他沿着墙角向门边移去。他如果要出门，虽然可以从代斯唐拉先生后面通过，但必然会暴露在代斯唐拉小姐眼前。

就在那人往门边走的时候，福尔摩斯终于看清楚了那人的样子，没错，他就是罗平！这个发现让福尔摩斯开心得不得了，他没算错，他已经到了所有秘密的中心了，罗平在他预先推理的地方出现了。

洛蒂尔德小姐还是没有什么反应，即便是这个人已完全出现在她眼前。

罗平走到了门边，手已经碰到了门把手，忽然，他的外衣把桌上的东西碰掉了，发出的声响马上吵醒了代斯唐拉先生。

这时，亚森·罗平已经等在他面前，手里拿着帽子，脸上充满笑容。

"马克西姆·贝尔蒙！"代斯唐拉先生看上去很高兴，"您怎么有空过来了？"

"那还不是因为想念您和您可爱的女儿了！"

"这样说来，您那次旅行结束了？"

"昨天刚回来。"

"留下来与我们共进晚餐吧？"

"不了。我和朋友还有个饭局，早就约好了的。"

"这些天我正想见您呢！"

"是真的吗？"

"当然是真的。最近，我一直在整理放在那个柜子里的旧资料，最后一个记录本也找到了。”

“哪个记录本？”

“昂利—马丹大街的那个。”

“真的？您还保存着那些废纸呢？这真是太好了！”

他们三人走过一段宽大的走廊，来到小客厅坐了下来。

“这真的是罗平吗？”福尔摩斯开始怀疑自己的判断。没错，从他的体貌看，很像罗平，可是，说他是另外一个人也没有错，一个与罗平很像的人。不过，他身上还是带有罗平独特的个性，那有神的眼神，还有头发的颜色。

罗平向代斯唐拉先生绘声绘色地讲着故事，老建筑师笑得合不拢嘴，洛蒂尔德小姐也为故事着迷，卸掉了那挂在脸上的漠然表情。

他们互相都爱着对方，福尔摩斯这样想着。代斯唐拉小姐和马克西姆·贝尔蒙有什么相似之处吗？她知不知道马克西姆·贝尔蒙的真实身份，他是那个大盗罗平的身份？

他就这样听着断断续续传过来的声音，就算仔细地听，还是听不完全。一直到了7点，他才偷偷地下了书架，顺着墙角溜了出去。

从建筑师家出来后，福尔摩斯沿着马勒泽布林荫大道走到了下个路口。在那里，他把拿在手里的大衣披到了肩上，戴好帽子，腰也直了起来，完全成了另一个样子。

他密切地注视着代斯唐拉先生家门前的状况。

亚森·罗平不久也出来了。他沿着君士坦丁堡路走到了伦敦路上，顺着伦敦路一直向中心城区走去。就在他身后，隔着100步的地方，福尔摩斯紧紧地跟着。这次，变成罗平在明处，福尔摩斯在暗处监视了。

不久后，他就发现，有个让人奇怪的地方：在他与亚森·罗平之间，还有几个人，也是沿着同一个方向走。两个戴圆帽的高个小伙在左边的人行道上，另外两个戴鸭舌帽的小伙子在右边的人行道上，这几个人特别引人注意。

在罗平进入一个卖香烟的小店后，那四个人也都停了下来。罗平一出来，他们继续跟着，只是四人各自散开了，但都是朝着昂丹大道走去。这让福尔摩斯更加疑惑了。

“真倒霉！他还让别人盯上了！还有人在对付罗平！”福尔摩斯有了想法，“加利玛尔为何不告诉我这回事儿？他故意逗我玩吗？”

他很想上去和那四个人谈谈，制订一下计划。可是，在离林荫大道越来越近的时候，人也更加多了起来，他担心会跟丢罗平，就快步跟了上去。

罗平走进了一家位于埃尔德尔路拐角处的匈牙利饭店。福尔摩斯坐在饭店对面的长凳上，透过敞开的店门向里观察着。罗平坐在了一张餐桌旁，桌上摆满了鲜花，已经有五个人在那儿等候多时了，三位穿着礼服的先生，还有两位气质优雅的夫人，他们都热情地起身迎接他。

福尔摩斯接着寻找起了那 4 个追踪者，他们散开地坐在了隔壁的咖啡馆里，人群把他们隔得很开，里面正演奏着吉卜赛的管弦乐。让人困惑的是，他们注意的不是罗平，好像对周围的人群更加留意。

突然，四人中的一人拿出香烟，同旁边的一位戴高帽的先生借了个火儿。还没过一会儿，那先生就到饭店里，找到罗平，谈了几句话，在旁边那张桌子坐了下来。这位绅士就是在昂利—马丹大街上骑马撞向他的人，福尔摩斯想了起来。

他这才明白过来，罗平不是被他们监视，这些人是在护送他，保护他周边的安全。福尔摩斯不禁为这个发现感到可怕，这是个多么强大的团体啊，有着这样一个优秀的首领指挥，这会是一个难以战胜的组织！

他从笔记本上撕了张纸，拿铅笔在上面写了几个字，装进信封里，拿五法郎作为跑腿费，让旁边的小孩帮他把信送到瑞士酒店。

过了 30 分钟，加利玛尔赶来了：“我收到了您的信。发生什么了？”

“看到那边的罗平了吧，他正给旁边的夫人倒酒呢！”

“那不是罗平。”

“就是他。他身旁的是克莱登夫人，另一个是克丽丝公爵夫人，对面就座的是西班牙驻英国大使。”

加利玛尔想出去看看清楚，福尔摩斯急忙把他拉了回来。可他还是执意要去。福尔摩斯一想，这也未尝不可，利用这个特别的场合冒个险也不错。他只是交代加利玛尔：“让他们越晚发现您对我们越有利。”

福尔摩斯仍旧躲回了报亭后面，不敢有片刻松懈地注视着罗平的一举一动。

加利玛尔飞快地来到了饭店台阶上，传来一声刺耳的警笛，加利玛尔迎头撞到了饭店老板身上。这位突然出现在这里的老板对他的到来非常生气，不停地把他向外推去，就如同认为加利玛尔是个没教养的人，不该在这逗留。一位一身礼服装扮的先生被这场骚乱吸引了过来，他为加利玛尔打抱不平，和老板争论起来，可加利玛尔还是被赶到了台阶下。

饭店门前马上挤满了围观的人群。赶来维持秩序的两个警察想挤进去解决问题，但被隔在了外面。忽然之间，道路畅通了，饭店老板也为他的错误行为赔礼，那个为加利玛尔说话的先生也离开了。加利玛尔赶忙跑到罗平就座的餐桌前，眼前却只有五个人了。他对着不知所措的五个人咆哮道：“还有一个人呢？你们刚才还是六个人，还有一个人跑到哪里去了？”

“您是在找德斯特罗先生？”

“不是！那人是亚森·罗平！”

一个服务员过来告诉加利玛尔：“那位先生去了中二楼。”

中二楼几乎都是单间的雅座，上面还有一个专用通道，直接通向了林荫大道。加利玛尔没有了办法。他离得并不远，也就两百多米的距离，不过，他可是坐在马德莱娜到巴士底的公共马车上。那辆由三匹马牵引着的马车，就这样渐渐远去了。

马车驶过歌剧院广场，过了卡皮西纳林荫大道，旁边的站台上，能看到两个戴着圆帽的高个青年闲谈。在楼梯上面，公共马车的顶层，一个身材瘦小的老男人正打着瞌睡，那人就是夏洛克·福尔摩斯。

马车在终点站停了下来，福尔摩斯低下身子，看见罗平走到他的护卫队里，接着听见他非常小声地说道："星型广场。"

在星型广场夏尔格兰路40号门前，来了两个护卫，他们按响了门铃。这是栋很小的楼房，在没多少人来往的马路拐角处的阴影里，福尔摩斯藏身其中。

一楼的两个窗户打开了一扇，过来了一个头戴圆礼貌的先生，把百叶窗关了，从百叶窗的缝里透出了灯光。又过了10分钟，来了一位先生。接着，又来了一位。最后，一辆出租车停在了门口，下来两个人，一个是亚森·罗平，还有一位女郎，她用衣服和面纱把自己裹得严严实实，让人认不清她的面貌。

"她一定就是金发女郎。"福尔摩斯谨慎地多等了一会儿，然后走到房屋前，爬到窗台上，踮着脚由气窗口向里面看着。

亚森·罗平背靠在壁炉上，非常投入地说着什么，旁边围着一圈聚精会神的听众。这些人里面，有些是福尔摩斯见过的面孔，那个打抱不平的穿着身长礼服的先生，还有饭店的老板。金发女郎背对着罗平，安然地躺在安乐椅上。一个人向门口走去，福尔摩斯马上跳了下来，躲进了阴影里。那个长礼服先生和饭店老板离开了。过了一小会儿，二楼的灯又亮了起来，百叶窗也被人拉了下来，周围又被黑暗笼罩了。

"罗平和他的女友在一楼，那两个护卫住在二楼。"

福尔摩斯担心罗平会离开那里，所以一直片刻不离地待到了半夜。

第二天凌晨4点，路口走过来两个警察。他向他们说明了情况，拜托他们在这里继续监视罗平。之后，他赶去佩尔果莱斯路加利玛尔的家，把他叫醒，说自己快抓到罗平了。他们又马上去了位于梅斯尼尔路的警察分局局长家中，把局长从睡梦中喊了起来，带上六个警察回到了位于夏尔格兰路的小屋。他们询问监视的警察有没有任何异常，两人回答一切正常。

警察局局长亲自按响了门铃。门房是个老太太，她被警察突然的来访吓得浑身发抖。她向局长交代，一楼没有人住，住在二楼的勒鲁家在一楼摆放了家具，用来接待外省来的亲戚。

“是不是一位先生和一位小姐?”福尔摩斯急忙问道。

“是的。”

警察局长接过门房给的钥匙，打开了位于大厅另一边的房门。

一楼的两个房间里，看不到一个人的影子。

“这不可能！我看见他们进去的，罗平还有金发女郎，他们两人一起。”

然后又去了二楼。还是警察局局长按的门铃，就在他按了第二下时，一个男人出来了，这个人穿着件衬衫，可能因为被打扰，满脸都写着不满。这个人就是勒鲁——亚森·罗平的一个同伴。

5. 棋差一招

福尔摩斯非常生气，但为了不在加利玛尔面前表现出难堪，他努力控制着自己的情绪，心想："那个老家伙一定在等着看我的笑话。"

他再次来到一楼的大厅，走到拐角处一扇通向地下室的门前，地上一块发着光的小石头引起了他的注意，捡起一看，是块石榴石。

他又出了门，围着房子转了一圈，在一块墙面上再次发现了这样的文字：建筑师，吕西安·代斯唐拉，1877 年。42 号楼前也有着一样的文字。

"都有互通的暗道，40 号和 42 号是连在一起的，我怎么没有考虑这一点儿？我该一直留在这里守着。"

他找到那两个负责监视的警察："我离开的这段时间，这里是不是有两个人出来？"

"是的，一位先生和一位小姐。"

福尔摩斯再去见了加利玛尔："先生，这件事该了结了，这都到第七天了，三天后，我就该回伦敦了。请您在周二的晚上到周三凌晨间的那一段时间，做好准备，我们在那时行动。"

"会是哪种结果？"

"亚森·罗平将会被逮捕。"

福尔摩斯与加利玛尔分开后，回到了旅店，躺下好好地睡了一觉。等到他恢复了精力后，他再次回到了昨天去过的那个地方。

为了打听屋里的情况，他贿赂了门房，给了她两个路易。现在他了解到的情况有，勒鲁兄弟已经外出，房主不是阿尔曼热阿的人。这之后，他从发现石榴石的那扇门下去，走进了地下室。

在地下室的台阶底下，他又找到了相同外形的石榴石。他推断，罗平就是走的这个通道。他拿出万能钥匙，把一楼的小地窖的锁打开，里面放着酒架，上面都没有灰尘覆盖，地上残留着脚印……他伏下身，像要在地上寻找些东西。有几次，他在地上捡起了什么东西，放进了自己随身携带的纸盒里。这之后，他清理掉自己的脚印，也把罗平和金发女郎留下的脚印打扫了。

他又走回到酒架边，忽然，一个人闯了进来，挥拳朝他打来，福尔摩斯抬腿就是一脚，那人立马倒在了地上。福尔摩斯用力地扑上去，把来人捆了个结实。那个人露出不屑的表情，福尔摩斯也明白这人是不会透漏罗平行踪的。他从那人身上找到一串钥匙、一块手帕和一个小纸盒，盒里有 12 颗石榴石，都与他捡到那两块一样。

就在检查纸盒的时候，他发现纸盒上写着“拉佩路，莱奥纳尔，首饰商”，这让他想到了个计划。他把那人关在了地窖里。

出了那间屋子，福尔摩斯先去了一趟邮局，寄了封急信给代斯唐拉先生，告诉他明天才能过去上班。接下来，他去了拉佩路首饰店，把石榴石交给老板。

“这些宝石是夫人吩咐我带过来的，这是从首饰上掉下来的，就是她在您店里买的那件。”

“我知道这件事，那位女士打电话通知我们了，她马上会过来，首饰就在她身上。”

福尔摩斯终于找到了目标。

一直等到 5 点钟，罗平身边的女人终于出现了，她还是遮掩得不露面容。透过首饰店的窗户，可以看见她把一件首饰放在了柜台上。

她很快出了店门，往克佐西路方向走去，接着拐进了边上的一条马路。借着夜色的掩护，福尔摩斯尾随女郎，悄悄地跟进了这栋五层高的楼房。这楼由两部分组成，女郎上到三楼，进了一个房间。过了两分钟，福尔摩斯拿出串钥匙，就是在地下室得到的战利品，一把钥匙接着一把钥匙地试着，在用到第四把钥匙时，门终于被他打开了。

房间里面没有灯，有点黑，而且不像是有人住，空荡荡的，房间里的门都是打开着的。在走廊的尽头，依稀透过来一丝灯光，正好照到他脚边。在大玻璃窗外，他看见那位夫人脱下了大衣和帽子，把它们扔在椅子上，那张椅子看起来是屋子里仅有的一张。接着，她又换上件天鹅绒睡衣。

做好这一切后，她来到壁炉边，按了电铃的开关，半个壁炉的护板缓缓移向右边，直到完全没入到另一半护板后面。女郎拿着灯，钻进了这个暗道，不见了……

福尔摩斯也依样打开了机关。他在黑暗中摸索前进，脸上撞到了个软软的东西。点亮火柴一照，原来这是个储藏室，里面挂着各种各样的衣裙。他把这些衣物移开，看到了个小门，走了过去，门是用挂毯挡着的。这时，火柴也燃尽了，透过毛毯缝隙，传出一丝光亮。

他透过缝隙向外看去，金发女郎就在外面，就与他隔了扇门，他能马上逮住她。女郎打开了电灯，屋里亮堂起来，福尔摩斯终于能看到她的真面目了。他为自己的发现激动不已，经过千辛万苦找到的金发女郎、罗平的情人、杀害奥特雷克男爵的凶手、偷走宝石的窃贼，竟然是克洛蒂尔德·代斯唐拉小姐。金发女郎就是克洛蒂尔德·代斯唐拉小姐！

“我真是太笨了！就因为头发颜色不同，我就把克洛蒂尔德·代斯唐拉小姐从嫌疑名单排除了。我就没考虑到，发生了那些惹人注意的大事件，她怎么还会留着一头引人注意的金发呢？”

福尔摩斯再次透过缝隙观察起了那间小房：雅致的贵妇人的客厅，墙边有淡雅的装饰，还有珍贵的小摆饰，在一个小凳前，放着软靠背的长椅，像是用桃花芯木做的。

在那张椅子上，代斯唐拉小姐用双手扶着头，安静地坐着。福尔摩斯忽然注意到，有泪水从眼旁滴落，她哭了，从她身上能感觉到绝望和悲凉，任何人都会为这场景触动。

她背后的门被人打开了，亚森·罗平走了进来。

他们就这样静静地看着对方。过了许久，罗平慢慢地跪在她身前，把头靠在她胸前，抱着她，在她耳边轻声说道："我非常想让您过得幸福！"

"我现在已经很幸福了。"

"不，您在哭……克洛蒂尔德，我看到了您的眼泪，这让我痛心极了。"

她伸出手来，那双手看上去是如此白皙，如此高贵。"只要看到这双手，我就会难过。"

她声音里满是愁苦。

"为什么？"

"因为我用这双手杀过人。"

他难过地说道："天啊，克洛蒂尔德，我不该让您参与我的冒险！我只该做马克西姆·贝尔蒙。五年了，这都是我的错，我不该让您认识另一个我……"

她细声说道："我不后悔这么做，我也爱另一个您。您也会爱我吗？"

"我也与您一样，我的爱只给您。但是，我的生活没有安定，没有办法把我的全部时间用来陪您。"

她感到不安，问道："发生什么事情了？"

"我们被他盯上了。"

"福尔摩斯？"

"没错，就是他。他让加利玛尔去了匈牙利饭店，昨晚也是他让两个警察监视那房子。我都知道了。今早，加利玛尔带着警察去搜了那屋子，福尔摩斯就在他身旁。还有，我们一个叫让·尼约的兄弟不见了。

“我让他去夏尔格兰路帮我找石榴石了，而且，他已经把石榴石送去了首饰店。”

“不过，情况确实很糟糕。”

“你打算怎么做?”

“我做好打算了，后天，周三，我们搬离这个地方，到中午12点，工作就能完成了。接着清理掉所有痕迹，两点钟，我就能离开了。这件事很要紧，现在开始，我们还是不见面为妙。您也不要去见别人，不要出门，我担心他会去找您的麻烦。”

“那个福尔摩斯见不到我的。”

“他本事不小。我也得注意点。昨天，撞见您父亲那时，我正忙着在旧文件柜里找东西。那儿有个东西让我不放心。现在我总感觉到敌人就在我们身边了，而且离我们越来越近，随时监视着我们的一举一动，还给我们布好了陷阱……这是我的直觉告诉我的，我的直觉从没有不灵过。”

这次见面，只待了很短时间，他们就急忙分手了。

在暗处监视的福尔摩斯再也按捺不住激动的心情。他追了上去，没想到的是，前面是个前厅，在前厅的尽头有个楼梯。福尔摩斯刚要下楼，突然听见楼下有人说话，他就绕到走廊另一边的楼梯，走下楼去。楼下的景象让他吃了一惊，就像是在做梦一样，房间的摆设都像在哪儿见过，他通过半开着的那扇门来到了里间，是个圆形的大房间，没错，这是他工作过的地方，代斯唐拉先生的书房！

“棒极了！我全懂了，代斯唐拉小姐的房间，也就是金发女郎的房间，与旁边楼的一件套房是连接在一起的。旁边的大楼出口不是在马勒泽布尔广场，而是在大街上。我还弄懂了，为何别人都认为代斯唐拉小姐从不出门，而她自己却能随时和罗平约会的原因。昨晚，罗平为何会突然出现在书房？我想，那间套房应该有跟书房连接的秘密通道……”

福尔摩斯终于有了思路，这又是一栋暗藏机关的房子，应该也是代斯唐拉设计的。既然碰巧到了这儿来，他决定找找柜子里罗平的心病……看还有没有其他房子的图纸，那些藏有机关的房子。

他爬到书架上藏在了布帘后，等着天黑。就这样等到半夜，一个男仆进来把灯关上了。再等了一个小时，感觉周围没了动静，福尔摩斯这才打开手电，小心地从书架上下来，走到了那个大柜子前。

果然如他所料，柜子里满是旧资料——图纸、文件、工程预算表和账册。在柜子的第二层，有一套笔记本，按年代时间排列着。他找出最近几年的几本翻开看了看，仔细找了 H 开头的目录，终于看到了阿尔曼热阿的名字。按照目录的指示，他翻到了那一页，“阿尔曼热阿，夏尔格兰路 40 号”。接着写的就是大楼暖气安装的施工记录，在旁边还有一行小字写着“见 M. B. 案卷”。

“我懂了，我要找的答案就在 M. B. 案卷上。罗平的真正住所一定在里面能找到。”

这样一刻不停地找到凌晨，他终于在一个笔记本的第二部分里发现了那个关键的案卷。案卷总共 15 页，第一页记录了阿尔曼热阿大楼施工状况，第二页详尽地写了克拉佩医院 25 号楼的施工情况，户主是瓦蒂纳先生，第三页是昂利—马丹大街 134 号奥特雷克男爵公馆的情况，其中也有克拉松城堡的资料。除了这些，还有巴黎其他 11 位屋主的房间施工记录。福尔摩斯把这些地址都记在了笔记本上，又把柜子里的资料恢复原样。从窗口悄悄地溜了出去。

早上 8 点，他寄了封加急信给加利玛尔：

今早，我会去佩尔果莱斯路。我会把一个人交给您，这个人要严加看管起来。不管发生什么，今天到明天，也就是周三中午前，请您在家等待，并安排好 30 个人随时准备行动。

这之后，他叫了辆出租车，让车停在了马勒泽布尔广场离代斯唐拉公馆 50 米远的地方。他交代司机，一个半小时后准时发动车子，他一回来，马上开去佩尔果莱斯路。

在走进代斯唐拉先生家的时候，他想到，罗平如今正在搬家，我现在却只忙着找金发女郎，会不会是做错了？先从 11 个地址里去找罗平的老巢会不会更好？但他转念一想，还是先抓住金发女郎，这样才能掌握主动权。于是他按响了电铃。

代斯唐拉先生已经先到了图书室。他们工作了一会儿，福尔摩斯刚想借故出去到代斯唐拉小姐的屋里去看看，这时年轻的小姐却走了进来，向父亲问了声好。之后，她就一直坐在小客厅里写信。

他拿起一本书，对代斯唐拉先生说道："小姐让我留意一下这本书，说找到就给她送过去。"

他以此为理由，去客厅见代斯唐拉小姐。他坐在小姐的正前方，后背刚好遮住了代斯唐拉先生的视线。

"我叫施蒂克曼，是您父亲的新任秘书。我有些事要和您谈一下。"他声音很小，尽可能地不让代斯唐拉先生听到。

小姐开始还很不情愿，后来她给她的女裁缝打了个电话，这之后才同意了福尔摩斯的要求。

"那好，我们就直接进入主题。五年前，您父亲偶然遇到了一位先生，他自称马克西姆·贝尔蒙，是个实业家，也可以说是个建筑师。这个年轻人很讨您父亲喜欢。他自己因为年纪大了，不能全力参与工程建设，就把几个老熟人的业务转交给了贝尔蒙先生。那个年轻人办起事来很有能力。"

小姐那白纸般的脸变得更加黯淡了，声音也冷了下来："先生，我不知道这些与我有什么关系？"

"小姐，因为你我都知道那个年轻人的另一个名字，他的真名——亚森·罗平。"

她听后大声笑了起来："绝对不可能！马克西姆·贝尔蒙不可能是亚森·罗平！"

"小姐，请您让我把话说完，亚森·罗平为了他的阴谋，还找了个女友，不单是女友，还是对他言听计从的女同伙。"

小姐的脸色没有变化，至少是让人看不出来变化："先生，够了，您不要再说了，请您离开！”

福尔摩斯依然平静地说道：“我并不想冒犯您，不过，我已经做好了打算，绝不独自离开这栋房子。”

“那，您是要谁和您一起走呢？”

“尊敬的小姐，我们得一起走。您会安静地跟我一起出去的。”

代斯唐拉小姐微微耸了耸肩，又坐了回去。福尔摩斯掏出怀表看了下时间：“10 点 30 分了，再过 5 分钟我们就一起出去。”

“如果我不答应呢？”

“那我就去告诉代斯唐拉先生事情的真相。告诉他，马克西姆·贝尔蒙只不过是罗平的一个假名字，还告诉他罗平的女同伙是个什么样的人。”

“女同伙？”

“对，就是人们称为‘金发女郎’的那位。一头金发的女同伙。”

“您凭什么这么说，您有证据吗？”

“我会带他去夏格兰路，看看罗平利用工程之便，在 40 号和 42 号间修的暗道，你们昨天还使用了那条暗道呢。”

“接着呢？”

“接着，我会带代斯唐拉先生去德迪纳先生家，就是在那里，您和罗平躲过了加利玛尔的追捕，从暗道逃到了隔壁的大楼。那栋楼的出口不在克拉佩隆路，而在巴蒂涅奥尔林荫大道上。”

“然后呢？”

“然后我会跟令尊去克拉松城堡，那个地方他太了解了，那是他的工程，是他指挥了城堡的修复。他只要看一眼，就能找到罗平借工作之便开的密道，正是这些密道让金发女郎轻而易举地进入伯爵夫人的卧室，从壁炉上偷走了蓝宝石。两周后，又通过密道放了颗假宝石在布莱兴领事的牙粉瓶里……这件事我有点弄不懂，也许是女人的小心眼，但这不是重点。”

“接下来您还会做什么？”

福尔摩斯语气变得更加严厉："接下来，我会带代斯唐拉先生去昂利—马丹大街134号，我们可以了解到奥特雷克男爵是怎么……"

"不要……不要再说了。"代斯唐拉小姐被一阵可怕的梦魇吓坏了。

"小姐，是您杀了奥特雷克男爵。您用了安托瓦奈特·布雷阿这个假名，您去做他的陪护，是为了找机会偷走蓝宝石，然而，您却杀了他。"

她用沙哑的嗓音请求着："先生，您别说了，这些事您既然都知道，那您也一定知道，男爵的死完全是个意外。"

"我并没说您是故意杀了他，小姐。男爵患有精神病，经常会发作，他发病的时候，只有奥居斯特女仆才有办法制住他，这是我找她了解到的情况。那天晚上，女仆离开了，就您一个人在屋里，他一定向您扑了过去，您在慌乱之中，为了自保捅了他一刀。男爵被您无意间杀死了，您当时一定惊慌失措。您连宝石也顾不上拿，就慌张地离开了。不久后，您跟罗平的一个同伙，也就是在隔壁大楼接应您的门房，再次回到了事发现场。你们把现场清理干净，家具放回原位，把男爵抬到了床上……但是因为恐惧，您没敢拿走男爵手指上的戒指。以上就是事情的真相。我再重申一下，您不是故意杀死男爵的，只是在挣扎中刺了他一刀。"

她那双白皙、高雅的手一直紧贴在前额上，她就这样坐着，沉默了一段时间后，她把双手移开，露出难过的表情，问道："您打算把这些事情都告诉我父亲?"

"是的，我会告诉他，我有证人，勒尔布瓦小姐，她见过金发女郎，奥居斯特女仆能认出安托瓦奈特·布雷阿，还有克拉松伯爵夫人，她知道雷阿尔夫人的模样。我要说的都说完了。"

"您不敢。"在不利的境地下，她控制住了自己的情绪，"您就是福尔摩斯先生，对吗?"

"正是。"

"您想让我怎么做?"

“怎么做？我和罗平有个赌局，我必须赢。在结果没出来前，我相信，有您这张好牌，我一定能多点儿把握。小姐，跟我一起走吧，我会把您交给一个靠得住的朋友，等我赢了赌局，您就能回家了。”

她说她要好好考虑一下，然后，合上眼睛，表现得很平静，就像这一切与她无关一样。

“她没有危机感吗？没有，他相信罗平。罗平是无所不能的，只要有他在，她是不会受到任何伤害的。”福尔摩斯看着她的表情，这样想到。

“小姐，我说过只给五分钟，可是现在已经过了半小时了。”

她已经有了决定：“先生，能让我去房里拿些私人物品吗？”

“您如果想从那儿离开，我就去蒙夏南路上等您。我与您的伙伴让·尼约很熟。”

这可出乎她的意料，她显得有些慌了，接着她叫仆人送来了衣物，正如福尔摩斯剧本里写的那样，两人一起离开了代斯唐拉先生家。

广场上，汽车一直在那等着，等人一上车，马上就开走了。福尔摩斯考虑着下一步该怎么做。他觉得，只要再把那 11 个地址好好看一下，就该知道去哪逮捕罗平了。今天晚上，最迟到明天清晨，就能如约把罗平一伙交到加利玛尔手里了。

这时，车出了奈依门，已经离开城区了。可是，佩尔果莱斯路是在城里啊！福尔摩斯摇下车窗的玻璃，对司机说道：“我说，先生，您开错地方了！是去佩尔果莱斯路！”

司机没有反应。他再次加大音量说了一遍，司机还是不理会。他看了一眼旁边坐着的代斯唐拉，她嘴角露出神秘的微笑。猛然间，他突然明白了什么。他朝驾驶室看去，那个司机的样子他很熟悉，这感觉让他跌到了谷底，他在罗平的车上。

在这辆车后面，还紧跟着一辆有着尖尖车头、通红车身的大车。四个穿皮大衣的男人坐在车上。

汽车越过了塞纳河，飞快地离开了絮伦、律埃、沙杜。福尔摩斯控制着自己的情绪，安静地在座位上考虑着，亚森·罗平是如何办到的？他回想起代斯唐拉小姐打过一个电话，她说是给女裁缝打的。她一定早就猜到了他的身份，利用那个电话，用事先了解的暗号，给罗平发出了信号。这个看起来很普通的女人，居然会如此冷静，不露一点儿破绽。她可把福尔摩斯给坑苦了。

车再次过了塞纳河，往圣热尔曼山坡开去。开离小镇大约500米后，车慢了下来，尾随的那辆车追上来，并行开着。随后，两辆车一起停了下来。

四周很空旷，没有人烟。罗平亲自为福尔摩斯打开了车门，让他坐到另一辆车上去。那四人也下了车，其中一位摘下了墨镜，福尔摩斯认了出那人，他就是出现在匈牙利饭店的那位为加利玛尔打抱不平的先生。

罗平对那人说："你把车给那位司机送回去，去德尔路右边第一家小酒店，在那里你能找到他。我答应给他1000法郎的酬劳，这是剩下的钱。哦，你的墨镜先借给福尔摩斯先生用一下。"

他又过去与代斯唐拉小姐说了几句，然后，又当起了另一辆车的司机，开起了车。福尔摩斯就坐在罗平旁边，后面有罗平的一个同伙注意着他的举动。他们一路未停。

车又开到了塞纳河畔，这次停在了一个小码头的尽头。码头上停泊着一艘小游艇。一个工人朝他们走了过来，很有礼貌地打了个招呼，说已经按命令准备好了"燕子号"。

福尔摩斯看了看周围的情况，知道现在没法逃走，只能与罗平一伙上了船。他们进了船长室，里面很宽敞，也很干净。罗平把门关好，看了看福尔摩斯，有点紧张地说道："先生，您已经打乱了我的步骤，还有好几次让我差点被捕，这让我很头疼。第一次见面时，我就说过，我怎么做，完全在于您。您应该知道这是什么意思吧？"

"知道。"

"我想对您说，我已经知道您现在掌握的情况：借着马克西姆·贝尔蒙的身份，我在代斯唐拉先生的工程里加了些暗道。您了解其中的 4 处楼。而且，您还有余下的 11 处的地址。您肯定是昨晚在代斯唐拉先生的书房里发现的。您已经确定我们的大本营就在其中。因此，您通知加利玛尔去搜查了。”

“我还没有这么做。”

“为什么?”

“我想自己调查。”

“但您已经被我抓住了。您现在没机会赢我了。好了，就让一切都结束吧！您要用您的名誉起誓，在船到英国前，不设法逃走。”

“我以我的名誉起誓，我会想方设法逃走。”福尔摩斯毫不屈服地说道。

罗平还是按计划行动。福尔摩斯被捆在了船长的座位上。几分钟后，燕子号踏上了去英国的航程。

第二天早上，也就是赌局的最后一天。《法兰西回声报》刊登了一篇短小的文章：

> 昨日，亚森 · 罗平对英国大侦探夏洛克 · 福尔摩斯下了逐客令。当天中午，福尔摩斯已经离开法国，被罗平安全送到了南安普顿。

6. 福尔摩斯的胜利

这一天，克雷沃路 8 号有两位先生搬家，一位是迪步勒伊先生，另一位是住在五层的菲尼克斯·达维先生。两人同时搬家仅仅是个巧合，他们都互不认识。菲利克斯先生是个家具收藏家，他不仅在六楼租有一间套房，还把这栋楼的左右两栋大楼的六层都给租了下来。

菲利克斯先生是个很有礼貌的年轻人。他一身标准的绅士打扮，悠然走到不罗列森林大街与佩尔果莱斯路的交汇处，在路边随意找了个长椅，安然地坐了下来。就在不远处，一个妇人在看报纸，那妇人一身小布尔乔亚的装束。附近的沙滩上，一个孩子正饶有兴致地玩沙土。

不久以后，菲利克斯先生不动声色地对那个妇人说道："加利玛尔到哪儿去了？"

"今天，我看着他去了警察局。"

"他还对您放心吧，没有看出什么破绽吧？"

"他们还不知道我的身份。我在帮他太太干活时打听到了他的所有行动。"

"在给您下达新任务前，您还是每天上午 11 点到这儿来一下。"

话一说完，他便若无其事地起身离开了。

他在不久以后又出现在了克雷沃路，跟女门房打了个招呼，说自己要去楼上再看看。

他进到书房，在里面来回走了走，房间里有个煤气管弯头被加长了，并且一直延伸到了壁炉处。他走过去，取掉管口的铜盖，对着管口吹起一个小号那样的东西。一声哨声作为回应从管子里传了回来。

“我可以上去吗?”

“可以。”

他把那根管子放回原处，推了一下机关。这时，壁炉的大理石护板移动开了，露出了一个洞口，在洞口里，有一排楼梯。这个楼梯是生铁与白瓷修建的，并且显得非常干净。他由楼梯来到了六楼的壁炉出口，在外面等着他的是正是迪步勒伊先生。

他们先后由楼梯上到了仆人居住的顶楼。这个房间不大，已经有三人在里面了，有一个人正向外张望着。菲尼克斯先生说：“从现在开始，一旦发现可疑情况就马上通知我。”

做了一些安排后，菲尼克斯和迪步勒伊又回到了那间书房。

“他还会回来吗？那个大侦探福尔摩斯。”

“他可不是个会知难而退的人，来是一定会来的，只是那时已经晚了，我们都远走高飞了。”

“代斯唐拉小姐呢？她该怎么办?”

“我会去找她，一小时后就去。”

“您确定我们没被人监视吗?”

“监视我们，谁会这么做?”

“我还是放心不下福尔摩斯。”

迪步勒伊离开了。

菲尼克斯随后又在屋里转了几个来回，拿起一个粉笔在餐厅的壁纸上画了个大框，在里面大大地写道：“这是大盗亚森·罗平在20世纪居住了五年的屋子。”

一阵突然的铃音把他的兴致打断了，刺耳的铃声停了两下又响了两下，是报警的铃声。

“发生了什么事？难道真遇到了意外，是加利玛尔来了，不，这太糟了。”

就在他走进书房时，他听到门厅的大门正被人用钥匙打开。他推了护壁板的机关，没有启动，他又更加用力，依然没有反应。门厅那边也在这时传来一阵外人进来的脚步声。他急切地尝试打开机关，可那个刚才还好好的机器现在却坏了。他愤怒地打着那个机器，并不停地抱怨着。

“罗平先生，您可以停下来了。”

罗平被身后的人吓呆了，来人就是福尔摩斯。

这回可是轮到福尔摩斯来嘲弄他的对手了，他讽刺罗平道：“罗平先生，从这一刻起，我因为您而遇到的倒霉事都烟消云散了。不管是那在男爵公馆难忘的一夜，还是我朋友华生的不幸遭遇，还有那次不开心的短途旅行，这些不快都在这一刻得到了补偿。”

对于他的话，罗平保持着沉默。

“这里都被包围了，罗平先生，您现在被捕了。”

“我们两清了，那些警察为何不进来，加利玛尔他们呢？”罗平问道。

“我想与您单独谈谈，所以要他们在外面等一下。”

“那我得认真听听了。”

“我直接告诉您吧，我来法国不是为了抓捕你，抓捕您只是为了完成我的最终目的。”

“您此行的最终目的是什么？”

“寻回蓝宝石！”

“为了蓝宝石？”

“没错，因为警察从布莱兴领事那儿找到的是个赝品。”

“事实上，是那样，金发女郎把真的拿走了。那颗赝品是我做的，乍看上去，简直跟真的一模一样。我还想用同样手段换走伯爵夫人的其他藏品。这颗赝品是为了使金发女郎避嫌而使用的。”

“真的在您手里了，我必须拿到真品，这是我与伯爵夫人约定好的。”

“您要怎么拿到？我现在是它的主人。”

“我可以与您做场交易。”

“您能给我什么？”

“我可以保证您爱人的自由，代斯唐拉小姐的自由。”

“她被捕了？我可没听说你们逮捕了她。”

“我可以把我的证据交到加利玛尔先生手里，我想，您不在他身边，抓她会很容易。”

“您的承诺没有价值，先生，我不担心代斯唐拉小姐的安全，我想要点儿别的东西，还能给我些考虑的时间吗？”罗平很开心地说道。

“我可以等一下。”

“天哪，他给我带来了多好的消息啊，要是这机器能动就好了。”罗平边说边推了一下护壁板。事情就是这样难以预料，这回他吃惊地发现，机器又能运转了。

“您还不死心，出口都被警察看牢了。”

“可我还有一个选择。”

“凭什么？”

“就凭现在我手里有蓝宝石。”

“还有 10 分钟我就喊加利玛尔进来。”福尔摩斯看了下怀表说道。

“10 分钟时间，这可不能浪费了。您是如何知道这个地方和我用的假名的？我猜不到，您能说明一下吗？”

“我是从您女友那儿发现的线索。就在昨天，她给她的女裁缝打了个电话，然后我就被您算计了。这让我想通了，那个女裁缝就是您，那个电话号码的后两位我还记得，是 73。在与我手上的名单一对照，一切就都明白了。今天上午，回到巴黎一查电话本，我就知道了您化名为费利克斯 · 达维先生在这里藏着。接着我就喊来了加利玛尔先生。”

“太高明了。我敬佩您的智慧。您是如何从‘燕子号’上脱身的？这点我想不通。”

“我并没有离开‘燕子号’。”

“那你是……？”

“您是要他们在凌晨一点以后送我去南安普敦，可他们 12 点就把我送到了岸边。要赶上去勒阿佛尔的船，时间还很充裕了。”

“我被船长出卖了？”

“那倒没有，只是我趁他听故事时把他的表调快了一个小时，那时他正专心听我讲故事，没有发觉有哪里不对劲儿。”

“可是还有挂钟啊！那个墙壁上的挂钟你可没法去调啊！”

“在船长离开时，看管我的水手很乐意为我效劳。”

“您凭什么指挥他？”

“就凭那颗蓝宝石，也就是伯爵夫人给我的那颗赝品。”

十分钟很快就过去了。

“您还有要说的吗？罗平先生。”

“天哪，您可真严格。好了，戏也到了最后一幕了，我用我的自由下注。到您了，先生。”

“我为了蓝宝石。”

“好。您先出牌。”

福尔摩斯把枪拿了出来，“我出 king！”

“我是点！”罗平冷不防地给了福尔摩斯一拳。

福尔摩斯向天鸣枪寻求加利玛尔的援助。罗平那拳刚好打在了他的肚子上，让他往后退了几步。罗平趁此机会向壁炉跑去，可是一切都太迟了，加利玛尔带着 20 个警察从门口进来把罗平围了起来。

大家都愣在那里一动不动。罗平那句“我投降”让他们还回不过神来。太简单了，这么快就抓到罗平了。他们还在考虑罗平会采取哪些意料之外的手段逃跑，可他现在就在这儿束手就擒了。

“他投降了！”加利玛尔真是高兴极了，他不失身份地慢慢走过去，向他的老对手宣布：“您被捕了，大盗罗平！”

“加利玛尔，您那副阴森的表情让我感到难受。别人还以为您是对着朋友的墓地发言了！别用那葬礼上的表情看着我。”罗平打了个冷战。

“我宣布，您被捕了！”

“忠实的法律维护者、总探长加利玛尔把强盗罗平绳之以法了。你们该惊讶啊，这是个伟大的时刻，你们要明白这个时刻是多么的有意义。”罗平伸出双手让加利玛尔戴上了手铐。

罗平又转过身去，看着福尔摩斯说道：“太完美了，大师，罗平要因为您这完美的表演在牢房里受苦了。”

福尔摩斯耸了下肩膀。

“蓝宝石！您想都别想，那是我千方百计弄到手的，我要珍藏起来。理由嘛，我会在下次去伦敦拜访您的时候告诉您的。这也就是下个月的事情了。下个月您会在伦敦吧！您不会去别的地方吧？”罗平笑着说道。

这时，电话突然响了起来，罗平不禁一颤。加利玛尔拿起了话筒：“对，这是64873。”

福尔摩斯赶快上去抢过话筒，为了不让对方听出是谁的声音，他又把手绢盖在了话筒上。电话是“金发女郎”代斯唐拉小姐打过来的，她要找费利克斯·达维或是马克西姆·贝尔蒙，可她却不知道电话这头是福尔摩斯。

福尔摩斯向着话筒说道：“喂！您听得见吗？我就是，信号太糟了。我知道了，好了，现在您先回去吧。我们已经安全了。他都回英国去了！我才收到他从南安普敦发来的电报。别担心了，宝贝儿，我等一下就去您那儿。”

他一挂上电话就对加利玛尔说道：“给我三个人，加利玛尔先生。”

罗平一脸沮丧，金发女郎也要被捕了。

“我想和您再谈谈，福尔摩斯先生。”罗平说道。

福尔摩斯用那种难以拒绝的权威示意加利玛尔，自己要与罗平单独谈谈。

“您的条件是？”

“金发女郎的自由。”

“您愿意做这笔交易了？”

“我答应您的要求。”

“可您刚才拒绝了，罗平先生。”福尔摩斯惊讶地说道。

“刚才只是与我有关，现在我最爱的女人的自由受到了威胁。”

“蓝宝石在哪儿？”

“把那根壁炉边的手杖拿过来，打开把手上的那个机关就能找到了。”

福尔摩斯拿过手杖，按照罗平所说的打开机关，手杖的把手里用泥团裹着一颗蓝宝石。

福尔摩斯仔细检查了一下，确实是真的蓝宝石。

“您的金发女郎安全了，罗平先生。”

“这将是不会改变的约定了？”

“对，我将忘记有关她的一切。”

“那真是太感谢您了，我们下次再见。”

加利玛尔反对福尔摩斯的做法，与他争论不休。福尔摩斯蛮横地打断了话题：“我很抱歉，您的想法我不赞同，加利玛尔先生。我也没时间说服您。我将要在一个小时后回英国。”

“那么，金发女郎怎么办？”

“我不知道什么金发女郎，罗平现在交给您了，这颗蓝宝石您也替我交给伯爵夫人吧。您立了这样的大功，也该满足了。”

他戴上帽子，急匆匆地离开了。

看着他慢慢远去的背影，罗平喊道：“一路保重，尊敬的先生，您和我之间的友谊我会牢记在心的。对了，别忘了把我的问候带给华生先生。”

福尔摩斯没有理他。他笑了笑：“我今天见识到了，这就是所谓的英国人的不辞而别吧。这位岛国上的友人没在我们这儿学会礼仪啊。加利玛尔，我们法国人面对这种情况会用精巧的礼貌来掩饰胜利。天哪，加利玛尔，您想从我身上找到些什么？我的资料早就转移出去了。”

“这可不好说。”

罗平任由警察在屋子里搜索，他安分地待在两个警察看管下。已经3点了，他两点有个约会，这约会让他有点儿着急。

搜查没有得到任何有用的线索。罗平大声地笑道：“加利玛尔，我房间里可都是些小机关，那个煤气管是个话筒，看看那个壁炉，里面可是有个暗道，还有这个，精巧的电铃系统。您过去按下那个电铃按键。”

加利玛尔走过去，按罗平说的去做了。

“听到什么了吗？加利玛尔先生。”

“没听见，一点儿动静也没有。”

“我也一样，是没有声音，不过刚才那个按钮给我的气球领航员下了指示，要他过来把我接走。”

加利玛尔被触怒了：“我对您可是够好的了，可您也不能得寸进尺！别磨蹭了，快点跟我走！”

一行人来到了楼梯口。罗平向加利玛尔乞求道：“我们坐电梯下去吧，总探长。”

加利玛尔同意了罗平的请求。门一关上，电梯就像气球一样向上飘了起来，伴随而来的是一阵嘲笑。加利玛尔找不到能让电梯停下来的按钮。就在这时电梯竟然穿过六楼的天花板到了上面的仆人间。屋里的三个人打开了电梯，加利玛尔被其中的两人扶了出来，罗平也被扶了出来。

“我提醒过你了，加利玛尔，我会坐气球离开，这次真是太谢谢你了！”加利坞尔又被从原路送了下去。一出电梯，他也顾不上与手下解释，直接向佣人楼梯跑去。那是唯一的出口，罗平逃走必须经过那里。

楼上是一个有许多拐弯的走廊，许多写有号码的小房间排列在两旁。走到走廊的尽头，可以看见一扇虚掩着的门，推开一看，就是对面的大楼了。通过那个门，他们又来到了对面相似构造的佣人间，他们走着相似的路线来到了屋外。在马路上一看，加利玛尔这才明白了，两个大楼是互通的，它们平行地建在两条不同的大街上。两个建筑物的前门相距60米，罗平就是利用这一点逃走了。

"这次输的真大意，原来这楼里遍布了罗平的同伙。"加利玛尔有气无力地在沙发上抱怨。

福尔摩斯这时正在跑向开往加莱的列车，后边还有个苦力拿着他的行李。火车马上就要开了，苦力快步跑上去，把行李放到了行李架上。福尔摩斯把劳务费递给苦力："朋友，这是您的报酬。"

"福尔摩斯先生，谢谢了。"

大侦探看了看那人，是亚森·罗平！

华生在旁边吃惊地说道："您不是被加利玛尔逮住了吗？我的朋友福尔摩斯说，您可是被30个人围了起来。"

"不来向你们告别，那就太没法国人的风度了！"他没有理会华生的问话。

火车马上要开了，他跳到站台上向两个英国人挥着手，"再会了，下次有需要我的时候，我会乐意效劳的。"

7. 再次交手

大壁炉的两边分别坐着福尔摩斯与华生。华生盯着福尔摩斯，想听他说些什么，可是福尔摩斯一副沉默的表情拒人千里之外。华生只好没趣地向窗口走去。窗外一片让人压抑的景象，如墨的天空降下了倾盆大雨，华生就这样看着街道记录着来往的车辆。

“先生，邮差来了！”华生喊道。

邮差送了两封信过来，都是挂号信。有一封是这样写的。

先生：

我遭遇了一次严重的盗窃。为此我寻求您的帮助。我至今做过的所有努力都没有收获。随信我附带了有关报道的报纸。您可以借此了解事情的大概情况。如果您接受了我的委托，我可以把我的宅院作为您的办公之处，旅途所需要的资金您可以写在我随信寄来的支票上。麻烦您电报回复我。先生，我向您表达我无上的敬意。

维克多·德·安布勒瓦勒男爵

于莫里诺街 18 号

华生手臂上的伤还没完全好，对于上次的巴黎之行他还心怀芥蒂，他说道：“我在罗平事件之后就没去过巴黎了。可是我想做的也只是一次安宁的巴黎之行，可不想再碰到什么麻烦了！”

华生反对福尔摩斯接受这个差事。这时，福尔摩斯拿起另一封信，可刚看一会儿，他就生气地把信丢在了地上。

“到底出了什么事？信上说什么惹恼了您？”

华生慌张地问道，然后把丢在地上的信捡起来，读道：

> 我敬爱的先生：
>
> 您明白，我钦佩您的才华并对您敬重有加。所以，请相信我善意的提醒，最好不要插手别人拜托您的事，否则只会让它变得更加难办，最后会有损于您的声誉。我不愿您的名誉受损，所以在此奉劝您还是在家休息为好。在此一并问候一下华生先生。敬爱的先生，请您接受我真心的敬意。
>
> 您的好朋友亚森·罗平

华生神色慌张地再次读了一下落款：“亚森·罗平”。

“我会失败！他竟然如此嘲弄我！他也不想想，他不也是败在我手上，把蓝宝石交了出来吗？”福尔摩斯生气地捶了一下桌子。

“他是因为害怕您才这样说的。”华生说道。

“您在骗谁了？罗平可从来没怕过谁！他这是在向我下挑战书。”

华生还是不解，问道：“可是他又是如何知道有人委托我们调查呢？”

福尔摩斯没理他，直接要仆人准备他出行的行李了。华生也不好再说什么，只好请求与他同行。

两人下午就坐船到了多佛。福尔摩斯在加莱开往巴黎的快车上好好地睡了三个小时。好的休息让他精神和心情都好了不少。福尔摩斯对于再次与罗平交手充满了期待。下车后，他们轻松地离开了车站。

“请问，您是福尔摩斯先生吗？”问着话的是一个漂亮的年轻小姐，她脸上透着一点担心的表情。福尔摩斯被这突然的对话弄得有些窘迫。

“您是福尔摩斯先生，对不对?”小姐又问了一下。

“您找我有什么事?”福尔摩斯先生粗声回应道。

“先生，请静下心来听我说。我知道您要去哪儿，是莫里诺街 18 号吧，您还是取消行程吧，那事情太糟糕了，您会懊悔您现在所做的决定的。”

福尔摩斯想撇下那位小姐，可是她紧缠着他不放，并强调自己是好心的劝告。她想把福尔摩斯拖到回程的列车上，可是福尔摩斯不理睬她的纠缠，并且飞快地离开了。

他们走了几步，忽然发现前面出现了几个黑体大字。在他们前面，一些人正提着广告牌在街上悠闲地晃悠，这些人人手一根包了铁头的手杖在街上有规律地敲打着。人行道的地面被大片的布告覆盖了。布告是这样写的：

福尔摩斯与罗平的竞赛。来自英国的优胜者已经来到巴黎了。莫里诺街之神秘事件的谜题就是大侦探此行的目的。要了解具体情况，请看《法兰西回声报》。

福尔摩斯怒气冲冲地走上前去，向一个人问道：“你们是什么时候来的?”

“今天早上来的。”

“这么说，这些广告牌是早就准备好的?”

“没错！我们今天早上直接就从广告社把牌子拿过来了。”

这样看来，福尔摩斯的到来早在罗平的预料之中了，他还为此做了充分的准备。他是为什么想要再次与福尔摩斯交手呢?

莫里诺街都是奢华的私人住宅。蒙梭公园正对着这些豪宅的后门。18 号就是这些漂亮楼房里的一户，里面住着德·安布勒瓦勒男爵和他的妻子、儿女。屋子被主人装饰得很华丽。从前面的大门进来，看到的是一个两边都是附属建筑的庭院，走到后门能看到一个小花园，花园里的树与蒙梭公园的树缠绕在一起，相映成趣。

在按过门铃后，一个仆人把来访的两人带到了旁边的小客厅里。两人进来后先找了个地方坐下，然后打量了一下周边的陈设。华生心里暗想："这个收藏家肯定是个老人了，要不哪会把时间都花在这些小玩意上，可能有50岁了。"

就在这时，德·安布勒瓦勒男爵夫妇走了进来。这完全在华生的意料之外，两人都是充满活力的年轻人，都是有教养的人。他们对于福尔摩斯的到来表示出热情的感谢。经过一些简短的客套后，他们谈话进入了正题，也就是福尔摩斯此行的目的——那起盗窃案。

"那是上周的事情了，周六的晚上，我在快到11点时熄了灯，然后和我夫人回了卧室。第二天早上，我起得很早，我吃惊地发现我昨晚关好的落地窗竟然是打开的。有人把玻璃划破从外面打开的。"

"那么，现在我们来谈谈那个落地窗的事。"

"这窗户就如您现在看到的那样，面向一个石栏打造的小阳台。从我们在的二楼可以看到屋后的小花园，花园和卢梭公园之间被栏杆隔了开来。我们可以推断，小偷是从公园潜入进来的。他借助一把梯子越过栏杆爬上了阳台。"

福尔摩斯思考了一会儿，又接着说道："我们还是谈谈重点吧，被偷了什么，是这间屋子里的东西吗？"

"是的，是一盏小的犹太灯。它本来放在那里，就是那幅12世纪圣母像和镶银的神龛中间。"

"那么失窃的只是一个便宜货了。"

"看起来是没有多大价值。可是这个古灯有处暗格可以藏东西。我把一些珍贵的首饰放在了里面。其实里面有一件价值连城的宝贝，一个镶有翡翠和红宝石的金制的古代首饰。"

"您确定，没有人了解其中的秘密吗？"

"我没有告诉给别人。"

"可是这个小偷却是知道的，否则他不会特意去偷那个古灯。"

福尔摩斯说出了自己的看法。

“可是那个窃贼是如何知道的呢？我们也只是偶然发现的。”

“可能因为同样的原因让他知道了这个秘密。”福尔摩斯说完，起身到窗边研究起了案发时弄坏的窗台，他拿着放大镜仔细查看了石头栏杆上两条磨损的印迹。他接着又要求德·安布勒瓦勒男爵带他去下面的花园看看。

福尔摩斯坐在屋外的一把柳条椅子上，有些不解地看着屋顶。接着他走到那两个为了保护现场而盖上的箱子前，他移开箱子，跪在地上紧贴着地面，看着这个放梯子时留下的窟窿，测量了一下距离。接下来他顺着路走到栏杆前，对栏杆下的印迹进行了同样的测量。

在做完这些工作后，福尔摩斯与男爵回到了小客厅。福尔摩斯坐下来，一言不发地思考了一下，说道：“从您的描述来看，这件简单的盗窃案让我觉得很奇怪。这事情并不像看上去那样简单。这绝不是一个把玻璃划破，随手拿走东西的简单案件。”

“可是，那些小偷留下的痕迹不是能证明吗？”

“那都是些掩人耳目的小伎俩，只是为了让某个人不被怀疑。”

“栏杆上的磨损痕迹不能证明吗？”

“那不过是用砂纸打磨出来的，一样是个骗人的把戏。这些就是我在那儿收集到的砂纸碎屑，您可以拿过去看看。”

“梯子留下的印迹如何解释？”

“那都是唬人的把戏！阳台下和栏杆前分别留下的两个梯子的痕迹，您细心观察就能发现它们是一样大的，可是在这平行，在那却不是平行的。再看梯子的宽度，阳台下是23厘米，栏杆那却成了28厘米。难道盗贼带了两把不同的梯子来作案？”

“那您的看法是？”

“我认为，既然留下的印迹大小一致，那就是由同一根切成适合大小的木棍压制出来的。我手里的这根木棍就证明了我的判断，这是我刚才在花园里一颗桂树旁的箱子下发现的。”福尔摩斯说道。

男爵被福尔摩斯的精彩推理折服了。顷刻之间，福尔摩斯就把那些明显的“证据”都给推翻了。根据对现场的分析，福尔摩斯推理出了与表面现象截然不同的真实情况。

“我家里有内贼，这事情太严重了。先生，我的仆人都是跟随我多年的，他们都对我忠心耿耿，不会出卖我的。”男爵说道。

“如果他们全都对你忠心不二，那这封信也就不会有了。这是同您的信一起被送到我手里的。”

福尔摩斯把罗平的信交到男爵夫人的手上。男爵夫人接过信一看：“亚森·罗平！这件事他从哪里知道的？”男爵夫人满脸慌张地说道。

“你们写给我的信就你们两人知道吗？确定没有其他人知道吗？”

“绝没告诉过第三个人。”

这时华生想到了什么，说道：“给我朋友福尔摩斯的信，你们是送去邮局寄出去的吧？”

“是那样啊。”

“是谁去送的？”

“多米尼克，是我的贴身男仆，他为我服务20年了。”

进行完初步的调查，福尔摩斯起身与男爵夫妇告别，开门离开了客厅。

晚餐在一小时后开始了。福尔摩斯在餐厅见到了男爵的两个女儿。一个8岁，还有一个10岁，都长得漂亮可爱。就在这会，一名仆人给福尔摩斯送来了一张字条。福尔摩斯打开读道：

> 对您表达我最真诚的敬意。对于您能在这么短的时间里有如此大的突破，让我感到非常惊讶。亚森·罗平。

“果然在罗平的监视之下，我的所有言行都暴露在他的眼前。”福尔摩斯说完就离开了。

就在这天晚上，华生正做着美梦，福尔摩斯把他从床上叫了起来，让他仔细看花园里的情况。花园里有两个人影隐约在活动。福尔摩斯和华生小心翼翼地走下楼梯，进了一间面向花园台阶的房间。透过门的玻璃，他们看到那两个人影在同一个地方待着。

栏杆那里突然响起一声细微的口哨声，他们看到一阵亮光仿佛从男爵家里闪现出来。

“可能是男爵夫妇把灯点亮了。他们的房间就在我们楼上。”福尔摩斯小声说着，“我们听到的准是他们发出的声音，可能他们也在注意栏杆那边的情况。”

接着响起了一声更加小的哨音。

福尔摩斯生气地小声说着：“我没弄懂，真是弄不懂。”

“我也是一头雾水。”华生附和道。

福尔摩斯用钥匙打开门锁，悄悄地把门推开。就在这时，传来了第三声哨音，就在他们头顶处发出的，声音比较大，而且越来越响，调子也不同了，还在不停地加快节奏。

“这声音就好像是阳台上发出来的。”福尔摩斯低语着。

他把头从门缝探出去，朝上面看了看，马上又缩了进来。就在他们边上，有一把梯子靠着墙架在阳台上。

“没错了，小客厅里有人，这就是我要的结果。我们快把这梯子拿走，断了那人的后路。”

可就在他们行动时，一个人影就从梯子上滑了下来。那人拿起梯子就朝栏杆处跑去。栏杆那有他的同伙接应。福尔摩斯与华生飞快地追了过去，他们刚追上那个架梯子的男人，旁边就响了两枪。

“你没被打中吧？”福尔摩斯对华生说道。

“我没事。”华生答道。

华生把那个男人扯了下来，准备把他控制住，可那人回过神来一把刀扎向了华生的心口。华生发出一声痛苦的声音，倒了下去。福尔摩斯让华生在地上躺好。那人借着这个机会爬过栏杆，让那边等候的同伙接走了。

这时，男爵从屋里赶了出来，后面仆人也拿着灯走了过来。华生伤口还在不停地流血，脸色变得难看极了。医生在20分钟后赶到了。华生差点就没救了，医生说，刀离心脏就差了40毫米。

福尔摩斯在医生看过后也就安了心。他去小客厅见了男爵。他说，这次的窃贼就比前次嚣张了不少。那人拿走了镶钻的鼻烟盒和蛋白石项链，还有那些口袋能装下的小饰物，真是一点都不客气啊。落地窗还是开着的，玻璃如前次一样被卸了下来。在简单的调查后发现，梯子是在一个正在装修的屋子里拿的。那屋子的方向也刚好是窃贼逃跑的方向。

这让福尔摩斯更加确定，自己的推断是对的。他坚信那个盗贼就是男爵家里的人。他现在只看到了两件案子表面上的关系，他要去了解深入的关系。

平静的两天过去了。福尔摩斯在男爵家的各个角落连续不断地展开了搜索，可是他却没有获得任何有用的线索。他的直觉告诉他，他面对的敌人是男爵家里的人，而不是视线以外的罗平。

第三天的下午，福尔摩斯信步去了小客厅顶层的儿童学习间，一个年龄较小的女孩也在那里，她正在找剪刀。

"您瞧，您那天晚上收的纸片我也会剪。"她对福尔摩斯说道。

福尔摩斯一边听着一边继续观察房间，可是他突然被女孩的话语所惊醒。他马上追上女孩问道："那这样说来，您也会把纸片像那样贴在纸上呢？"

"没错，我当然也能做出那样的纸条。"小女孩得意地说道。

"您从谁那里学会的啊？"

"我看见我的家庭女教师那样做过，我从她那儿学来的。她把字从报纸上剪下来，然后一个个贴到纸上。"

"之后她用这些纸作了什么啊？"

"她作成了信件，还有电报，都寄了出去。"

福尔摩斯又走回了儿童学习间。对于小女孩的话，他还是有点想不明白。现在，他极力地想在那些隐情里找到有用的线索。

壁炉的架子上放着许多报纸。福尔摩斯走到壁炉前，随手拿起一张报纸，发现报纸上的确被人剪去了许多字。他粗略地看了看，发现许多是随意剪掉的，这应该是那个小女孩剪的。在这里面应该会有家庭教师剪过的，可是怎么找出来呢?

福尔摩斯拿起旁边桌上的教科书翻了起来，这时他看了看旁边的壁柜，发现上面还放着些书。他一下子明白了什么似的，发出欢快的呼喊。

他在壁柜角落的一堆旧本子里找到了一本孩子们的纪念册和一本看图识字。他翻开纪念册，发现有一页被剪了个缺口。他查了一下，这页唯独缺了星期六的日期目录。犹太小油灯就是在这一天失窃的。他急切地继续翻着纪念册，不过现在他心里已经有了底儿。

他在后面又发现让他吃惊的地方，这一页全都写着大写字母，在最后还有一小行数字。在这些字母和数字里面，福尔摩斯发现有9个字母和3个数字被剪了下来。福尔摩斯依照顺序把它们记到了自己的记事本上。经过简单的排序，他得到了这样的一串字符：CDEHNOPRZ——237。这些组合一开始还真看不出什么端倪。能否拼成几个单词呢？福尔摩斯尽心地拆解着。到最后，他终于找到了一个符合逻辑的结果：REPOND. Z－CH－237。

第一个单词很容易明白，“REPONDEZ”（答复），缺少字母“E”是因为没有多余的字母了。那个不完整的字母应该是与数字一起组成了某个地址。寄信人要收信人在“CH237”这个地址回复，他定好了周六这一天；或者“CH237”就是一种取件方法，代表自己去邮局领取；也可能“C”和“H”就是两个不完整的单词的某一小段。

福尔摩斯最后也没在纪念册上找到新的线索。在发现新的排列方法前，他现在也就只有这一个结论了。

“这是不是很有趣儿?”小姑娘回到屋子里，对福尔摩斯说。

“是啊，真让我觉得有趣！还有没有别的纸张？其他可以让我贴着玩的字母也可以。”

“其他的纸？不……没有了，家庭教师会生气的，刚才她都骂过我了。”

“她骂您了，为什么啊?”

“因为我把她剪纸的事告诉了您，她说，把私事告诉别人是不对的。”

“您真是个好孩子，说得对极了。”

听到别人的表扬，小姑娘高兴极了。她拿出装着自己宝贝的小袋子，里面有三粒纽扣、两块糖，还有几个布条，在最底下有一块纸片。她把纸片交到了福尔摩斯手里。上面有个出租马车的号码：8279。

“这是周日家庭老师做弥撒时掉的。”小姑娘告诉福尔摩斯。

在考虑了一下后，福尔摩斯径直去了男爵的房间。他开门见山地向男爵打听起家庭教师的情况。男爵提供了如下情况：“她钟爱黑色的衣裙。偶尔她也会出去走走，去哪儿我就不知道了。在马路对面的公寓里好像住着她的一个熟人，她有时会去那里。对了，她周六出去过一趟。”

与家庭教师一见面，福尔摩斯认出了这位小姐，她就是在巴黎车站外阻拦他的那位小姐。福尔摩斯心里明白了，这让他有了下一步的计划。

8. 不一样的真相

福尔摩斯在了解了家庭教师情况后，就去了巴黎警察总局，那里有他的老朋友——加利玛尔。他与加利玛尔见了面，可是加利玛尔现在很气馁，他害怕接手涉及罗平的案件。最后，福尔摩斯还是把他说服了。

两人乘坐出租马车来到了那栋出租公寓前的大街上。他们在靠近房子的地方找了个不惹人注意的咖啡馆坐了下来。他们就这样坐着，一直等到天色暗了下来。福尔摩斯写了封信，他让服务生把信送到马路对面公寓的门房儿手上。不一会儿，门房儿赶了过来。加利玛尔先向门房儿说明了自己的身份，然后福尔摩斯开始询问门房。

“星期天，是不是有个一身黑色衣裙打扮的夫人去过你们那幢公寓？”

“是有过一位这样打扮的夫人，她来过，是九点吧。她去了三楼。”

“她经常去吗？”

“以前倒没怎么见过她，可是最近这半个月她常来，可能每天都会来吧。现在她就在楼上了。”

“是谁在三楼住着？”

“有两位客人住在三楼。一位是朗热小姐，她是个卖帽子的商人。还有一位是布雷松先生，他在一个月前租下了两间有家具的房间。可他经常不回来住，我有时三天都见不到他一面。”

“在周六晚上到周日凌晨这段时间，他回来过吗?”

“我想想，周六晚上，对，他在那晚回来过。后来我就没见他出去了。”

“他的外貌有没有什么特征?”

“我也不好描述。他经常改变相貌。有时是个大个子，下次一见，又是个小个子。头发也是一会儿是黄色，一会儿又变成了褐色。我也老是分辨不清楚。”

听了门房儿的回答后，加利玛尔和福尔摩斯互相看了对方一眼。

“没错，准是他!”探长嘀咕道。

“快看，那位小姐出来了!”门房儿对他们说道。

那位家庭教师从公寓大门走了出来，接着从广场穿了过去。

“看，那个腋下夹着一只包的人，他就是布雷松先生。”

加利玛尔和福尔摩斯马上站起来向门房指的方向望去。虽然在灯下看起来有点朦胧，可是他们还是认出了那个慢慢走远的侧影，没错，那一定就是罗平。

两人混杂在来往的行人中，悄悄地跟在罗平身后。他们跟着罗平一直走到维克多·雨果大道，两人在这里分开，一人走一边人行道继续跟踪。20 分钟后，他们跟着罗平走到了塞纳河畔。罗平在河边停了几秒，接着又回到了大路上。在罗平从他们身旁走过时，他们发现罗平手里的包没了。

一个人在罗平走远的时候，从一栋房子的角落走了出来，接着又躲到了树影下。似乎罗平也被那人给盯上了。现在情况变得更加复杂了，又加入了一个游戏的玩伴。罗平按照原路回到了租住的公寓。

他们也跟着去了三楼。加利玛尔在门口按了一下门铃，没有回应，他又按了一次。这时里面传来一阵脚步声，两人立刻把门推开闯进了屋子里。隔壁房间也在这时响起了枪声，接着又传来人倒在地上的声音。

他们冲进旁边的房间，看到一个男人脸朝大理石壁炉倒在地上，他身子还颤动了一下，手边有一把枪，应该是从他手里掉下来的。

加利玛尔俯身上前，那人已经没了呼吸，他把那人的头扭过来看了看。死者一脸的血迹，从太阳穴与脸颊上两处大的伤口处还在不停地流着鲜血。这人不是罗平。他们在死者身上进行了彻底地搜查，只找到一个空钱包和几个金路易，身上没有证明他身份的任何东西。

屋里还有一个行李箱和两只手提箱，看上去应该是死者的。箱子里只有一些票据。壁炉上放着一些报纸，加利玛尔走过去看了看，都是一些关于犹太古灯的报道。

他们在屋里调查了一个小时，仍旧不清楚死者的身份，也不知道为何要因为他们的闯入而自杀。他们也就这样一无所获地离开了。

这件事情让他们有了更多的疑惑，死者的身份、自杀的动机、与犹太古灯的纠葛，以及那个跟踪他的另一个人的身份，这些谜题都显得难以解答，让他们迷惑不解。

当晚，福尔摩斯睡在床上也是满脑子的挫败感。

第二天早上他收到了一份儿快信。信是这样写的：

> 福尔摩斯先生，
>
> 怀着悲痛的心情，通知您出席为布雷松先生举办的葬礼。请您在6月25日周四出席。
>
> 亚森·罗平

福尔摩斯把信对华生挥了挥，说道："我就知道，那个罗平监视着我的一举一动。现在他就尽情地得意好了，我总会抓到他的狐狸尾巴的。老伙计，我们通过他的第一封信已经发现他与那个家庭教师有来往了。虽然现在我们对真相还不是太了解，可是也不是毫无头绪的。我们先在布雷松那里找线索，我们要弄清楚那位先生为何在河边把包给丢了，这位先生起的作用是什么？接下来就要去找家庭教师谈谈了。我会从那里知道字母和数字的意思的。我是不会失败的，华生，我找到了问题的关键。”

家庭教师也在这时走了进来：“您还是让您的朋友好好休息吧，福尔摩斯先生，医生嘱咐了，他需要静养。”

福尔摩斯沉默不语地看着她。他对她表现出的冷静非常吃惊，这感觉与他第一次见到她时一样。

“布雷松先生自杀了，就在昨天晚上。”福尔摩斯走过去轻声对家庭教师说道。

她看上去没有任何反应，显得很是自然，没有给人任何假装镇定的感觉。

“您何必要掩饰自己的情绪啊！”福尔摩斯接着把桌上的纪念册拿在手上，翻到被剪过字母数字的一页，“这些字母和数字的意义，您介不介意告诉我呢？那张字条，您在古灯盗窃案事发四天前送去布雷松先生家的字条，上面到底说的是什么？”

这时，她打破了冷静，大笑起来：“我懂了，先生，您认为我是那个布雷松先生的同谋，我们合伙偷了犹太古油灯。现在，那个窃贼自杀了，我是那个窃贼同伴，这真是个有趣的故事啊！”

“您昨晚去了泰尔纳大街的一幢公寓，您到三楼去找了谁？”

“我去找了谁？拜访朗热小姐啊，她只是个帽子商人。您不会认为她就是布雷松先生吧？”

“我还有一个问题，您为何阻拦我来巴黎，在车站您为何极力奉劝我不要调查这个案件？”

“先生，您的好奇心太重了。为了对您的无礼给予惩罚，尊敬的先生，您从我这儿得不到任何有价值的线索。”家庭教师还是如故地露出微笑的表情。

她话一说完就离开了。

福尔摩斯发现自己被愚弄了。不但没得到任何线索，反而把自己的推想都告诉了对手。那个家庭教师冷静的表现让他想起了金发女郎，她难道也是在罗平团伙的保护之下？罗平带给她们信心，因为罗平的存在，她们无所畏惧。

福尔摩斯匆忙地出了门。他在走到梅西娜大街时，发现家庭教师进了一家药店。她在10分钟后拿着一个小瓶和一个细颈瓶走了出来。就在她往大街上走时，一个人走过去与她攀谈起来，那人拿着帽子好像在向她乞讨。她停下来给了那人一点钱，然后继续朝前走去。福尔摩斯想到："她肯定交代了那人些什么。"

福尔摩斯凭着直觉放弃继续尾随家庭教师，选择跟踪那个化妆成乞丐的人。

福尔摩斯尾随那个乞丐到了圣・费迪南广场。那人停在布雷松先生生前往的公寓楼前，在附近转悠了一阵儿，留心观察着周围的情况。就这样过了一小时，那个假乞丐上了一辆电车，车是开往纳依的。福尔摩斯也上了同样一辆车，跟着上了车顶，找了个稍远的座位坐了下来。

福尔摩斯身旁的位子上还坐着一位先生，这位先生一直用报纸遮着脸。那位先生在车子开到城墙遗址时放下了报纸。福尔摩斯看了一下，竟然是加利玛尔。加利玛尔凑到福尔摩斯身边小声说道："前面那人就是昨晚跟踪布雷松的人。我一小时前在广场看到他的。"

"还有没有关于布雷松的消息？"福尔摩斯对加利玛尔说道。

"还真有，今天上午送来了一封给他的信。"

"在今天上午？那写这封信的人应该还不知道他自杀了。"

"正如您说的那样。虽然信交给了预审法官，可我把信的内容都记下了。信上说，他不会妥协，他全部都要，包括第一次和第二次所有的东西。如果不答应，他就会自己行动了。信没有署名。"

"我对这封信的内容很感兴趣，加利玛尔先生，您的信息对我真有用。"

车停在了终点站——城堡街，那个乞丐下了车。福尔摩斯跟着他走到街上。那人向两名正准备骑车离开的警察走去。他与警察说了些什么，接着飞快地骑上身边的自行车与他们一起离开了。加利玛尔离开寻求帮助去了。福尔摩斯继续沿着自行车的车轮印跟了上去。

福尔摩斯在车轮印的指引下来到了塞纳河边。这地方好像来过，对了，这就是昨天布雷松丢包的地方。

福尔摩斯走到河边的斜坡下，水已经退了，现在应该很好找到那个包裹。他要赶在那三个人之前找到它。旁边船上坐着一个钓鱼的人，福尔摩斯朝那人走了过去，向那人打听道："您一直坐在这里？刚才是不是有三个人骑着自行车从这儿过去？"

钓鱼的人用手势告诉他，他没有看见。

"就在离您这儿两步远的地方，一定来过，那三个人一定在那儿待了一会儿。"福尔摩斯说道。

这时，钓鱼的人拿出一个记事本，在上面写了些什么，接着撕下那页纸，把它交给了福尔摩斯。

福尔摩斯看到那纸上写着"CDEHNOPRZEO - 237"，这就是他在练习册里发现的字母和数字。他身体不自觉地抖了一下。

那个男人再次钓起了鱼。他一副认真的样子钓着鱼，外套与背心都叠好放在了旁边，鱼漂在水里顺流而下地漂在河面上。

福尔摩斯心里很焦虑，他有点痛苦地想着："会是他吗？"突然之间，他好像看清了事情的本来面目。

"没错，就是他。他才会这样处乱不惊，没有谁能像他这样淡定。还有，也只有他才会从家庭教师那里知道纪念册的事。"

福尔摩斯的手紧紧握在了枪托上，随时准备拔枪。他眼睛一刻也不离开这个男人，这时只要他把扳机一扣，一切也都完结了，这位大冒险家的故事也就画上了句号。

那个男人依旧专心钓着鱼。福尔摩斯有股开枪的冲动，可这样一来，随着罗平一死，所有事就都完结了。

就在他犹豫不决时，后面响起了一阵脚步声。他一回头，看见加利玛尔带着几个警察过来了。他有了新的决定。他跳上小船抱住那个男人，两人在船上滚作一团。由于他太使劲了，绑住船的缆绳也断了。

不出福尔摩斯所料，那个男人就是罗平。罗平边与福尔摩斯缠斗边说："我们这是在干什么？我们把对方制伏才算胜利吧！"

经过他们这一折腾，小船上的划桨也掉在了水里。小船彻底失去了控制。岸上这时也传来一阵阵呼喊。罗平接着说道："您何必把事情弄得这么复杂！天呀，您是被感情冲昏了头吧！年纪也不小了，还这么莽撞！"

他最后还是从福尔摩斯手上挣脱了出来。

福尔摩斯怒气冲冲，伸进口袋掏枪，准备做最后一搏，可是他什么也没摸到。"该死的罗平。"他骂道。枪在缠斗时已经到了罗平手里。这时他俯下身去，拿起桨划向岸边。罗平也不甘示弱，在另一边往河中央划去。

岸上已经有人举枪瞄准了罗平。可罗平聪明地把自己藏在福尔摩斯身后。罗平找到机会拿出手枪，信手就对岸上开了一枪。加利玛尔的帽子刚好被这颗子弹洞穿。

随后，罗平把福尔摩斯的手枪扔上了岸。福尔摩斯笑了起来，罗平的率性行为让他很欣赏，真是个有朝气的年轻人。

两岸熙熙攘攘地围上了许多人。加利玛尔带着他的手下沿着岸边追着顺流而下的小船。罗平大声对福尔摩斯说道："先生，我有个问题不明白，想向您请教。您只要回答'是'或者'不'，以免产生歧义。希望您从此不再插手这件事。我能帮你善后，再拖下去就无法解决了。您同意这样办吗？"

"不！"

罗平被福尔摩斯的固执弄得很不愉快："我再重复一遍，您同意退出吗？"

"不！"

罗平俯下身，把船底的一块木板拿了起来，接着坐到福尔摩斯身边，说道："敬爱的先生，我们都是为了拿布雷松扔掉的东西才到河边来的。我约好了朋友，准备到塞纳河底进行一次小小的探索。我朋友过来告诉我，说您也跟着过来了，所以我对于您的到来并不觉得意外。我每个小时都能从我朋友那儿得到您的消息。对我来说这很简单，只要一个电话，莫里诺街任何我感兴趣的小事儿我都能知道。"

这时他打住了话头，刚才他拆板子的地方向上涌起了一根水柱。

"您不担心吗？我尊敬的先生。"

福尔摩斯不置可否地耸耸肩。他知道罗平在船底打了个洞。水往上涌的越来越多，已经淹过了他们的脚跟。福尔摩斯不紧不慢地把烟点了起来，不顾河水没过了他们的坐椅，泰然地抽着烟，就好像这水涨到哪儿都与他无关一样。警察也在这时开了艘游艇向他们行驶过来。

小船在这时也摇晃了起来，福尔摩斯只能抓住浆边的铁环保持平衡。罗平把衣服穿好，就如福尔摩斯那样整齐。他对着福尔摩斯无奈地说道："您还是这样不肯服输！可是这件事您会白费力气，您的坚持只会浪费了您的才能。相信我，您的努力是没有结果的。"

"罗平先生，您的话太多了。您经常过于自信，也因此露出不少破绽。"福尔摩斯终于按捺不住地说道。

"直击要害啊！"

"事实就是这样，刚才您在无意间给我透露了一个线索，这正是我在找的。"

"您要了解的线索，您怎么不直接问我呢？"

"我不要任何人的帮助！现在开始计时，我会在三个小时后让德·安布勒瓦勒男爵和夫人了解事情的真相。我能给您的就只有这个答复……"

福尔摩斯还准备说些什么，船突然间全部沉了下去。两人都被水流卷进了水里。两岸的人发出惊慌的喊叫，接着就是一片可怕的沉默。突然人群中发出一片欢呼声打破了沉默。有个人露出了水面，是福尔摩斯。福尔摩斯擅长游泳，他可不会被这点儿事儿难住。他向警察的游艇挥了下手，然后径直游了过去。

就在他接过船上的绳索往上爬的时候，罗平在身后喊道："尊敬的先生，您当然会解开谜题。可我觉得您现在就该知道了。就算您知道了结果又会如何？您已经输了……”

罗平就躺在翻了个的船上。

“罗平，现在你没法逃了，快点投降吧！”一个警察拿枪瞄准他喊道。

“警官，您是不会打死我的，您最多打伤我，防止我逃走。”

枪响了，罗平身子一晃没抓稳，落入水里不见了。

在事件发生的三个小时后，也就是6点整，福尔摩斯穿着从旅店借来的衣服走进了男爵家的小客厅。他提出要与男爵夫妇见面。

福尔摩斯正来回走动的时候，男爵夫妇走进了客厅。福尔摩斯向男爵问道：“您的家庭教师在家吗？”

男爵回答说：“在啊，现在她正陪着孩子们在花园玩呢。”

福尔摩斯说道：“男爵先生，我希望那位小姐在场，我将对你们说我最后的结论。我会把事实告诉你们，你们也将了解事情本来的面目。”

男爵夫人出去了，不一会儿，家庭教师就和她一起回来了。那位小姐进来也不问原因，就站在了桌子旁边。她的脸色显得比平时差了点儿。

福尔摩斯没去管她，转过身去对男爵说：“先生，我还是确定我最开始的判断没错。经过几天的调查，我认为失窃的犹太古灯还是您家里的人偷走的。”

他的声音掷地有声、不容置疑。

“那是谁偷的呢？”

“我清楚窃贼是谁，我有证据让他难以辩驳，这是他没想到的。您的犹太古灯现在我拿到了，还有你在第二次案件中丢失的东西，我也都找到了。”

男爵夫妇大吃一惊。他们一言不发地看着福尔摩斯，那渴求答案的表情就是对福尔摩斯最好的表扬。

三天以来，福尔摩斯干了些什么，他全部告诉了男爵夫妇。他先谈到如何找到那个被剪了字母和数字的练习册，如何把那些字母组成了单词，然后谈到了自杀的布雷松先生，还有最后他与罗平的冲突，以及罗平是如何消失的。

男爵在福尔摩斯说完这些话后问道："您现在可以告诉我们窃贼是谁了吧？"

"我认为窃贼就是那个用拼接信与罗平联系的人。"

他拿出罗平在船上给他的纸条。字条被水打湿了，显得满是折皱。

"大家注意，这不是我强行从罗平手上拿过来的，他完全是怀着游戏的心情给我提供了线索。"福尔摩斯向男爵夫妇着重地说道。

福尔摩斯把这些字母用铅笔再次写了一遍：CDEHNOPREO－237。

"您好好比较一下就会发现，就如我以前做的那样，这与我以前所列的排序不同。"

"那是什么原因？"

福尔摩斯接着往下说："罗平的字条上比我原来那张多了两个字母，'E'和'O'。拿去'C'和'H'我们可以拼出'repondez'（回答），把'E'和'O'加上，拿走的'C'和'H'就能组成一个新的单词'ECHO'（回声）。这正好说明《法兰西回声报》是罗平的报纸，他通过这份报纸向外界传送消息。这份报纸一直都有他的联系专栏。'请对237期《法兰西回声报》的通信栏进行回复'，这就是字条的真正意思。一切的谜底也就在报纸上写着，罗平给了我提示，真得感谢他的好意。我去拜访了《法兰西回声报》的办公室。"

"您在那得到了些什么线索？"

"我了解了罗平和他女同伙的联系，我知道了所有的情况。"

福尔摩斯说完就把7份报纸打开，在第四版剪下了七行小字。排列如下：

1. 亚·罗，女人请求保护。540

2. 540，等待解答。亚·罗。

3. 亚·罗，在限制下，敌人，难逃。

4. 540，留地址。调查事宜。

5. 亚·罗，莫里诺。

6. 540，公园，3点。紫罗兰。

7. 237，周六，说好了。周日上午，公园。

"我们了解到的首先是代号540的一个女人向罗平寻求帮助。罗平要求女子说明原因，女子回复说，她被敌人掌控了，那个敌人显然说的是布雷松。如果罗平不救她就无法逃离苦海。罗平做事周密，他不愿涉险，所以提出要地址，然后派人去调查。女子为此考虑了四天，这点可以从报纸的日期上发现。她在布雷松步步紧逼下觉得刻不容缓了，所以把住所的街道莫里诺街告诉了罗平。"

"罗平在第二天约她3点钟去蒙梭公园见面，接头暗号是一束紫罗兰。见面后，他们制订了详细的计划，并采取了其他的联系方法。也就在那天，他们不用报纸来联系了。布雷松威胁那个女人，要她偷走犹太古灯。"

"现在就差确定盗窃时间了。那个女人想让事情更加保险，用拼接信把时间告诉了罗平，她要在周六实行计划。她还要罗平在237期《法兰西回声报》上予以回应，罗平答应她周日上午去公园。所以周日上午便发生了那个所谓的外人侵入的盗窃案。"

福尔摩斯继续往下说着："在失窃案后的周日上午，她去罗平那儿报告了情况，并且把灯交给了布雷松。事情就如罗平计划的那样进行。警察们都被表面的伪装给欺骗了，那大开的窗户，阳台上的磨损印迹都是室外侵入盗窃的佐证。那个女人自然就被排除在了嫌疑人之外。第二次的偷盗源于报纸对第一次偷盗做了过于详尽的描写，有人按图索骥，模仿了那个盗窃手法，偷走男爵的收藏品。这次与第一次不同，是真正的室外闯入盗窃。"

"案犯是谁?"

“显而易见，是布雷松的恶行。那位女子对此却并不知情。我和华生追的就是他，他最后还弄伤了我的朋友。布雷松的同伙儿在昨天他自杀前给他写了封信，从这封信能看出罗平知道了是布雷松所为，他给布雷松施压，要他把两次的赃物都交给他。罗平也派人监视着布雷松的一举一动，我们跟踪布雷松去塞纳河畔时，罗平的同伙儿也在附近盯着。”

“塞纳河畔？布雷松去那儿做什么？”

“我想，他是得知了我的调查进度。”

“他是如何知道的？”

“一定是他的那个女同伙儿说的。那个女人担心这样下去会把自己给查出来，因此她就提醒布雷松早做准备。布雷松得到消息后就把那些赃物都装进一个包里，扔到了一个他日后能再找回的地方。可是，在返回公寓的时候，他发现有人盯上了他。他由于做贼心虚，加上一时害怕，就饮弹自尽了。”

“那些赃物您都拿回来了？”

“罗平落水不见后，我马上潜下河去，找到了布雷松扔包的地方。在那儿，我发现了一个用衣服与油布裹着的包袱。包袱里面就是您失窃的物品，您看，就在这里。”

男爵赶忙用刀割开绳子，打开包裹拿出了里面的犹太古灯。他把古灯灯脚的螺母使劲拧开，把古灯从中间打开，一颗镶满红宝石和翡翠的金首饰从中露了出来。

一切都显得这样合情合理。福尔摩斯的推理却让人觉得有点可悲。那些证据都表明家庭教师就是那个内贼，是那个布雷松的女同伙儿。家庭教师还是在站着一动不动，没有为自己辩解的意图。她还是那样平静，没有流露出一点慌乱害怕的神情。

“先生，您确定您的判断是正确的吗？会不会有点误会。”

“男爵，您家里还有其他人可能知道这个珍贵首饰藏在古灯里吗？”

男爵无法否认这个让他难过的结果。他不得不承认残酷的事实，他需要去面对这个结果。他走到家庭教师身旁问道："小姐，是您干的吗？是您偷走了犹太古灯吗？是您与亚森·罗平合谋里应外合偷走了犹太古灯吗？"

"先生，是我做的。"家庭教师面无表情地看着男爵说道。

"事情不会是这样，我不相信。您是我最不可能怀疑到的对象。您是怎么做的？可怜的小姐。"

"福尔摩斯先生全说对了，我就是按照他说的那样做的。在周六晚上，或是周日凌晨，我溜进客厅拿走了古灯。然后我就出门把灯交给了那个人。"

"不可能，早上我起来时还看见小客厅的门是锁着的。"

男爵的话让家庭教师慌了神，脸变得通红。她望着福尔摩斯，好像要他来帮忙解围。

对于家庭教师的慌乱，福尔摩斯有点吃惊，她说谎了？她刚才的话肯定是为了隐藏些什么。

"我敢肯定，那扇门是关着的，就像我昨晚锁好的那样。要是您真的是从那里进来的，里面就一定要有人给您开门。可是里面除了我和我太太，没有其他人了。"男爵接着说道。

福尔摩斯为了掩饰他那通红的脸庞，急忙把腰弯了下去。一个新的想法在他脑海中穿过，这让他一时有点儿不适应。他现在终于明白了事情的真相，所有的迷雾都从他眼前散去了。家庭教师是无罪的，这一点是毫无疑问的。他起初的证据和推论是站不住脚的。现在，他了解了事情的真相，一切谜题破解了，他知道谁才是真正的内贼。

几秒钟后，他把头抬起来，尽量自然地看着男爵夫人。男爵夫人脸色显得很难看，没有一点血色。这副神情让她把自己内心的害怕都暴露了出来。她尽力掩饰着自己的不安，把抖动的双手藏在身后。

福尔摩斯心里思量着："再有一秒钟时间她就会露出破绽。"

福尔摩斯坐在男爵夫妇之间，看了一眼男爵，那脸色好像说明男爵知道了真相。男爵也在考虑着同样的问题，他得出了与福尔摩斯一样的结论。他全明白了，他终于知道事情的真相。

家庭教师还想极力掩饰那个无情的事实："先生，是我记错了。我那天不是走的这扇门，我是从花园架了个梯子……"

虽然她竭尽所能，可是一点儿也无法改变事实。

所有人都一言不发，空气都安静得让人窒息。男爵夫人因为害怕和担忧站着一动也不动。男爵也在与内心的事实抗争，他不忍毁了这段幸福时光。

"还是您自己说吧，这到底……是怎么回事儿?"男爵激动地说道。

"亲爱的先生，对此我没有什么解释了。"男爵夫人痛苦地小声答道。

"那家庭教师……"

"她出于对我的忠心帮我脱了身，承担了我犯下的过错，她为了我不被怀疑，说了谎。"

"她帮你从谁那儿脱了身?

"那个男人。"

"是不是布雷松?"

"对，就是他，就是他在胁迫我。那是在我的一位女友家，我认识了这个男人。我当时竟然听信了他的花言巧语……我一定是疯了。我的这种荒唐之举您是一定不会原谅的。我给他写过两封信，现在我已经从他手里赎了回来，您等下能够看到的。您知道我是拿什么赎回来的吗……我已经为此非常伤心难过了，可怜一下我吧!"

男爵夫人继续说着与布雷松间的偷情之举。她最终发现布雷松是个恶棍，由此被困扰和恐惧包裹。她说到家庭教师是如何勇敢地帮助她，如何替她求助于罗平，让她从那个恶魔的控制下脱身。

事情全都清楚了。福尔摩斯也没有留下来的必要了。就在当天晚上，福尔摩斯坐上了由加莱开往多佛的"伦敦城号"。他走到睡在长椅上的家庭教师身边，问道："您是在睡觉吗，小姐?"

“没有，先生，我睡不着。我心里在想些事情。”

他们相视无语，没有再说别的。

在甲板上来回走了几圈后，福尔摩斯坐回了旅伴身旁。他把烟斗拿了出来，把烟丝装好，可是身上没带火柴。他起身走到旁边的一位先生那里说道：“先生，打搅一下，您有火柴吗？”

这位先生拿出盒火柴，划燃了一根。在火光的映照下，福尔摩斯看清了那人的面孔，竟然是罗平。如果福尔摩斯不是惊讶地往后退了一步，罗平还以为他是故意来找他借火的了。

福尔摩斯马上恢复了平静，他很自然地向罗平伸出手：“这个世界上也就是你我两个人不会为他们的事感到吃惊。”

罗平在福尔摩斯的请求下说了自己是如何从河里逃走的。

“这次逃跑很简单啊！因为我和我的朋友早就约好在那里把那些赃物打捞出来，所以他们一直等在附近准备接应我。我在翻了的船底等了30分钟，就在警察去岸边找我尸体的空当爬上翻了的船，搭上我朋友的游艇离开了。”

“您真是太棒了，出色的表现。”福尔摩斯佩服地喊道。“您现在有什么事要去英国处理吗？”

罗平好像回想起了什么，向福尔摩斯问道：“男爵先生那边怎么样了？”

“他全都知道了。”

“敬爱的先生，您忘了我对您的忠告了吗？现在一切都无法挽回了。照我的计划不是会做得更好吗？那些赃物我会在一两天后交给男爵的，到时他们可以安静地相伴终生。现在，您看您都做了些什么，他们……”

“我让您的计划泡汤了，给您守护下的男爵夫妇美满的婚姻带来了裂痕？”福尔摩斯冷冷地笑了。

罗平沉默许久，然后说道：“敬爱的先生，我们都明白，我们在任何事情上都有不同的看法，我持这种观点，你持另一种观点。我们可以相互尊敬对方，畅快交谈，可是我们之间还横亘着一条无法渡过的海峡。您是个大侦探，您有着追捕窃贼的本能，会用尽一切办法把对手引进您的陷阱。我罗平是个大盗，我会用我的聪明才智从侦探手里逃脱，并嘲笑他做的事情。”

说完，罗平放声大笑起来。可这笑声福尔摩斯一点也不喜欢，它显得狡诈、冷酷，还让人觉得可恶……

两种微笑的女人 Arsène Lupin

1. 神秘的惨案

在这座古老的沃尔尼克城堡的废墟堆中，发生了一场悲剧。

沃尔尼克城堡非常宽敞，地处奥弗涅。8 月 12 日那天，德卢威勒先生和夫人邀请了一些客人来城堡做客，午饭后，又与客人们一起去参加了音乐会。这场音乐会是著名的女歌唱家伊丽莎白·奥尔纳在维希举办的。第二天，德卢威勒邀请了这位女歌唱家来城堡吃午饭，德卢威勒夫人早就认识她了，那时伊丽莎白还没和银行家奥尔纳离婚。

城堡主人很好客，亲切地接待了他们。午饭吃得非常愉快，每位客人都感觉到自己备受重视。一共来了八位客人，三对年轻夫妇、一位退休将军，还有让·戴尔勒蒙侯爵，他们都在兴致勃勃地聊天。戴尔勒蒙侯爵四十来岁，谈吐高雅，举止不凡，任何女人见了他都会心动。

但是伊丽莎白·奥尔纳的到来让侯爵有一点儿不快，因为客人们把赞美的焦点都转移到了伊丽莎白·奥尔纳的身上。只要她在场，客人们都会纷纷投去欣赏的眼光，特别是有些男士为了能够引起她的注意，总会找机会与她聊上几句。而她却很少说话，因为她不想恭维别人也不想表现自己。她长得特别漂亮，令人陶醉。她的眼睛是蓝色的，皮肤又白又嫩，还有那精致的五官，只要看她一眼，就会被她的美貌吸引。即使在歌剧院里，最能征服听众的仍然是她的容貌，尽管她能歌善舞。

剪裁简单的连衣裙也掩饰不了她的美丽，也许根本不会有人去注意这些衣服是否漂亮，优美的身材、大方的举止、以及丰满白皙的双肩，已经全部占满了人们的眼球。她的脖子上戴着一条闪闪发光的精美项链，上面缀着光彩夺目的红宝石、绿宝石和钻石。如果有些人因为这些项链而恭维她，她就会制止这些赞美，微笑着说："这些首饰做的真是太逼真了，看上去跟真的一样。"

"原来是……我原本以为……"有人会说。

她会补充说："我以为……我看大家都误会了……"

吃过午饭，戴尔勒蒙侯爵主动邀请伊丽莎白·奥尔纳到一旁聊天，她没有拒绝。她对他说的那些东西很感兴趣，听得很认真。

除了侯爵在单独与歌唱家聊天外，其他的宾客都围坐在女主人身旁，有说有笑，女主人显然有些生侯爵的气。

"他是没有机会的，"女主人自言自语地说，"几年前我就认识伊丽莎白了，她简直就是一尊无视爱情的冰冷塑像，不管是谁对她表白，她都是无动于衷的。我看侯爵先生啊，再玩弄什么花招也是没希望的，她不会爱上他的。"

他们全都围坐在城堡的平台上，这样就避开了阳光的直射。台阶下边是一个大大的花园，花园的中间是向下凹的，看起来特别漂亮。在阳光的映射下，绿油油的草坪、曲折的小径，以及修剪整齐的紫杉花坛，它们的线条仿佛都被拉长了。远远望去，在花园的尽头有一座小丘，这座小丘是由拆修老城堡遗留下来的废墟堆积成的。通过几条弯曲的小路，可以通向这座小丘。小路边上布满了茂密的月桂树、黄杨和冬青。

小丘的一侧是悬崖峭壁，来到这里，给人一种庄严神圣的感觉。低头往下看，会发现在垂直的峭壁下边，有一条沟壑，沟有50米深，湍急的水流从沟里奔腾而过，美丽壮观。

"多么美丽的背景啊！要能在这里演出真是太好了。"伊丽莎白·奥尔纳说，"这让我想起了那些布景，就是画在纸板上的那些墙和树……"

“您可以在这里演唱啊，伊丽莎白。”德卢威勒夫人说。

“在这空旷的地方唱歌，歌声会消失的。”

“您的嗓子那么好，肯定没问题的。”戴尔勒蒙侯爵反驳说，“这将会更动听，让我们尽情地享受一下吧……”

她心里美滋滋的，但是还是推托了：“不行，不行，我会成为大家的笑柄的……我会很无助的！”

但是这时候她已无力拒绝，因为侯爵已经拉着她的手向前走去：“来吧……您就唱吧……听到您的歌声我们会非常快乐的！”

她又犹豫了一会儿，终于同意了：“好，那我们就去那片废墟跟前吧，我在那儿唱。”

于是，她慢慢地经过花园走向草坪。她的步子轻盈而富有节奏，就像在歌剧院里一样。

穿过草坪，她蹬上了一个五级的石阶，来到了一个平台，这个平台与城堡平台相对。接着她又来到了一个更加窄的石阶，台阶被栏杆围住，上面摆放着一些天竺葵和花瓶，花瓶是用石头雕刻成的，看上去有些陈旧。石阶的左边，有一条布满桃叶珊瑚的林荫小道。她一转身，钻进了一排小灌木丛中，侯爵紧跟其后。

不一会儿，在陡峭的石阶上，大家只看到她一个人往上爬，而戴尔勒蒙侯爵正从凹形的花园往回走。最后她出现在一个更高处的土台上。这个土台看起来像哥特式拱桥，上边有三个小教堂，残缺不全。土台就是她的舞台，背景是茂盛的常春藤。

她停下来，找到了一座小丘站上去。她张开双臂的时候，看上去非常高大。她开始唱歌的时候，嗓音充满了整个开阔的舞台。舞台上空是蓝天白云，下边是树叶和一些岩石。

德卢威勒夫妇和客人们认真地听着、看着，脸上露出了紧张的神情。这个美好的时刻，我们永远不会忘记，但当我们意识到这一点时，就会产生紧张的感觉。在场的所有人——站在围墙边上的人们，以及来自附近村庄的十几个农民，他们有的待在门口，有的待在丛林中的其他地方，都感觉到了这种特殊的氛围。

伊丽莎白·奥尔纳的歌声浑厚宽广，甚至还带有几分悲壮。这首歌的歌词大家并不熟悉，但音符却富有生机，充满希望，一直冲向天空，在无穷的天空中越传越远。

但是突然间……停了下来。回头想想，当时的情况是非常安全的，她可以顺利地把歌唱完，根本不存在任何的人为因素打断她。

听歌的时候，大家的感觉应该是不同的，但是现在，所有的人都有一些相同的感觉：在场的人证明，人们根本想象不到，也预料不到。事情突然间就发生了，就像一颗炸弹，突然间就爆炸了。大家都众口一词。

不幸发生了，那么美妙的嗓音突然间就停了下来。她就像一尊活生生的塑像，在废墟底座上摇晃了两下突然就倒下了。她一声都没喊，也没有做出任何一点肢体语言来表达她的害怕和忧伤。人们都确信，是死神突然夺走了她的生命，因为她之前根本没有一丝与病魔斗争的征兆。

当大家急忙跑过去时，伊丽莎白·奥尔纳躺在那里一动也不动，面色苍白。有人认为可能是脑溢血或者是突发性心脏病，这两个都不是。血从她的肩上和胸口往外流，大家看得很清楚，因为她的肩和胸口是露在外面的。

地上流了很多鲜血。就在这时，有人发现一件奇怪的事情，大声惊叫："她脖子上的项链没了！"

调查很快就结束了，没有丝毫结果。法官和警察们的努力都白费了，在案件刚开始时他们就不顺利。他们也没有其他办法了。

凶杀案，这是肯定的，但是凶手早就逃得无影无踪了，凶器和弹壳也没找到。所有的人都确定这是一场凶杀案。目睹这场凶杀案的有 42 个人，其中有 5 个人很确定，说当时看到有光闪过，但是光到底是从哪儿来的呢？他们描述的各不相同。其余的 37 个人说，当时什么也没看见。有 3 个人表示，听到了沉闷的响声，而其他的人说他们并没听见。

死者的左肩上靠近脖子处有一个伤口，从伤口来看，应该是一个不小的子弹造成的。凶手是躲在高处的废墟堆里开的枪，子弹本应该深深地射进她的身体，造成她内部受伤，不过实际情况并不是这样。有人认为那致命的伤口可能是砸出来的，用榔头或木棍。但是谁干的呢？要是有人这样干了，他们肯定会发现的。

在底层的一些窗前，有几名仆人，他们目不转睛地关注着歌唱家，以及她所站的那个土台。从她倒下到躺在地上的整个过程，他们都看得清清楚楚。在这种状况下凶手是怎么逃走的呢？简直是个奇迹。如果他往花坛那边逃跑，他们肯定会发现他的。废墟的后边是悬崖峭壁，他不可能从那边逃走。

凶手有可能躲在常春藤的下面，也有可能藏在某个山洞里。人们花费了两周时间查找线索，还从巴黎请来了一个侦探，他有远大的理想，名叫戈尔勒雷，他多次成功破获疑难案件。但是没有查出任何线索，案件就此了结。

惨剧发生后，德卢威勒夫妇待在这个城堡总有种恐惧感。他们准备马上搬出去，并且要把它卖掉，包括里边的所有家具。

半年后城堡卖出去了，但是新主人是谁大家都不清楚。公证人是奥迪加先生，这桩生意是秘密进行的。

城堡里的所有人都被辞退了，只有一个老人看守城堡。他被安排在了拱门的塔楼上。他叫鲁巴尔堂，年轻的时候是个宪兵，他的妻子也和他住在这里。

村里的人很好奇，想从鲁巴尔堂嘴里听到点儿什么，但是这位老人不爱说话，尤其是关于城堡的他更不会说。人们慢慢发现，每年都会有一位先生过来一次，一般都是晚上，第二天夜里就又回去了。大家猜测他就是房子的新主人，估计是来处理一些事情的。但是也不一定是这样。具体情况大家也无从得知。

11 年后，鲁巴尔堂因病去世。他的妻子仍然住在那座塔楼上。她对城堡里的事情一直保持沉默，这和她的丈夫一样。但是那里是否真的发生了一些事情呢？

4 年又过去了……

2. 保尔的情人克拉拉

在圣拉扎尔火车站的大厅里，挤满了人，来来往往的人流交汇在一起，又很快分隔开，分别涌向各个出口和通道。一些圆形的牌子上写着火车的终点站。车站的工作人员正在检票。

在人群中，有两个男士不紧不慢地走着，他们那若无其事的表情，一看就不像准备坐车的人。其中一个长得壮壮的，表情冰冷。另一个则高高的，瘦瘦的。他们两个都带着圆顶的帽子，留着小胡须。

他们来到一个出口处，这个出口处的圆牌上什么也没写，有四名工作人员站在那里。那个瘦高的男子朝他们走过去，问道："3点47分的火车什么时候到？"

一位工作人员冷笑了一下，说："3点47分到。"

那个粗壮的男士无奈地耸耸肩，他也觉得朋友的话有点愚蠢，为他感到惋惜。然后他问："从利齐厄来的火车，是在这个出口等吗？"

"是的，"工作人员回答，"再等十分钟就到了。"

他们往旁边走了几步，倚靠在一根柱子上，耐心地等着。

"这事真不好办！"胖胖的那个男子说，"警察局派的那个人来了吗？我到现在都没看见他。"

"找他干什么？"

"等他的拘捕令啊，如果我们拿不到拘捕令，就不能抓那个女游客。”

“他是不是不认识我们呢？也许他现在也急着找我们呢？”

“弗拉芒，他不认识你是理所当然的。但是我就不一样了，大名鼎鼎的探长戈尔勒雷。还记得沃尔尼克城堡那个惨案吧？从那以来，我对工作是兢兢业业，勤勤恳恳，大家肯定都认识我的。”

弗拉芒有些生气地说：“那个案子啊，都15年了！”

“好，圣奥诺雷街发生的那场盗窃案呢？还有那个高个子的保尔，是我抓住的吧？这不是很久以前的事吧？距现在还不到两个月。”

“是的，是您抓住的，但是后来保尔不还是跑了吗？”

“我总是把工作安排得非常周密，所以上司比较器重我，所以这次抓捕任务又交给我了。”

他把皮夹拉开，从里边掏出一张纸，然后把纸打开，两个人看了起来。

> 巴黎警察局6月4日
>
> 紧急任务
>
> 保尔的情人，克拉拉，有人在从利齐厄来的列车上发现了她，这趟列车3点47分到站。探长戈尔勒雷立刻执行任务，火车到圣拉扎尔车站前，拘捕令会交给他。
>
> 克拉拉的外貌特征：金黄色的卷发，头发从中间分开，蓝色的眼睛，年龄20岁至25岁，长相俊美，穿着简单。

“看见了吗，纸上写的是我的名字，以前保尔的事都是我来处理的，这次他的情人出现了，当然也由我来执行这个任务。

“您对她熟悉吗？”

“不熟，不过上次我去抓保尔，在破门而入时见过她一面。那天我运气太差了。我正在用皮带捆保尔时，她趁机跳窗逃跑了。我赶快去追她，结果回来时，保尔也逃了。”

“听你这么一说，当时就您一个人在场了?”

“本来我们三个呢。不过一开始那两个人就被保尔杀了。”

“他真是太残忍了!”

“即使这样，我也抓到过他!”

“如果是我的话，我肯定不会让他逃走。”

“如果当时真是您的话，兄弟，您肯定和他们俩一样，直接被保尔干掉了。因为，您可是一个有名的笨蛋。”

这是主要的原因，探长戈尔勒雷认为，他的部下都非常愚蠢，没一个聪明的，而他自己夸大其词的话，都是对的。

弗拉芒好像也有点认同探长了，说：“我承认，以前您运气不错，十几年前的沃尔尼克城堡案，还有眼下保尔及他的情人克拉拉的案子。我认为这么多年，您成功破获那么多案件，再加上一个就更完美了。”

“嗯?”

“抓捕亚森·罗平。”

“有两次我都差一点抓住他。”戈尔勒雷嘟囔着，“下一次我肯定把他逮住。实际上沃尔尼克城堡案件我从没放弃……就像这次保尔的案件一样，我一直关注着。至于他的情人克拉拉……”

他拉了一下弗拉芒的胳膊：“警惕些，火车到站了……”

“可是我们还没有拿到拘捕令啊!”

戈尔勒雷迅速地朝四周看了看，没发现有人走过来。但是在很远处突然露出了一个车头。渐渐地列车朝这边驶来，然后停了下来。工作人员打开了车厢的门，里边的人一下子涌了出来，挤满了整个过道。

出口处，在检票员的一再强调下，拥挤的人流慢慢地形成了几条长长的队伍，有序地出站。弗拉芒向前走了几步，就被戈尔勒雷叫住了，因为这里就这一个出口，每个人出去都要经过这里，站这儿等就行了。但是人这么多，要想很快看到一个外貌特征描写得那么清晰的人，也没那么容易。

实际上这两名侦探很快就发现她了，并且确信就是她。

“不错，肯定是她，”戈尔勒雷低声说，“我认得的。”

她长得的确很漂亮，微笑的脸上略带一丝惊慌的表情。金黄色的卷发从中间分开，一直垂到肩下，碧蓝色的眼睛看上去是那么迷人，微笑的时候隐隐地露出洁白的牙齿。

她的穿着打扮很像一个学生，穿着一件连衣裙，除了衣领是白色的，其他都是灰色的。她怕被别人认出来，所以显得非常小心，故意掩饰自己。她提了一个手提包，还有一个小行李箱，它们看起来都非常简单干净。

“小姐，车票让我看一下。”

“车票?”

她的车票呢？她忘记放哪里了，不知道是在身上还是在手提包里或者行李箱里。她很为难，后边的人都在等她，看到她尴尬的表情，这些人有点幸灾乐祸，她更是不安，就迅速地放下行李箱，然后拉开手提包，还是没有。后来终于找到了，在她的衣袖上别着。

于是，她从两排队列中间走了过去。

“真是的!”戈尔勒雷嘟哝着，“拘捕令怎么还没送来，否则就可以抓捕她了!”

“或者咱们先把她抓住，其他的到时候再说。”

“不行，我们还是先偷偷地跟着她吧。千万不能让她跑了，我们必须紧盯着她。”

这个狡猾的女人曾经差点被他抓到，但是还是让她逃跑了，这次要想不跟丢她，戈尔勒雷必须要非常小心。

他跟在她后面，为了防止她发现，与她保持了一定的距离。他注意到克拉拉的表情有些犹豫，不知道是自然的还是装出来的。克拉拉尽量掩饰自己的不自然，装出第一次走进大厅的样子。她漫无目的地走着，也不问出口在哪儿。戈尔勒雷小声地说：“气死我了!”

“怎么回事儿?”

“我不信她一直不出站！看她那犹豫的神情，她是不是察觉到我们了?"

"好像是,"弗拉芒说,"她应该意识到了有人在追捕她。人长得倒是讨人喜欢……那么的亲切!"

"确实是一个让人心疼的女人。难怪大个子保尔对她如此着迷。快,她要下楼了……我们得跟上她。"

下楼后,她直接走了出去。在罗马宫前停下,拦了辆出租车。

戈尔勒雷紧跑了几步,他看到她从包里取出一个信封,看了一眼,然后对司机说:"把我送到伏尔泰堤岸 63 号。"她的声音很小,但还是被他听到了。

她上了车。戈尔勒雷也拦了一辆车,就在这个时候,巴黎警察局派来的人走到他跟前。

"您是雷诺吗?"戈尔勒雷问,"拘捕令带来了吗?"

"带来了。"这名警察回答。雷诺又向戈尔勒雷交代了一些事情,这是警察局让转达给他的。

当戈尔勒雷听完,转身发现他叫的那辆出租车已经开走了,而克拉拉坐的那辆车却在前边转弯了,已经过去三四分钟了,他可能追不上了,不过不要紧,他知道她要去哪儿。

他又拦了一辆车。"先生,"他对司机说,"带我们到伏尔泰堤岸 63 号。"

刚才,他们在火车站靠在柱子上等列车时,有位上了年纪的男士在他们周围来回走动,他的脸瘦瘦的,皮肤很黑,穿着一件暗绿色的大衣,上边还有补丁。他们没有注意到这个人。在戈尔勒雷告诉司机去哪儿时,他已经偷偷地站在出租车旁,成功地获取了地址。于是,他立刻打了一辆车,生硬地说:"去伏尔泰堤岸 63 号。"

3. 中二楼的房客

伏尔泰堤岸63号坐落在塞纳河边，这幢公寓样式很独特，窗户非常大，灰色的墙壁看起来有些破旧。公寓的一层和中二楼的大部分地方都是卖古董和书的。二楼和三楼是戴尔勒蒙侯爵的家，房子很大，也很豪华。侯爵家的这份产业有一个多世纪了。以前他家特别有钱，后来投资失败，亏了不少钱，如今他们家不太景气，所以他把中二楼的一套房子租了出去。

这座房子是一个独立的套房，有四个房间，房客叫劳尔，是侯爵的秘书做的担保。一个月过去了，劳尔几乎没在这里住过，不过每天下午他会来这儿待上一两个小时。

这个套房上边住的是侯爵的秘书，下边住的是门卫。一进门是前厅，看上去有些昏暗，再往里走是客厅，客厅左右两边分别是浴室和卧室。

这天下午，套房里没有人。客厅里随便摆放着几件家具，一点都没有家的样子。两扇窗户中间，放着一把带软垫的椅子，椅子的靠背又高又宽。椅子的背面是房门，坐在椅子上，能够透过窗户看到美丽的塞纳河。椅子的右边是一张小圆桌，上边有一个类似酒盒的小匣子。

墙边立着一个大钟，外壳又长又窄，它敲响了四下。两分钟后，天花板上传出三下敲击声，非常有节奏。接着，桌上那个小匣子那儿响了起来，声音有些急促，有点像电话铃，又带着几分压抑。

四周非常安静。

但是不一会儿声音又重新响起。三下敲击声，还有低沉的铃声。这次的铃声响个不停，仍然是从类似酒盒的匣子里发出来的。

“讨厌的家伙！”客厅里传出沙哑的声音，并带有埋怨的口气。

从宽大的椅背右边慢慢地伸出一只手，这只手摸索着移动到圆桌上，掀开小匣子的盖子，从里边拿出一个话筒，然后又把手移到了椅背左边。这位先生蜷缩在椅子上，在门口根本看不见他。他小声说：“嗯，我是劳尔……您就不能让我多睡一会儿吗，库维尔？您不会想二十四小时监视着我吧？那是不可能的。还有什么事儿吗？如果没有的话，我继续睡了。”

他刚把电话放下，敲击声和铃声又响了。他很想睡觉，但是没办法。这个电话是戴尔勒蒙侯爵的秘书库维尔打来的，他是背着侯爵打的。

“说吧，有什么事儿……侯爵在家吗？”

“他在家。瓦勒泰科斯先生来了，不过刚走了。”

“瓦勒泰科斯！怎么又是他！很明显，这个人来的目的和我们一样。真是个讨厌的家伙。看来，他比我们知道的更多。您从门缝里听到些什么了吗？”

“没有听到。”

“您总是这样，什么消息也得不到。那您给我打电话干什么？打扰我睡觉，挂了吧，我再睡会儿，5点钟我有个约会，和奥尔嘉一起喝茶。”

他把电话机放好，盖上了匣子盖。这个电话让他睡意全无，他仍然蜷缩在舒服的椅子上，点了一支烟，烟雾从椅子上边慢慢往上飘。这时是下午4点10分。

突然前厅的铃声响起，两扇窗户之间的墙上钉的板子里边也有声音来回移动，很明显，屋里安装了一些操控系统。突然，墙上出现了一个小小的长方形的电子显示屏，有点像电影屏幕的缩小版，上边显示出一张年轻姑娘的脸，美丽动人，长长的金黄色的卷发，从中间分开。

劳尔非常吃惊，跳了起来，小声说："这个姑娘太漂亮了！"

他仔细地端详了她一会儿，确定以前没见过她。他摁了一个弹簧按钮，墙上的板子恢复了原状。他朝一面镜子仔细看去。镜子里，一个35岁左右的男子仪表堂堂，身材健壮，衣着搭配协调，让人看了就心动，任何美丽的姑娘见了这样的男士都会喜欢的。

他快步朝前厅走去。

克拉拉在楼梯的平台上等着他，旁边放了一个行李箱，她拿着一封信。

"小姐，您找谁？"

"戴尔勒蒙侯爵住这儿吗？"

劳尔先生明白了，她走错楼层了。克拉拉向前厅走了几步，这时候，他已经厚着脸皮提起了那个行李箱，说："我就是。"

"不会吧！我知道侯爵是位上了年纪的人……"

"哦，他是我的父亲。"劳尔先生确定地说。

"但是他没有儿子……"

"没有？这么跟您说吧，我确实不是他的儿子，不过我们的关系是很好的，即使我现在还没有机会认识他。"

他巧妙地把她骗进屋，把门关上。

她着急了，说："先生，我现在必须离开，我刚才走错了。"

"是的，没错，不过您先休息一下吧……楼梯那么陡，您肯定累了……"

他高兴得手舞足蹈。看到他的样子，克拉拉忍不住笑了，她一边笑一边故意朝客厅外边走。

就在这个时候，前厅的铃声又响了，两个窗户之间的电子屏幕再次亮了起来，上边显示了一张有许多胡子的脸，不过看上去阴森森的。

"见鬼！是警察！"劳尔叫道，立刻把显示屏关了，"他来干什么？"

克拉拉非常吃惊，她有些紧张：“先生，我求您了，您让我走吧！

“您知道外边是谁吗？探长戈尔勒雷！他是个大坏蛋！我认识他的，不过您最好还是不要见他。”

“看见我怎么了，我不觉得有什么不妥，先生……我走了。”

“姑娘，这可不行，我怕您会有麻烦……”

“我不会有麻烦的。”

“会的，您还是去我房间躲一下吧。不愿意？那……”

他脑子里突然闪现出一个想法，使他不禁笑了起来，他献殷勤地把手伸向克拉拉，请她坐在那个宽大舒服的椅子上：“您就放心地在这儿坐着，最好不要乱动，他们肯定看不到您的，三分钟后您就可以走了。如果您真不愿意待在房间，您就在这儿享受一下这把舒适的椅子，总可以吧？”

她答应了，不过有点勉强。因为她看到，他脸上快乐神情的背后带有几分认真，他特别高兴，情不自禁地跳了一下。

他走了出去，打开门。探长戈尔勒雷一下子就闯了进来，弗拉芒跟在后面。他大声喊道：“这里藏了一个女的，有人看到她进来了，还听到了门铃声。”

劳尔用手轻轻地在他前面挡了一下，很文雅地说：“先生，您叫什么名字，是干什么的？”

“警察局的探长，戈尔勒雷。”

“戈尔勒雷！”劳尔先生喊道，“哦，大名鼎鼎的戈尔勒雷先生！他差一点抓住亚森·罗平！”

“等着吧，我总有一天会把他缉拿归案的。”探长傲慢地说，“但是今天，我不是为了罗平而来的，为了另一个案子。那个女人藏在哪儿了？”

“是个金黄色头发的女士吗？”劳尔说，“她长得非常漂亮，笑起来更好看，啊！她的脸蛋实在是太迷人了……”

“她在您屋里吗？”

“她来过，不过三分钟前就走了。她的确摁过门铃，并问我伏尔泰大街63号是不是这里，我是不是弗罗赞先生，我跟她说不是这儿，并且告诉她确切的地址。她马上就走了。”

“真是晦气!”戈尔勒雷小声埋怨道，他朝四周打量了一番，认真地看了看各个房门，瞥了一眼背对门的那把椅子。

“房间的门用打开吗?”劳尔问道。

“不用了。我们去别的地方看看。”

“那个长相俊美的女人是个坏人?”

“刚才在火车站，本应该可以抓住她的……这下好了，又让她逃走了。”戈尔勒雷从外套口袋里掏出一张纸，在劳尔先生面前晃了晃，又放了进去。

“我看着她不像坏人，长得很文雅，看了就讨人喜欢。”

戈尔勒雷做了一个不屑一顾的手势，说：“告诉您吧，这个女人特别阴险。很有名的，您不认识她吗？高个子保尔知道吧？他的情妇。”

“不会吧？一个很有名的强盗的情妇？高个子保尔可是个盗窃犯，有可能他还是个杀人犯呢……”

“有一天我肯定会逮住保尔的，就像这个狡猾的女人克拉拉一样，被我制伏。”

“不会吧！刚才还来过的那个美女！她就是克拉拉！那个上了报纸的已经被追查了6个礼拜的女人……”

“没错，就是她。您应该知道，把她抓住对破获保尔的案子是非常有利的。对了，先生，她找的是伏尔泰大街63号的弗罗赞先生吗?”

“是的，这是她亲口对我说的。”

劳尔先生非常友善，在前面给他们带路，并礼貌地说：“祝您早日把他们缉拿归案!”

他俯身靠着楼梯扶手：“如果您破获这起案件后，别忘了把罗平先生也抓起来，这个人也很坏，他们是一伙的。”

他把戈尔勒雷送走后，回到了客厅，这时克拉拉已经出来了，她脸色苍白。

“您没事儿吧？”

“没事，没事。原来他们在火车站等我。有人告发我了！”

“那么，保尔的情人和报纸上刊登的金发女郎克拉拉是您吗？”

她耸耸肩，无奈地说：“我根本就不认识保尔。”

“难道您不看报纸吗？”

“几乎不怎么看。”

“您是金发女郎克拉拉吗？”

“不是，我叫安托尼娜，我不认识这个人的。”

“要是这样的话，您到底害怕什么？”

“什么也不害怕。有人要抓我，他们要……”

她停了下来，忍不住笑了，她突然觉得自己有些幼稚，她太激动了。她接着说：“我刚从外地过来，所以碰到了许多麻烦，就失去了理智，有些激动。先生，我走了。”

“您干吗这么着急走呢？我心里有好多话还没来得及跟您说呢。您的微笑是那么迷人……”

“我什么都不想听，先生，再见！”

“怎么！我刚救您了，而您……”

“您救我了吗？”

“不会吧！您应该知道，关进监狱和判死刑是非常恐怖的事情。您打算去戴尔勒蒙侯爵那里多长时间？”

“差不多30分钟……”

“那好，我在过道那儿等您。我们一会儿一起喝茶，就像好朋友一样。”

“好吧！先生，就在这儿喝茶！我走错楼层，竟被您利用了……您可千万不要对我客气。”

她抬头看了他一眼，眼神非常真诚，让他觉得自己的要求很过分。他不再那么坚持了，说：“不管您愿不愿意，既然我们两人相遇，就是一种缘分，下次您需要帮助的时候，肯定还会碰到我的。没错，咱们肯定还会重逢，有可能会有更多次的重逢……”

他站在楼梯的平台上，看着她上去。她转过身向他招手致意。他想：“确实不错，她很可爱。但是她找侯爵有什么事呢？她到底有什么秘密呢？她肯定是高个子保尔的情人吗？她和保尔有一定的关系，有可能是……但，高个子保尔的情人！只有警察才会编造出这种骗人的说法！

他在想，戈尔勒雷找不到伏尔泰大街63号，会不会又回来呢？回来的话有可能会碰上她。他必须得想出一个万无一失的办法，不能让这样的事情发生。但是等他回到客厅时，好像一下子想起了什么事，自言自语地说：“天哪！我差点忘了……”

于是，他急步走向电话机，这台电话机是专门和市里联系的，很显眼地放在那里。

“喂！是贝尔维兹女式服装店吗？请问奥尔嘉在吗……她在试衣间吗？那好，您转告她，就说劳尔先生找她……”

他用手使劲地拍着电话机，看上去很急。终于有人接了。他急切地问：“是您吗？奥尔嘉，我是劳尔。哦？您正在试衣服？上半身还没穿好？啊！谁要是这时候碰上您，真是走运，因为那样就可以看到中欧最漂亮的肩膀了。但是奥尔嘉，以后那个‘r’的发音，不要像我刚才那样卷舌！不过我打电话的目的不是这个，是想给您说声对不起，今天我不能去您那儿喝茶了……不是您想的那样，宝贝儿，别生气了。我这里一个女人都没有，纯属商业应酬……您又开始不讲理了……别生气了，亲爱的，今晚咱们一起吃饭，好吗？说好了啊，亲爱的奥尔嘉……”

他打完电话，马上跑到那扇开了一道缝的门后面，耐心地等待着。

4. 楼上的侯爵先生

戴尔勒蒙侯爵正坐在办公桌前整理文件。他的办公室很大，里边堆满了书。这些书他基本上没怎么看过，只是看着包装特别好看，就买来了。

自从沃尔尼克城堡出事以后，戴尔勒蒙侯爵显得比以前老多了，脸上布满了皱纹，头发花白。已经过去15年了，他已经不是当年的戴尔勒蒙侯爵，那时的他绅士有风度，没遇到过什么坎坷。现在他看起来还是那么高贵有气质，没有驼背，但是他那张俊美的脸上，比当年多了几分严肃的表情，有时候好像有什么心事。跟他熟悉的人觉得，他的烦恼可能跟钱有关，但是具体情况他们也不太清楚，因为他从来不表露自己的苦衷。

门铃响了。他静静地听着。这时男仆人敲门进来，说有位年轻的姑娘求见。

“对不起，”他说，“我现在很忙。”

男仆刚走出门又回来了：“侯爵先生，这个姑娘很固执，非要见您。她说她是从利齐厄过来的，泰雷兹夫人是她的母亲，她带有泰雷兹夫人给您的信。”

侯爵犹豫了一会儿。他尽力地回忆着，小声嘀咕道：“泰雷兹，泰雷兹……”突然他急切地告诉仆人：“快，请她进来。”说完，他赶忙起身，快步走向前去，伸出双手欢迎这位姑娘的到来。

“很高兴见到您。我没有忘记她，您的母亲泰雷兹夫人……天哪！您长得跟您母亲太像了！你们有着相同的卷发，相同羞涩的表情，还有那最美丽的微笑，这可是她最令人心动的地方了！是您的母亲让您来的吗?”

“侯爵先生，5 年前妈妈就去世了。她当时给您写了一封信，让我答应她，在我最需要帮助的时候才能拿着这封信来找您……”

她说话的时候很严肃，表情也很忧郁，刚见到侯爵时的笑容已经不见了。她把信交给侯爵，他刚看一眼，双手就忍不住地发抖，为了不让她看到他的反应和表情，他拿着信走到一旁看了起来：

> 如果她有什么难处的话，请您帮她渡过难关……看在以前我们关系的分上。我们以前的事情，她已经知道了一些。不过她以为我们只是朋友。我请求您，千万不要把真相告诉她。安托尼娜跟我年轻的时候一样，自尊心特别强。您帮她找到一个谋生的出路就行。谢谢您。
>
> 泰雷兹

侯爵默默地站着。他回想起来了，那时他还很年轻，偶然在法国中部的一个水城遇到了一位美丽的姑娘。她叫泰雷兹，当时被一个英国人请去做家庭教师。对戴尔勒蒙侯爵而言，他经历过太多的转瞬即逝的爱情，这只不过是其中之一罢了。他当时是那么的自私，也没有责任心，不会去爱护和关心她。但是泰雷兹却把自己的一切都给了他，她是那么的相信他。在他的记忆中，这些事情都是短暂而又模糊的。对泰雷兹而言，他们的相遇，可能是她这一生最美好的回忆。突然之间，他就与她结束了关系，他不会跟她解释什么，至于他离开后她是否痛苦，生活如何，他根本不知道的。她从来没主动跟他联系过。他此刻特别激动，向面前的这位年轻的女子走去，问她：“今年多大了？安托尼娜。”

“二十三。”

他控制着自己的心情，重复道：“二十三。”

为了打破沉默，也为了不让安托尼娜有什么怀疑，他说：“安托尼娜，以前我是您母亲的一个朋友，但是朋友……”

“先生，请不要再谈这个话题了，换一个好吗?”

“在那段时间，您母亲是否留下什么不好的记忆?”

“关于这个，我母亲没提过。”

“好。但是再问最后一个问题，她这么多年过得还好吧?”

她肯定地说：“先生，她以前是很幸福的，她让我过得非常快乐。我今天来，主要是因为我不想继续待在我的养父母家了，我们的关系很不好。“

“孩子，您给我说说，您在那里生活的具体情况。但是今天，最主要的是关于您以后的生活，您有什么打算吗?”

“我不想给任何人添麻烦。”

“您都会做什么呢?”

“可以说什么都会做，但是有好多又都不会做。”

“这么讲太笼统了。做我的秘书，您觉得怎么样?”

“您有秘书吗?”

“有，但是我已经不信任他了。他总是偷听我说话，还乱动我的文件。正好您来做这个秘书。”

“您已经有秘书了，我不愿意抢人家的饭碗。”

“那怎么办呢？有点难喽!”戴尔勒蒙侯爵笑着说。

他们面对面坐着，聊了很长时间。他非常亲切，也很认真，但是她却让侯爵有些疑惑，因为在谈话期间，她一会儿很放松，并且很快乐，一会儿又显得非常谨慎，说话也不那么爽快。他不明白她为什么会这样。令侯爵庆幸的是，她并不急着找到合适的工作离开这里，这样他就可以慢慢了解她了。但是他明天有个商务活动，必须出国，在那里待上将近20天。他想让她一起去，她同意了。

她拿出一张纸条，递给了侯爵，上边写着她要去住的地址，巴黎的一家公寓，明天一早侯爵过去接她，这是他们刚才商量好的。

分别前，侯爵亲了她的手背，然后说了句：“孩子，咱们明天见。您还会过来的，对吗？”

她提着小行李箱，嘴里哼着小曲，欢快地往楼下走去。在这时，她与侯爵的秘书库维尔碰了个照面，但没有说话。

但是，当她下到最后几级台阶时，听到有人在中二楼门口争吵，她甚至听到几句对话，不禁大吃一惊。

“先生，您是在和我玩捉迷藏吗？伏尔泰大街 63 号根本不存在！”

“不会的，探长！伏尔泰大街肯定存在的，不是吗？”

“对了，我来这儿时，装在口袋里那张纸哪儿去了？您肯定知道。”

“是那张拘捕令吗？拘捕克拉拉的？”

安托尼娜听出来了，正在说话的那个是戈尔勒雷探长，她本能地叫了一声，这时她应该赶快掉头去楼上，但是她没有，而是继续下楼。

叫声已经传到了探长的耳朵里，他看到了她，立刻朝她跑过去。这时有双手紧紧地抓住了他，并用力往前厅拽。他知道，突然攻击他的这个对手根本没有他强壮，他自信地挣扎着，但是他错了，因为再怎么挣扎也无济于事，对方比他想象的厉害得多，他浑身已经没有力气了。这么好的机会眼睁睁地又错过了，他非常愤怒，大声说：“我有公务在身，您最好不要干涉！”

“但是您得跟我过来一下！”劳尔先生说，“刚才您不是要拘捕令吗？在我这里。”

“我不管什么拘捕令。”

“但是我要还给您啊，所以您必须跟我过来一下。”

“可是，他妈的！那个姑娘已经逃跑了！”

“您不是还有同事吗？”

“他在街上呢，他是个笨蛋！”

戈尔勒雷被拽到前厅后，门就被锁上了。他使劲地跺着脚骂着，他在愤怒地抗议，接着朝门上猛拍几下，又捶了几下锁，但是这一切都是没有用的，只是发泄一下自己的情绪罢了。他拿到了钥匙，可是怎么也打不开，好像锁是特别制作的，根本打不开。

“给您的拘捕令，探长先生。”劳尔先生说。

戈尔勒雷非常生气，很想揍他一顿。他大声喊道：“我上次来的时候，拘捕令明明是在我外套口袋里的，怎么到您那儿了？您的胆子真是太大了！”

“您误会了，是您把它丢在地上了。”劳尔先生不紧不慢地说，“我是捡的。”

“瞎说！您用伏尔泰大街骗了我，这点您不能否认，那个姑娘当时就藏在这里，是您故意把我支走的，然后好放她走。”

“不错，当时他就藏在我这儿。”

“再说一遍。”

“她就坐在背对着您的那把椅子上。”

“这是真的吗？”戈尔勒雷双手交叉在胸前，“您那么做难道疯了吗？谁让您那样做的？”

“我自己的心，”劳尔先生很和气地回答，“探长先生，说实话，我觉得您也是一个正直的人，应该也有妻子和孩子……我想您会跟我一样，不会眼睁睁地看着这位漂亮的姑娘被抓，然后关进大牢，是吧？您肯定也会像我那样去做的。”

戈尔勒雷差点被他气炸了，他大声说：“高个子保尔的情妇刚才就躲在您的屋里？您简直太卑鄙了，您做了一件多么可恶的事。”

“您如果有证据证明刚才保尔的情人藏在我这里，我就承认我做了一件可恶的事。但是证据呢，您拿出来吧！”

“您不是已经承认……”

“我只私下里对您口头承认，否则……我就完了。”

“我是探长，我自己来证明……”

“算了吧，您有勇气跟他们说吗？大名鼎鼎的探长像小孩子一样被人捉弄了。”

戈尔勒雷什么也没说。他到底是谁？这么喜欢与探长作对。戈尔勒雷特别想搞清楚他叫什么名字，是干什么的，但是他觉得还是不问的好。他只是简单地说：“先生，您和保尔的情人是好朋友吗?”

“朋友？我们也是刚认识的。”

“那您为什么……”

“不过我非常喜欢她。”

“您觉得这个理由能说得过去吗?”

“当然能了。谁会愿意自己喜欢的人出事呢?”

戈尔勒雷紧紧地握住拳头，正想朝劳尔先生打去。这时劳尔朝门那边快步走去，把锁轻轻地转了一下，门就开了。这把锁在劳尔手里，显得那么好开。

探长戴上帽子快步走出门，他挺了挺胸，表情很严肃，好像要等待机会报复这个人。

五分钟过去了，劳尔朝窗外望了望，看到戈尔勒雷和他的同事离开了，这说明金发女郎暂时安全了。他朝房顶轻轻地敲了几下，戴尔勒蒙侯爵的秘书库维尔听到声音后就过来了，劳尔一把抓住他，问：“刚才在楼上看到一个姑娘了吗？她金黄色的头发，长得特别好看。”

“看到了先生，是侯爵先生接见的她。”

“他们都说了些什么?”

“没有什么。”

“蠢货!”

劳尔和戈尔勒雷一样，都是用笨蛋、蠢货这类词称呼他们的手下，只是劳尔的语气没有戈尔勒雷强硬，而且他的语气里边还带有几分怜悯。库维尔留着利落的白胡子，总穿一身黑色的礼服，脖子上戴着白色的蝴蝶结，看起来很有风度，不过他总是很严肃，有点像从外地过来办事的官员。他说话的声音很饱满，用词也很恰当，只是语调有些奇怪。

“侯爵先生和这位年轻姑娘谈话时声音很小，即使有非常敏锐的听觉，也很难听到的。”

“兄弟，”劳尔打断他的话，“您把我惹火了——您就直接回答我，不要说些没用的。”

库维尔站在那里，身体略向前倾，不管劳尔怎么对他，他都觉得劳尔对自己是非常友善的。

“库维尔先生，”劳尔说，“我帮助过别人，是从来不喜欢说的。但是我可以这么跟您说，第一次看到您那令人羡慕的白胡子，我就对您印象深刻，那时我根本不了解您，我就帮您和您的母亲脱离贫穷，过上好日子，还留您在我身边工作。”

“先生，这些我都知道，我非常感谢您。”

“住嘴。我只是想说这些话，不是要你感谢我。从我把您找来，让您做过各种各样的工作，您自己老实地说，您都做得怎么样？这次，我安排您做戴尔勒蒙侯爵的秘书，就是让您保护他，不要让他受到任何威胁，已经有几周了吧，让您去找有用的文件和一个保密的抽屉，悄悄地听他和别人的对话，您都做了些什么？反而他倒已经对您起疑心了。还有，您总是在我睡觉的时候，使用咱们特殊的电话设备给我打电话。这个时候……”

“那么，您要是辞退我，就给我一些钱吧，一周的就行。”库维尔非常可怜地说。

“不，我没这个打算，因为这件事跟一个姑娘有关，我根本不认识她，但她长得很迷人。”

“先生，我能提醒您一下吗？奥尔嘉王后陛下呢？您和她……”

“她呀，我不会把她放在心上的，我现在心里只有那个金黄色头发的姑娘克拉拉。瓦勒泰科斯先生到底想干什么，侯爵的秘密是什么，你尽快把这些都给我搞清楚，还有保尔的情人，这到底是怎么回事。”

“情人？”

“这个你没必要知道。”

“实际上我根本不想知道。”

劳尔厉声说：“那我是谁，你知道吗？”

“不知道。”

“我就是众人皆知的怪盗，亚森·罗平。”

库维尔站在原地，一动也不动。劳尔先生把这些都告诉他，他有些不适应。不管这些事实有多么可怕，他心里依然非常感谢劳尔先生，也可以说，他对劳尔的尊重、景仰，不会因为这些而改变。

劳尔接着说：“你是知道的，这次我故意来到戴尔勒蒙侯爵身边……实际上具体的事情我也不太了解，我是见机行事的。我从情报部门那里得知，有一个叫做戴尔勒蒙的人破产了，他珍藏的许多书籍和他外省的不动产都被他卖了，这让那些家世显赫的人感到很吃惊。这段时间我调查发现，实际上戴尔勒蒙侯爵的外公是印度总督，拥有显赫的家业，他非常喜欢旅游，并且有很强的征服力。好多年前，他回到法国，那时他是有名的百万富翁，但是不久就去世了。他的女儿，也就是目前这位侯爵的母亲，继承了所有的财产。

“大家都知道，侯爵的生活很节俭，没有什么特别的开销，但是这么多财产都去哪儿了呢？据人们猜测，这些钱应该是被戴尔勒蒙侯爵暗地里挥霍了。但是从我偶然间发现的那封信来看，事情不是大家认为的那样。这封信像是以前写的，有四分之三已经不知去处了，从剩下的一些字来看，这封信是侯爵写的。信上说，我外公的遗产应该还没有找到，你们的工作效率太低了，到现在都没有完成我吩咐的事情。协议中那两项重要的内容，我想在这儿再重申一下，一是务必要小心，不能出任何差错；二是事成之后，您可以拿到十分之一的报酬，不过最多只能 100 万……我希望能加快工作进度，不要让我再等这么长时间了。

“这封信没有写日期和地址。很明显，这是给私家侦探公司的信，但是是哪一家公司呢？去找它太浪费时间了，我们的时间是很宝贵的，所以我就选择了租住他的房子，并把你安排在他的身边，这样做更有效。”

库维尔冒冒失失地说：“先生，您不是已经决定跟他合作了吗？那您就把这件事跟他说一下，说您有很大的把握帮他完成这个工作，到时候分得十分之一的报酬。这样不是更好吗？您觉得呢？”

劳尔瞄了他一眼：“你这个蠢货！你动脑筋想一下，他可以承诺只要侦探查出这笔遗产的下落就给侦探一百万，可见他这笔遗产足有两三千万。这么大一笔钱，我会按你刚才说的办吗？”

“但是您刚才所说的合作……”

“我的意思是，要得到所有的财产。”

“但是侯爵他……”

“他可以得到百分之十。他既没有妻子也没有孩子，没有这笔钱他照样可以过得好好的，对他来说，得不到这笔钱也没有什么。这件事我必须自己动手做。关键是，什么时候你可以把我带到侯爵的家中。”

库维尔很犹豫，不知道自己该怎么做才好，他把眼睛闭上，默默地站着。过了一会儿，他说：“侯爵今天晚上要出去，夜里一点的时候才回来，估计他是要去城里吃饭。”

“他家的仆人们呢？”

“他们和我都住在上面那一层。”

“钥匙呢？给我。”

库维尔又愣了一下，似乎良心有些不安。劳尔向他伸手要，库维尔这才慢慢地掏了出来。

“谢谢了。”劳尔说，他像一个歹毒的魔鬼，看到库维尔胆怯迟疑的表情，显得那么高兴。

“你先回去吧，到10点时，我就偷偷过去，到时，最好让我先藏在你的屋里。对了，如果仆人们有什么特别的举动，就马上过来告诉我，不过应该不会发生这种事情。”

库维尔走后，劳尔才想起来，一会儿还有个约会，和奥尔嘉一起吃晚饭。但是他竟然睡着了，到10点半他才醒。他急忙起来，向电话机跑去。

“喂，您好，这里是特罗加代罗饭店吗？我找奥尔嘉，她在哪个房间，请您给我转接过去好吗……喂，您是？哦，是打字员朱丽亚吧？

真的是你啊？宝贝儿，最近还好吗？让奥尔嘉接一下电话……你怎么了，不要惹我好吗？你不用抱怨什么，我派你待在她的身边，不是让你抱怨的。快，让奥尔嘉接电话……喂，奥尔嘉，是您吗？亲爱的，实在太抱歉了，我失约了，不过您放心，我已经把事情解决了。奥尔嘉，我的宝贝儿，请不要这样，我也很无奈啊……周五，我们一起吃午饭，好吗？我到时来接您……不要生气了，在我心里您是最重要的，相信我吧，亲爱的奥尔嘉……”

5. 行窃

对亚森・罗平来说，夜里的冒险行窃根本不用穿类似深灰色的夜行衣这样的衣服。“我去之前从来不换衣服，”他说，“我不会带任何武器，两手空空，往口袋里一插，就像要去买包烟一样，心里特别平静。”为了在作案现场方便行动，或者在漆黑的夜里不打翻任何东西，他练了几套柔韧度比较好的体操。

他吃了几块点心，喝了一杯水，上楼去了。当时是 11 点一刻，周围很黑，并且很静。房客都不在，所以他不必担心会碰到他们，仆人们都睡了，并且还有库维尔偷偷看着，所以他更不必担心。

由于他有钥匙，他轻松地就进去了，他穿过走廊，进入办公室，把电灯打开，有灯光他才能很好地找他需要的资料。

两扇窗中间有一面大镜子，他朝镜子走去，向镜子里的自己行了个礼，做了个可爱的动作。他的性格有几分荒唐，没有别人的时候，他会演一些搞笑的东西。然后他坐在一把椅子上，向四周打量了一番。他是一个非常聪明的人，不会把时间浪费在诸如急切地倒出抽屉里的东西，或者把整个书柜翻得乱七八糟这类事情上。不，绝对不能这样，首先应该仔细地观察，心里计算出各个家具的比例、容量、体积。这些家具与同类家具相比，线条明显不同，椅子的外表也很独特。如果是库维尔，他根本不会注意这些小细节，但是这些对于罗平来说，真是太简单了。

他仔细地观察起来，10 分钟后，他走到书桌前，认真地看着桌边上的铜质护条，并且用手轻轻地摸着桌面。他好像突然明白了，就轻轻地把一个抽屉从桌子上抽了下来，然后在留下的那个抽屉框的左右两边分别推了几下，他嘴里好像嘟囔着什么，并且用舌头弹了几个响，那架势跟魔术师一样。

突然，从里边又出现了一个抽屉。他嘴里又响了几下，心想："这个白胡子库维尔真是个笨蛋，40 天来竟然什么也没发现，没有想到的是，我一出手，40 秒就搞定了。"

实际上他今晚来的目的是安托尼娜带来的那封信，但是它不在这里。

他看到一个信封，信封很大，有些发黄，里边装了 1000 法郎。对于他的房东—— 一个法兰西富人的这些钱，他根本没打算动，不过这些钱有些奇怪，使他有种厌恶的感觉，他一下子把钱推到了一边。

还有一些相片和信件，他不在意地瞄了几眼。这些信都是女人写来的，相片上也都是女的，看来这些都是侯爵先生留作纪念的东西。这些东西对于它们的主人来说，是非常神圣和有价值的。从这些东西里，侯爵能够看到自己年轻时经历的爱情和幸福。

这些信件里有可能藏着一些线索，应该把这些信都看一遍。他很想这么做，由于太浪费时间，也可能看完后一无所获，他还是放弃了这种想法。而且，令他烦恼的是，现在的他已经坠入了爱河，被爱情折磨，如果他看了这些女人心里的真实想法和对爱情的渴望，他怕把持不住。

他还是忍不住翻开了这些照片，照片很厚，大概有一百来张……某年某天的奇遇……幸福美好的象征……每一个女人都是那么俊美，举止典雅，眼睛里闪烁着期盼的亮光，真是令人心动，微笑的脸上透着几分忧伤。照片背面写着姓名和日期，还有一些纪念那段感情的暧昧的句子。她们有些是演员、贵妇，还有些清纯少女……她们一个个从暗处出现，彼此并不认识，但是因为同一个男人，她们的照片靠在了一起。

他并没有全部仔细看这些照片。他突然看到抽屉最里边有一个大大的信封。他马上打开，发现里边有一张照片。这时劳尔惊住了，这个女人实在是太漂亮了，有种超凡脱俗的感觉，双肩露在外边，白皙而丰满。从她的气势和转头的姿势来看，她肯定知道在观众面前，如何站立，如何展示最美的角度。

"很明显她是一个演员。"劳尔眼睛直直地盯着照片说。他很想知道照片背后都写着什么，就急切地把照片翻了过来。他怔住了，因为他一眼就看到了那个大大的签名：伊丽莎白·奥尔纳。名字下面写了一句话：一直到死，我只属于你。

伊丽莎白·奥尔纳！劳尔知道这个著名歌唱家的名字，因为他对那个时代上流社会的生活非常熟悉。对于15年前发生的那场惨剧的细节他已经记不起来了，但是他清楚地知道，这个年轻貌美的女人在露天花园里唱歌的时候，被神秘地杀害了。这样看来的话，伊丽莎白·奥尔纳当年也是侯爵的情人。从侯爵单独保存她的照片来看，她在侯爵心目中的位置是何等重要。

除了这张照片，在这个大信封里，还有一个已经拆开过小信封。劳尔仔细地读了一遍，从他那惊讶的表情可以看出，他什么都明白了。这个小信封里还有一撮金黄色的卷发和一封信。这封信只有10行字，内容是她第一次向侯爵表露爱情并约了他，并附着一张照片。照片上写着"伊丽莎白·瓦勒泰科斯"这个名字，劳尔看到这个名字，又大吃一惊。

这张照片上是个年轻的小姑娘。在伊丽莎白和银行家奥尔纳结婚之前，她的姓肯定是瓦勒泰科斯。上边的日期更能证明这点是正确的。

劳尔思索着："从这些来看，经常到侯爵家里来的那位瓦勒泰科斯先生，也许是伊丽莎白·奥尔纳的侄子或者堂表兄弟。这么分析的话，瓦勒泰科斯的到来不是没有理由的，他也许是来骗侯爵的钱的，侯爵没好意思拒绝他。他还有别的意图吗？他到侯爵身边来的目的究竟是什么呢？和我的目的一样吗？这些至今都不确定！"

他又拿起了一些照片，但是突然不知从什么地方传来了响声。他的耳朵异常敏锐，是一种极小的响声，有人在开大门的锁，那声音就是用钥匙轻轻开锁，然后推开门发出的。接着又传来更加微弱的声音，那个人已经来到了走廊，这种声音也只有劳尔能够听到。

有人朝办公室走来。

五秒钟后，劳尔把抽屉重新放好，关上灯。他藏在一个涂着油漆的屏风后，这个屏风由四扇连在一起组成。对他而言，这样惊慌的躲藏是一种快乐。其一，有点冒险，有点刺激，让他感觉很快乐；其二，这是一次机会，他可能会有新的发现。

有只手谨慎地握住了门上的把手，然后轻轻推开门，竟然没有发出任何响声。接着电筒亮了。

劳尔从屏风的一道缝儿看到，进来了一个人。一开始他觉得像个女人，后来他看清了，她身材高挑，穿着紧身的连衣裙，没有戴帽子。

这个女人停了下来，左右看了一下，明显是确定一下书桌的位置。她用电筒照着，朝那张桌子走去，又把电筒放在桌子上。

“一看就知道，”劳尔想，“她来过这个房间，并且对这个藏东西的地方很熟悉。”

实际上从她进来到现在，她就一直背对着光。她走到桌子前，就像刚才劳尔一样，先抽出中间的抽屉，然后也像变魔术般地从里边抽出来一个小抽屉，接着就看起了照片。

据他推断，她好像找到了一样东西，原来是一张照片，这张照片长13厘米，宽18厘米。她对着这张照片看了很长时间，当翻过来看后边写的东西时，她不禁叹了一口气。

劳尔觉得这是一个好机会，一定要把握好。趁她不注意，他向电灯开关移去，她还弯着腰在那儿看照片的时候，他突然把灯打开。这个女的惊叫了一声，准备逃跑，他立刻跑过去拽住了她。

“小姐，请不要跑，放心，我不会对您做什么的！”

他拽住她的胳膊，不顾她的挣扎，一下子把她身体转过来，和他面对面。

“安托尼娜！怎么是你。”他吃惊地小声说道，他认出她了，就是下午走错楼层的那个姑娘。

安托尼娜，这个朴实的外省小姑娘，有着一双天真无邪的眼睛，他被她完全征服了，他从来没有怀疑过这一点。实际上，这个时候她就在他面前站着，面色有些紧张，一副受惊的样子。这个局面他是根本没有预料到的，他傻傻地笑了。

“那么说，今天下午您拜访侯爵的目的就是这个！今天晚上，您来找……”

她似乎不明白他在说什么，慢吞吞地回应道：“我真的没偷……钱还在那儿……”

“我也没偷钱……但是我们总不会为了向圣母玛丽亚祈祷，才来到这里的吧？”

他把她的胳膊抓得更紧了，她挣扎着，带着哭腔说：“您到底是谁呀？我根本不认识您……”

他大笑道：“忘了？今天您刚问过我的名字的，您的记性很差！而我却自作多情地认为，我给美丽动人的安托尼娜留下了深刻的印象。”

她大声反驳道：“我根本不叫安托尼娜！”

“是的！我的名字也不是劳尔。像我们这种人，名字多了去了。”

“您是干什么的？”

“盗窃！”

她非常生气：“不！不！我才不是盗窃犯呢！”

“是的，您不是！您没有偷钱，偷的是一张照片而已，这足以说明，这张照片对您来说是非常有用的，您只能背着主人偷偷地得到它。我刚才看到您把照片放到口袋里了，拿出来让我看看。”

他多么想让她服服帖帖啊，但是尽管他那么强壮，她还是不停地挣扎着。他试图去吻她，她用力闪了一下，结果没吻着。

“不会吧！他说，“您不要演戏了，高个子保尔的情人，竟会如此矜持?”

她非常惊慌，假装镇定地说：“我不知道也不明白您在说些什么，我不认识什么高个子保尔。”

“不可能，”他说，“美丽动人的克拉拉，你非常明白的。”

他已经把称呼她的“您”改为了“你”。

她又说了一遍，看上去是如此不安：“克拉拉！克拉拉！我根本不认识她?”

“下午的时候，探长戈尔勒雷差一点就把你逮住了，那时你看起来可没现在这么紧张啊！嗨，安托尼娜，或者是克拉拉，你站起来。今天下午要不是我，你早就被警察抓住了。因为我把你当作我的朋友，我很喜欢你的笑容。来，笑一个，金色卷发的大美女……”

她浑身一点儿力气都没有，脸色有些苍白，眼泪顺着脸颊流下。劳尔又拉着她的手，轻轻地抚摸着，她已经没有一点儿力气挣脱他了，不过这位年轻的姑娘并没有感到恐惧。

“安托尼娜，别乱动，不错，安托尼娜，还是这个名字好听。可能你做高个子保尔的情人时叫克拉拉，不过现在我眼里你就是那个外省的女孩儿安托尼娜。不许再哭了，你知道吗？你现在这个样子，是多么讨人喜欢！是不是保尔还在找你，并且想加害你？你不要害怕，一切都会有办法的！不过你得把所有的事情都告诉我，这样我才会更好地保护你啊。”

她看起来更加虚弱了，慢慢地说：“我不知道您想让我说什么，不过我也没什么好说的……”

“把一切都说出来吧，亲爱的姑娘……”

“我是不会说的，因为我根本就不认识您。”

“是的，你的确不认识我，但是现在你已经开始相信我了，这点你不会不承认吧?”

“可能是……就连我自己都不知道为什么……我认为……”

“你认为只要有我在，你就会很安全，对吗？我绝对不会伤害你的，不是吗？我可以保护你，但是你也得配合我呀。告诉我，你和保尔是怎么认识的？你来这里的目的是什么？这张照片对你来说，有什么价值呢？”

她声音很小，说：“求您不要再问了，有一天我会把这些都告诉您的。”

“现在就得说。我可不想在这些事情上花费太多的时间。”

他趁她不注意，又开始抚摸她，从手到胳膊，他慢慢地吻着。她恶心极了，求他停下来。他听了她的话，停了下来，他仍用“您”来称呼她了。

“请您答应我……”他说。

“下次过来找您，是吗？我会来的。”

“那您还相信我吗？”

“相信。”

“现在，对您来说，我需要做些什么？”

“要做的……现在陪着我就好！”

“您看起来很害怕，为什么？”

她一直在发抖，他感觉到了，她的嗓音有些哑，低声说：“这个房子好像有人在暗中监视，刚才我进来的时候感觉到的。”

“警察？”

“好像是高个子保尔……或者是他的同伙儿……”

提到这个名字时，她显得更加害怕了。

“您确定吗？”

“是的，我看见他靠在岸边的栏杆上，还有那个阿拉伯人，是他的帮凶，也在那儿。”

“您上次是什么时候见到保尔的？”

“几周前了”

“所以他并不知道，您今天来这里了？”

“嗯，他不知道。”

“那您刚才看到他时，他在干什么？”

“他绕着房子来回走，一看就不是什么好事儿。”

“您的意思是说，他在侯爵房子的附近？他来这里也是为了这张照片?”

“这个我也不清楚……有一回他跟我说，他特别恨侯爵。”

“他为什么恨侯爵?”

“他没跟我说过。”

“他的同伙儿您都认识吗?”

“除了阿拉伯人，其他的都不认识。”

“那他们一般都是在什么地方见面?”

“我想想……好像是蒙马特尔酒吧，那天我听他提到这个地方。”

“您再好好回忆一下。”

“不错……就是这个酒吧。”

他没有再问其他问题，因为他感觉到了，今天她只会说这么多。

6. 第一次交手

“我们该回去了,”劳尔说,“您不要怕,即使发生什么不顺的事,不是还有我吗?”

他左右看了一下,确定一切跟原来摆放的一样,然后把灯关上,拉着安托尼娜的手朝门口走去。他小心地关上门,和她一起往楼下走去。

他非常着急,想赶快走到外边,看看这位姑娘说的是否属实,但是这时他感觉到,她的手冰凉冰凉的,他停了下来,捧住她的手。

“您熟悉我之后就知道了,在我这儿是非常安全的。您不要挣脱了,当我把您的手暖热了,您就会平静许多,而且非常有信心。”

他们静静地站着,手握着手。几分钟后,她平静了下来,说:“我们该走了!”

他把守门人叫醒,让他打开门。他们往外边走去。

夜里雾蒙蒙的,只有灯光在黑暗中闪烁。他警惕地望了一下四周,路上基本上没有行人,但是他看到两个人影迅速地穿过马路,跑向人行道,然后偷偷地藏在一辆汽车背后。汽车不远处还站着两个人,好像和这两个是一伙的。他刚才想好了,和安托尼娜从另外一条路走,但是他突然觉得这个想法行不通,准备改变走向。就在这时,那四个家伙已经朝这边跑来,想把他们围住。

“我肯定就是他们。”安托尼娜说,她又一阵恐惧。

“那个腿长长的人,就是高个子保尔吗?”

“嗯，就是他。

“太好了，”他说，“我早就想跟他过两招了。”

“您不怕吗？”

“不怕，只要您保持安静就行了。”

这个时候，保尔看到岸边一个人都没有，于是就和另一个人往人行道那边跑去，忽然听到车启动的声音，里边应该坐着一位司机，墙那边也有两个人，他们正朝这边走来。

突然传来一声口哨，只见有三个人朝安托尼娜飞奔而去，劳尔看到这一情景，立刻挡在安托尼娜前边，准备和这三个人决斗。这时，保尔趁机掏出手枪，把枪口对着他的鼻子。一个姑娘怎么能够挣扎得过三个壮汉？安托尼娜被抓住了。

劳尔反过来手，用力地击向保尔的手腕，手枪从他手里掉了下来。

“真是个蠢货！应该先开枪再瞄准才对。”劳尔冷冷地笑了笑。

那三个家伙拽着安托尼娜正往前走，他立刻追过去。其中一个人转过身，打算拦住劳尔，劳尔一脚踢中他的下巴，整个人一下子摔在了地上。那两个同伙看到这一场景，立刻放了安托尼娜，跳上汽车逃跑了。

这时安托尼娜转过身，往另一边跑去，保尔在她身后紧追不舍。突然劳尔跑到他面前，拦住了他。

“不要追了！”劳尔大声说，“放她走吧，保尔先生。”

高个子保尔左右移动，想找机会跑过去。劳尔仍然站在他面前，坚决不放他过去。

“你想过去，我却拦着，真是有趣，特别像小时候玩的游戏。一个大高个子的男士非要抓住那个女士，而另一个矮一些的非不让他去。姑娘已经趁机跑掉了。好了，高个子保尔先生，我们开始决斗吧，反正这时姑娘已经安全了，您准备好了吗？来吧。”

劳尔跳起来向他扑过去，拽住他的胳膊，保尔一下子就被制伏了。

保尔挣扎着，在劳尔面前，他显得如此的软弱。不管他费尽多大的力气，也逃脱不了，他的双手就像铁环一样，牢牢地将他锁住，他的手和胳膊非常疼，就像断了一样。

劳尔嘲笑他说："来，把您的脸转过来，让本先生好好瞧瞧，看我以前是否见过您。"

由于他身体不太灵活，所以他朝劳尔这边转动的时候非常慢，好不容易转到正对着灯光的方向。

劳尔使劲拉了他一把，才转到他面前。劳尔看了他一眼，大吃一惊，喊道："瓦勒泰科斯！"

他一边大笑着，一边继续喊着："瓦勒泰科斯！哦，我明白了，高个子保尔？瓦勒泰科斯？他们是一个人，平时看到的瓦勒泰科斯，总是穿着一件合适的西服，头上戴着圆顶的帽子。而眼前的这位保尔先生，却穿着一条没有形的长裤，头上戴的是鸭舌帽。不会吧，真的令人难以相信，不过又让人觉得好笑，您竟然是这个团伙的老大，还另有目的地故意走近侯爵。"

听到他的话，高个子保尔生气地说："您就住在中二楼，我认识您的……"

"不错，我是劳尔先生，我能为您做点什么呢？看来目前您遇到了不幸！从现在开始，那位金黄色卷发的姑娘克拉拉属于我了。"

听到克拉拉这个名字，保尔不禁大怒："我决不允许你动这位姑娘，如果你敢动她，我就……"

"老兄，我要是动她了您会怎么着我？我觉得您还是先去练练拳击和剑术，看看您现在这个样子，在我的手里根本动弹不得，您已经完了。可以给您个机会，打败我吧！"

他说完放开了保尔。保尔嘟嘟囔囔地说："你这个无赖，等着，下次我肯定饶不了你。"

"干吗要下次呢？我现在就站在这儿啊，来吧。"

"那个人，如果真敢动她的话……"

"老兄，我已经动过她了，我们现在是朋友。"

保尔彻底愤怒了，模模糊糊地说："这是不可能的，你在骗人！"

"我们现在已经进入了第一阶段。下一个阶段会发生什么呢？到时我会提前告诉您的。"

他们相距几步远，互相看着对方，好像又要展开搏斗。不过保尔并没有动手，只是用咒骂来解气，因为现在决斗的话他不占优势，要找一个更好的时机，好好收拾收拾他。而劳尔听到他这些骂骂咧咧的话并不生气，只是微微一笑。

保尔走了，临走前还恶狠狠地说："老兄，记好了，总有一天我会扒了你的皮的！

"尽管您说了这么多无礼的话，我还是会放过您的。下次见，您这个胆小的家伙！"

劳尔看着他，直到他走远。他走起路来一瘸一拐的，也许是为了与瓦勒泰科斯区分开，以免引起怀疑，因为瓦勒泰科斯的腿是很正常的。

劳尔回家了。刚走到大门口，就看到有个人坐在那里，表情很痛苦，嘴里不停地哼哼着。他看出来了，原来是刚才被他踢了下巴的那个人。过了一会儿他好像醒了，还没等站稳又摔倒在地。

劳尔仔细地看着他，脸很黑，有几绺稍长一点的卷发露在了鸭舌帽的外边。劳尔说："兄弟，来，咱们聊聊天。您的外号叫阿拉伯人，是吧？现在有1000法郎，想要吗？"

他的下巴伤得很严重，说话很困难："我决不会做出卖高个子保尔的事情。"

"跟高个子保尔一点关系都没有。很好，你这个人不错，很忠实。我只是想问问克拉拉。她住在哪儿你知道吗？"

"我不知道。就连保尔也不知道。

"那为什么有人监视侯爵？"

"因为下午的时候她去过。"

"你是怎么知道的？"

"是保尔派我去的，我一直偷偷地跟在戈尔勒雷探长后面。到了圣拉扎尔火车站，他等一趟列车。克拉拉把自己打扮成一个外省人，并且装出对这里不熟悉的样子。在她把地址告诉出租车司机时，被戈尔勒雷听到了。同样，我也轻易地从戈尔勒雷那里听到了这个地址。我把这些及时地汇报给高个子保尔后，他就派了我们几个兄弟在那儿守了一个晚上。”

“当时保尔是否想到她会再来呢?”

“也许会想到，关于她的事情保尔从来不会给我说。我们约好每天的同一时间在一家酒吧见面。他把下一步的行动告诉我，我再往下传达，然后我们就去执行。”

“如果再给我提供一些有用的东西，我就再给你法郎。”

“我就知道这么多。”

“你不要隐瞒事实了，他的真名叫瓦勒泰科斯，你是知道的，对吗？他过着两种不同的生活，所以他肯定还会出现在侯爵家的，到那时我可以打电话告诉警察。”

“您住在中二楼，这个我们是知道的，所以他也可以再次找到您，也可以告发您。并且今天下午，那个姑娘去过您那儿。”

“我做什么都是光明正大的。”

“高个子保尔很在乎那个姑娘，所以他肯定非常恨您。保尔经常去侯爵家里，他是有想法的，您还是小心点儿好，侯爵也一样。”

“他打算干什么?”

“我已经说了不少了。”

“行，这是两千法郎。你去叫辆车，这另外的 20 法郎算你的车费。”

劳尔躺下，不停地想下午和晚上发生的一切，一直都睡不着，他想到安托尼娜那张令人心动的脸庞，心里真是美极了。最近他身边发生了这么多复杂的事，只有她是最吸引他的，也是他最不容易得到的。她到底是谁呢？安托尼娜还是克拉拉？她走错楼层，偶然闯入他的世界，这时的她又是以什么身份出现的呢？她的眼睛很清纯，并且特别吸引人。她看起来很朴实，可是她的神情却非常不安。

大家迷恋着她快乐和忧郁的神情，她哭的时候是那么单纯朴实，惹人怜爱，但是在眼泪的背后总隐藏着一丝忧郁，和她笑的时候表现一样。

第二天早晨，库维尔接到了劳尔的电话。

“侯爵在家吗?”

“一大早就出去了。他的随身仆人往车上装了两个大箱子。他告诉我他要过几天才回来，有一位金黄色头发的姑娘和他一起去了。”

“知道他要去哪儿吗?”

“先生，他没说。他总是非常谨慎，去哪儿他都不会让我知道，我也打听不到。他总是自己开车去，还有……”

“我怎么说你呢，一点儿线索都得不到的笨蛋。我想好了，不住中二楼了，你的任务就是把咱们秘密装的电话设备拆了，还有一些可能会连累我们的东西也要一起毁掉。弄干净以后，带着你的东西悄悄地离开。这三四天的时间，我有重要的事情，就不和你联系了。一定要小心戈尔勒雷！他有可能还在监视这个房子。他看起来粗暴、高傲，但是他实际上非常坚持、聪明，你一定要小心。”

7. 拍卖中的城堡

沃尔尼克城堡与其他乡村住宅不同的是墙角有塔，房顶的瓦片是红棕色的，一看就是一副贵族相。不过由于有些历史了，房顶上缺了不少瓦片。荆棘和荨麻长满了小路，茂盛的常春藤爬满了整个废墟堆，断墙和塌了一半的塔楼，都在常春藤的掩护下不见了踪影，就连主塔的形状也被常春藤改变了。还有那些百叶窗扇也已经坏了，吊在窗框上来回摇晃。那个土台附近全部长满了绿色的植物，根本确定不了它的具体位置了。当年伊丽莎白·奥尔纳曾经站在这个土台上唱过歌。

主塔外面的墙上和人们出入时经过的大门上，都贴着出售城堡的通告，连同那些农场、牧场，还有其他普通的宅子，都详细地在上边写着。

贴了这些通告以后，又在区级报纸上刊登了 3 个月。这段时间，每天都会按照规定打开城堡的大门，让有意向的买主进来参观。为了让环境更加清新，守门人鲁巴尔堂的夫人只好从附近村上雇了一个人，帮忙打扫那些平台，清除通往废墟路上的杂草。来这里的人有不少是因为当年的案子，他们很好奇。至于有这座城堡在出事后不久是谁买的，现在又是谁要把它卖掉，大家根本不知道。不过关于这件事，鲁巴尔堂的夫人、公证人老奥迪加先生的儿子也是继承人，他们什么都不说。

戴尔勒蒙侯爵离开巴黎第三天的早上，沃尔尼克城堡二楼的一扇百叶窗一下子就打开了，透过这扇窗竟然看到的是安托尼娜金黄色的头发。具有朝气的安托尼娜头上戴着一顶遮阳草帽，帽檐一直垂在她的肩上，仍然穿着那件从上到下全是灰色的裙子。她欣赏着这六月温暖的阳光、油绿的未修剪好的草木，脸上露出了甜蜜的微笑。她兴奋地喊着她的义父。

她向下看了一眼，戴尔勒蒙侯爵坐在离楼底不远的长椅上，嘴里叼着烟斗。这里的光线正好被树木挡住了。

“你睡醒了，”他仰着头看着她，满脸笑容地说，“怎么不多睡会？现在才 10 点钟。”

“义父，我睡得很好，您看这顶旧草帽漂亮吗？我是从一个衣橱里找到的。”

她走出房间，快乐地向楼下走去，穿过平台，走到侯爵跟前，头略向前倾。

“您真的让我一直叫您义父吗？不会吧！真的吗？我真是太幸福了！您对我真是太好了，再加上这里如此的令人神往，我有种突然进入梦境的感觉。”

“安托尼娜，这些都是你应得的，从你告诉过我的那点事情来看，都是应得的。不过发生在你身上的其他事情，你却不愿意告诉我。”

兴奋的安托尼娜突然有些忧郁，她说：“那些事情都过去了，如果我能一直留在这里该多好啊！所以我应该享受现在。”

“当然可以了。”

“可以？不会吧？下午城堡不是就要卖掉了吗？明天晚上，我们就回去了。这里的空气太清新了，真是有点舍不得！”

侯爵没有说话。

她轻轻地握住他的手，温和地说：“这座美丽的城堡，您为什么非把它卖掉呢？”

“我也没办法啊！当时，我的朋友德卢威勒夫妇要把它卖掉，我就草率地买下了它。从买下它到现在，我来过不到 10 次，并且每次只待24小时就走了。现在我需要一笔钱，只好把它卖掉……”

他笑了笑，继续说：“有一个办法可以满足你的愿望，只是看你愿不愿意。”

她用疑惑的眼神看着他。他笑了起来：“自从前天，那个公证人奥迪加可是来过好几次了，他的父亲已经过世了，他是唯一的继承人。是的，他长得并不帅气，这个我是知道的。但是很明显，他是非常喜欢你的……”

安托尼娜有些害羞，说：“义父，对于奥迪加先生，我从才没有想过什么，我喜欢这里，就是因为能守在您的身边，所以您还是不要跟我开玩笑了。”

“是真的吗？”

“义父，我不会骗您的。”

侯爵听了她的那些话，非常激动。就在第一次看到她的那一刻，这位老单身汉的心已经被她融化了，他知道她就是自己的亲生女儿。她的天真和对他那份感激之情，使他的心里久久不能平静。关于她以前的事情，她从来不告诉侯爵，这让侯爵觉得她有种神秘的感觉。在他面前，她有时特别自然，活泼快乐，对人也很热情，有时却又非常拘束，不管他怎么关心、爱护她，她都无动于衷，甚至厌恶他对她的这种关爱。

自从前两天来到这个城堡，侯爵变得也很奇怪，安托尼娜也发现他有些异样，有时候高兴，有时候却又不说话，并且不管做什么事情总是犹犹豫豫的。

实际上，可能由于亲情或者彼此对对方的好感，使他们度过了几天快乐的时光，但是在这短短几天里，原本两个根本不认识的人，是不可能绝对信任对方的，也就不可能对对方坦白自己的一切。

他盯着她看了一会儿，说：“你跟你的母亲长得太像了！我又看到了你纯真的笑脸。”

戴尔勒蒙侯爵想尽量去了解她。但是他一提到她的母亲，她就有些不高兴，并且故意转移话题。于是，他就简单地给她说了一下她母亲伊丽莎白·奥尔纳被害的经过。姑娘听完，情绪显然有些失控。

在鲁巴尔堂夫人的服侍下，他们一起吃了午饭。

下午两点时，公证人奥迪加先生来了，他们边喝咖啡边谈论一些关于拍卖城堡的一些事情。年轻的奥迪加先生爱好文学，说话时喜欢用一些比较高雅的词语，有时还会加入一些自己写的诗句，并且还会附带着说一句“就像诗文里说的那样”。他边说话，还会偷偷瞟安托尼娜一眼，看看她有什么反应。他脸色比较白，看上去有些憨笨，又有点腼腆。安托尼娜故意压抑着自己的情绪，但是他一直这么说个没完，她最终还是忍不住了，就一个人朝花园走去。

拍卖时间就要到了，城堡里来了很多人，有些是富裕的农民，有些是居住在城镇里的有产业的人，还有一些贵族们，他们都纷纷绕过城堡的侧廊，在平台上和花园前组成了几个小组。据奥迪加先生之前的判断，他们其中有五六个人准备买城堡。

有些人正在趁这个时间观察那个废墟，因为这里已经对外封闭好长时间了。安托尼娜正好也走到了这里，她自己逛了起来，脚步越来越慢，她已经被这壮观的景象吸引了。

这时传来了一阵铃铛的声音，大家都往城堡走去，这表示拍卖即将开始了。就剩她一个人仍向前走着，这条小路从来没有被打扫过，路上铺满了野草和一些来回交错的藤蔓。

在不知不觉中，她走过了小路，来到了那个土台上，也就是 15 年前发生惨剧的地方，这里被茂盛的常春藤荆棘和一些蕨类植物裹得严严实实的，但是她却能如此准确地找到这个土台，主要是因为侯爵已经把 15 年前这里的一切情况都给她讲了一遍。

安托尼娜小心地向前走着，花了很长时间才从那里走出来。来到一个比较宽敞的地方，她刚一抬头，不禁大吃一惊，差一点喊出声来：在离她 10 步远的地方，有个男人也吃惊地颤了一下，停在那里。这个人有健壮的身躯，宽厚的肩膀和粗暴的表情，她怎么会忘记呢？四天前刚见过的。

站在她对面几米处的那个人就是探长戈尔勒雷。他的脸上仍然露出了粗暴的神情。他歪着嘴，不怀好意地笑了起来，小声说："今天我的运气真是太好了！三次了我都没抓到的金发美女，您怎么会在这儿呢？对于这次的城堡拍卖，您该不会也很感兴趣吧？"

他朝安托尼娜迈了一步，她吓得颤了一下，她很想逃跑，但是现在身上一点点力气都没有，并且这儿的地形有些复杂，她根本不熟悉。

"在我手里，您是逃不掉的。这么多年来，戈尔勒雷从来没放弃过对这个惨案的调查，况且今天是个特别的日子，他肯定不会失去这个机会，过来好好调查一下。于是，他就碰上了高个子保尔的情人，这好像都是上天安排好的，您不信也不行，上天就是这么爱戴我。"他边说着又朝她走了一步。

他又向前迈了一步，安托尼娜心里直打哆嗦，她尽力使自己站稳。

"我看出来了，您现在很害怕，对吗？不要怕，这只不过是个玩笑罢了！当然，现在形势有些不妙，您必须向戈尔勒雷交代清楚，城堡里的惨案与金发美女克拉拉、高个子保尔到底有什么关系，高个子保尔都做了些什么？这些问题我都非常好奇。当然，关于戈尔勒雷的观点，我也不想说太多。"

戈尔勒雷又朝她迈了 3 步。他拉开皮夹，从里边掏出一张拘捕令，他看上去很残忍，并且带有嘲讽的表情。他打开这张纸，说："您想看一下这上边都写些什么吗？这对于您来说也没什么必要，不过您还是顺从些，不要动什么歪脑筋。我的汽车就停在那边，我们去维希，到那里坐火车去巴黎。说实话，抓住您我很高兴。即使我没能看到这次拍卖，我一点都不后悔。为什么……"

他突然停了下来，一件令他不可思议的事情发生了，姑娘脸上害怕的神情慢慢不见了。戈尔勒雷朝她眼神的方向看去。

"这个家伙，他来干什么？"他嘴里嘟囔着，"真是该死！"

在小教堂遗留下来的柱石一角，戈尔勒雷看到有一只胳膊伸了出来，手里的枪正对着自己。他猜出来那只胳膊是劳尔的。从姑娘平静的表情可以看出来，他总是在关键的时候出现并不顾一切地保护她。金色卷发姑娘克拉拉在沃尔尼克城堡，这说明劳尔先生也在这儿，没看到人影，就被他的枪口瞄住了。这是劳尔先生最喜欢用的方式。

戈尔勒雷在危险面前非常勇敢，从不退缩。但这时姑娘又趁机逃跑了，他立刻向她追去，喊道："这次您肯定逃不掉的，可恶的家伙。"

刚才石柱一角的那只胳膊消失了。戈尔勒雷继续追着她，她顺着石柱拱廊一直朝前跑，他没有多想就追过去了。这时，从一旁的常春藤中窜出一只拳头，直接挥向戈尔勒雷的下巴，拳头中指上戴了一个小小的铁器。劳尔藏得太隐蔽了，刚才在戈尔勒雷路过时，他只看到整个拱廊上缠满了常春藤。

这一拳下去，戈尔勒雷左右晃了几下，栽倒在地，就像那个阿拉伯人挨了一脚一样，他还没有明白过来到底是怎么回事，就昏过去了。

安托尼娜跑到露天平台，她的心跳加速，呼吸急促，慢慢地走到城堡前坐下休息，这里也坐了许多人。她见识过劳尔的身手，所以她相信他肯定可以摆平戈尔勒雷。她一会就平静了下来，但是劳尔为什么来这里呢？她朝废墟望去，并且仔细地听着，可是没有任何动静，也没看见那边有人。

这下她放心了，她准备去另一个地方待着，在那个地方，戈尔勒雷没有那么容易发现她，并且可以通向另一个出口，有利于她的逃跑。但是她被大厅里的拍卖吸引住了，忘了自己可能随时会有危险。

大厅与前厅相连，公证人示意他们坐下，这几个人是最有可能买城堡的。周围站着许多人。在一张桌子上，摆放了三支细细的蜡烛。

奥迪加先生仪态庄重，说话有些夸大其词。他过一会儿就会和戴尔勒蒙侯爵小声聊上几句，人们也看出来了，侯爵就是城堡的主人。

快到拍卖的时间了，奥迪加先生觉得应该再对城堡作些说明，于是又把城堡的位置、历史，以及城堡里的美丽风景复述了一下，最后又强调说，这个城堡肯定不会买亏的，是值得投资的。

然后，他又对一些拍卖的规则作了说明。一支蜡烛一分钟内燃尽，所以想要卖城堡的人一定要赶在最后一支蜡烛烧完之前竞先出价。

四点钟时，钟声敲响了，拍卖正式开始。

奥迪加先生掏出一盒火柴，拿出一根擦着，把第一支蜡烛点燃。蜡烛亮了。大厅里一下子就静了下来。大家脸部的肌肉都抽搐着，尤其是坐着的几位女士，她们的表情更让人琢磨不透，有的看上去很无奈，也很失望，有的却是不屑一顾的样子。

蜡烛燃尽了，公证人大声说："女士们，先生们，就剩两支蜡烛的时间了。"

又一支蜡烛被点燃了。但是直到熄灭都没有人出价。

奥迪加先生显然有些不快，说道："已经燃尽了两支蜡烛，就剩最后一支了，希望大家能把握好时间。我明确地重申一下，底价是 80 万法郎，只准向上喊价。"

最后一支蜡烛点燃了。

有人没有底气地说："825000 法郎。"

另一个声音出价："85 万法郎。

有一位女士朝公证人做了一个手势，公证人帮她喊道："有位女士出 875000 法郎。"

又一位对城堡感兴趣的人加价："90 万法郎。"

随后，又是一片寂静。

公证人很明显有些慌乱，说道："90 万……90 万……有谁要出价……女士们，先生们，这个价真是太便宜了……城堡……"

仍然没有人出价，大家都很安静。

蜡烛马上就要燃尽了，亮光看起来很微弱。

就在这个时候，从大厅后面传来一个清晰的声音："我出 95 万法郎。"

人们给他让开了一条道，一位先生走了过来，脸上带着温和的微笑。他又轻松地重复了一遍："95 万法郎。"

安托尼娜一眼就认出了他——劳尔先生。

8. 奇怪的合作人

公证人奥迪加吃了一惊，这个最后才出价的人一下就加了5万法郎，比前边几个人加的价竟然高出一倍，这是很少见的。

奥迪加已经很满意了，刚才的担忧都消失了，他声音很小，说："95万法郎？有人要出价吗？95万法郎……成交！"

劳尔被大家围了起来。公证人奥迪加先生感到有些奇怪，就急忙把大家推到门外，腾出客厅，好赶快把这个有些特殊的买卖结束，他边思索着边往回走。

这时，劳尔已经坐在了桌旁，只见他拿起一支笔，往支票上签字。戴尔勒蒙侯爵和安托尼娜站在离他有些距离的地方，默默地注视着他的一举一动。

劳尔看起来总是那么满不在乎，他站起来，很洒脱地对公证人说："奥迪加先生，您等一下，这些房子我打算委托您来管理，但现在我得离开，您就先帮我看管一下，回头我会找您的。请您告诉我一下，我都需要准备什么资料。"

公证人感到很意外，因为他从来没见过这么办事的人，就对他说："先生，请问您叫什么名字？"

"我是葡萄牙人，原籍法国，名字是唐路易·佩雷塔，这是我的名片，请您过目。还有这张支票，我先付了一半的钱，我在里斯本的葡萄牙信贷银行开了户，这些钱可以在那里提取。回头我会找戴尔勒蒙侯爵谈话，剩下的钱我想在谈话后再确定什么时候付清。还有，这些是我的护照和所有的有效证件。”

“我们还用谈话吗?”侯爵显然很吃惊。

“不错，先生。我还有许多事情要跟您说，我想您肯定会对这些事情感兴趣的。”

公证人听得很迷惑，他还有很多疑问。在剩下的那笔钱没有付清之前，他会不会把存款都提出来呢？还有，他户头上到底有没有足够的钱呢？类似这些问题，他之前根本没有做任何解释。公证人认为，要是让他按照规章制度的条例办事，恐怕没那么简单，从刚才的谈话可以推断出，这是一个懒散马虎的人。他对劳尔说：“先生，请您到时去我的事务所找我。”

戴尔勒蒙侯爵有些事情还想再和公证人聊聊，这时他看到公证人夹着公文包走了，就紧追几步，一直陪他走到平台上。

安托尼娜看上去很紧张，她也很想赶快追出去，因为她怕劳尔对她做什么。但这种担心根本没用，只见他迅速地关上了门，向后推着她，她反应了一下，急忙朝通往前厅的那扇门跑去。劳尔还是追上她了，一下子搂住她的腰。

他笑着说：“刚才我把戈尔勒雷击垮了，还有那天夜里，高个子保尔也是被我打倒的。我做的所有这些事情，在您眼里是不是根本不算什么？您今天怎么了，我们不是已经认识了吗？您为什么还害怕呢?”

他试图去吻她的脖子，但是却被她躲过了，只亲到了她的上衣。

“把我放开!”安托尼娜断断续续地说，“把我放开！您真是……”

劳尔使劲抱着她的脖子，好让她往后仰头，然后竭尽全力去吻她的嘴唇，而她却拼命地挣扎和躲避。劳尔有些被她的反抗惹火了。

安托尼娜大声说道：“啊！你这个无耻的家伙！我要喊……真是太无耻了!”

突然从前厅传来了侯爵的脚步声，劳尔往后退了几步，冷冷一笑，说：“您会对我这么无情，我真是没有想到。那天晚上在侯爵的房间，您为什么那么顺从？为什么不反抗我呢？我亲爱的公主，我们还会相见的，今天算您走运。”

她后退了几步，没有去开门逃跑。

戴尔勒蒙侯爵进来了，看到她就站在对面，看上去很不平静的样子，并且有些疑惑。

“你有什么事吗？”

“没事……没事……”她有些委屈地说，“我能和您谈谈吗？”

“你想谈些什么？”

“其实也没什么，就是一件我当时给弄错的小事，我保证是真的，义父……”

侯爵看到劳尔满脸微笑，静静地听他们说话，他更是迷惑。劳尔从他的表情和眼神里看到了他的困惑，他回答侯爵道：“我想，小姐准备跟您说的是前几天的一个误会，其实我也很想给您说明白那件事。”

“先生，我不明白您说的话。”侯爵肯定地说。

“在巴黎，因为我自己的一些事情，我就化名为劳尔。我就是要把这些说清楚的，实际，我的名字叫唐路易·佩雷塔。先生，我是您的房客，租的是伏尔泰堤岸边的中二楼套房。我跟小姐见过面了，那天小姐走错了楼层，摁了我的门铃，我向她解释了一下，并以劳尔这个名字做了自我介绍。小姐，是这样的吧？今天，她看到我以另一个名字出现，估计非常吃惊。”

戴尔勒蒙侯爵好像也吃了一惊：这个家伙这么奇怪，他不仅租了我的房子，又来买我的城堡，到底有什么目的？他的身份也让人有些模糊，这些举动实在是有些可疑。

“先生，刚才您说要和我谈话，您想谈什么呢？”

劳尔故意不往安托尼娜那儿看，说：“谈一笔生意……”

“我不是生意人！”戴尔勒蒙侯爵回答他，声音有些粗暴。

“我也不是做生意的，”劳尔确定地说，“但是我是专门替别人搞定那些不好做的生意的。”

劳尔的话让侯爵感觉到情况不太乐观，他好像有什么诡计或者阴谋。他看了看安托尼娜，好像有什么话要问她，但是她正在很认真地听他们讲话，不过脸上有一丝疑虑的表情。侯爵很警惕，把手放在装枪的口袋上。

“明确地说一下，”他说，“您到底想干什么？”

“我想帮您收回遗产，就是从前您被剥夺的那份遗产。”

“什么遗产？”

“您外祖父留下来的，您不是曾为这份遗产，委托一家侦探公司吗？他们最后也没给您一个很好的结果。”

“嗯！不错，”侯爵很感兴趣地说，“您就像一名侦探，特别爱打听消息！”

“您说错了，这不叫侦探，是一位好心人，专门为另一类人服务的好心人。我很喜欢做这些调查工作，可以说这是一种癖好，特别想得到一些疑难问题答案的本能反应。我曾经取得过非常令人羡慕的成绩，也解决了很久以前的那些令人困惑的问题，我还发现了历史上珍贵的宝贝。实际上我并不想对您说这些的。”

“很好！”侯爵兴奋地叫道，“对了，这算是一项委托工作吗？”

“不算。”

“您不和我谈谈您的薪酬吗？”

“我不收钱的，只是为了自己的爱好。”

劳尔仍是满脸微笑。他要让侯爵看到自己的才华，并且在他心爱的姑娘面前，他要特别注意自己的形象，所以在这时他是不可能要钱的。

听着他的话，侯爵有些不知所措，他对劳尔说话不再用嘲讽的口气，而是稍显温和了。他说：“您有什么情况要告诉我的吗？”

“没有，恰恰相反，我这次来，是想向您打听一些消息的。”劳尔高兴地说，“实际，我只是想来与您谈谈合作的事情。先生，做这一行，在开始的时候，只能慢慢寻找线索，不过这个过程的长短取决于那些想得到我们帮助的人，如果他们对我绝对信任，那么工作就会顺利很多，也许很快就能完成。说实话，这种情况也不多。我也常常碰到在一开始的时候给我提供假情报的雇主，所以我不得不自己去调查真实的情况，当然，大家心里都明白，这样就浪费了很多时间。如果您也想这样，那我就不多说什么了。如果您愿意提高我的工作效率的话，您就跟我说说关于这笔遗产的具体情况。”

“您只是想知道这些吗？”

“肯定不止这些！”劳尔大声说。

“那么，您还想知道什么？”

“我可以跟小姐讲一下这里发生过的悲剧吗？那时的城堡并不属于您。”

侯爵吃了一惊，用低沉的声音回答：“当然可以，我也给她讲过在这儿发生的关于伊丽莎白·奥尔纳的事。”

“但是您肯定没有跟她讲完整，在法庭上您隐瞒的那个秘密，您告诉她了吗？”

“哪有什么秘密？”

“当年，您是伊丽莎白·奥尔纳的情夫。”

还没等戴尔勒蒙侯爵平静下来，劳尔又继续往下说。

“一个活生生的女人在城堡被人杀害，脖子里的项链也被抢走了。警方调查此案，当他们向所有在场的人了解情况的时候，您和其他人没有任何区别，您能解释一下吗？当时您为什么不坦白你们的关系？而且，出事后您为什么把这座城堡买下来？您继承的那笔遗产被盗和在沃尔尼克城堡发生的这个悲剧之间到底有什么关系，这些您去查证过吗？先生，这些问题都是我想知道的，如果您把事实都告诉我，我才能更好地找回您的财产。”

很长时间都没有人说话。

侯爵仍然很犹豫，他还是那样，什么也不会说，劳尔有些无奈，只能微微一笑。

“真是太遗憾了！”他大声说，“您不回答这些问题，真是太令人失望了！您应该知道，这个案子一直没有破获，凶手也不会就这样善罢甘休，他们还一直惦记着您的财产，您难道从来都不会考虑这些事情吗？”

他在侯爵旁边坐着，不紧不慢地说：“先生，目前依我的了解，已经有四个人关注着您的过去。第一个人是我，我来到您的身边，成为您的房客，住在伏尔泰堤岸的中二楼里，今天又来到城堡，并且把它买了下来，我的目的就是不让别人插足进来，我要独自调查这个惨案。第二个就是金发美女克拉拉，她是大名鼎鼎的强盗——高个子保尔的情人，她也在调查您，有一个夜晚，她闯进了您在巴黎的房间，弄坏您的秘密抽屉，拿走了她需要的一张照片。”

劳尔停下来，他非常想看到安托尼娜此时的表情，但是他还是忍住了。

“这第三个就是窃贼瓦勒泰科斯，更是对您不利，可能会随时给您带来危险。”

侯爵大吃一惊：“是瓦勒泰科斯吗？您再说一遍？”

“就是瓦勒泰科斯，他是伊丽莎白·奥尔纳的一个亲戚，可能是侄子，也可能是堂兄弟。”

“真是太不靠谱了，这怎么可能！”戴尔勒蒙侯爵大声说道，“瓦勒泰科斯，他只是喜欢赌博，整天无所事事。我的意思是说，他只不过是一个品质败坏的家伙，怎么会对我有什么目的呢？而且竟然是一个危险人物，这怎么可能呢？”

劳尔仍然注视着侯爵，接着说：“您知道瓦勒泰科斯是谁吗？他还有一个名字，也可以说是个绰号，叫‘高个子保尔’。他在所有的犯罪团伙里边算是比较有名气的，警察正在缉拿他。”

侯爵非常生气，说：“那个高个子保尔？有名的强盗头目？怎么会与瓦勒泰科斯联系到一起？这太不可思议了，瓦勒泰科斯就是高个子保尔，您是怎么想到的呢？我还是不能相信，瓦勒泰科斯和高个子保尔肯定不是一个人！”

劳尔斩钉截铁地说：“瓦勒泰科斯就是高个子保尔。就在那个夜里，克拉拉去您的房间偷东西，保尔和他同伙儿就在岸边守着，监视着她。当克拉拉拿到东西，走出您的家门的时候，保尔他们一起走过来，想要劫走克拉拉。当时，我正巧碰到，就和他们打了起来，也看清了他的面目，就是瓦勒泰科斯。一个月前，我就开始监视他在您身边的活动。最后一个，也就是第四个人，是一位警察。实际上他一直都在调查这个案子，不过可能在别人眼里，他早就放弃了，这只不过是一种假象。这个人原来在检察院当助理，在那里混得不怎么样，但是别小看他，其实他是一个非常坚持的人，并且报复心很强的人。他就是探长戈尔勒雷。”

劳尔偷偷地斜着眼睛看了安托尼娜两次，因为她背对着光，所以他并没有看清楚，但是他感觉到了她的不安，这不安很明显是劳尔讲的这些话引起的。劳尔说会给侯爵带来危险的人有四个，她竟然是其中之一。

劳尔的这些话深深地触动了侯爵的心，他点着头说：“我想起这个探长来了，当年戈尔勒雷调查案情的时候没有询问过我。从这点来看，他应该不知道我和伊丽莎白·奥尔纳的关系。”

劳尔说：“这个他可能不知道，不过今天城堡拍卖，他知道，并且他也过来了。”

“他参加了拍卖?”

“他在废墟那边，没有过来。”

“这是怎么回事?”

“我把他打倒了，用东西塞住了他的嘴，用方巾蒙住了他的眼睛，腿和胳膊也用绳子捆上了。”

侯爵严肃地说：“这是你自己做的，与我无关，这一点要划分清楚。”

劳尔笑了笑，说：“先生，您不用担心，这件事绝对不会把您牵扯进来的。实际上我之所以这么做，也是考虑到了您的安危。只要有什么事会威胁到我们的安全，或者对事情的进展不利，我都会把这些处理掉的。”

劳尔继续往下说：“高个子保尔正在对他先前的情人克拉拉下

手，但是我心里明白保尔是和您对着干的，所以，明天晚上我会告发他，让警察来抓他。还有瓦勒泰科斯这个家伙，我必须制止他的行动。目前的形势不太好，有可能会变得更糟。保尔和瓦勒泰科斯，人们会不会发现他们之间的关系？如果他恼火了，会不会把您和伊丽莎白·奥尔纳的关系告诉警察，然后把您送上法庭。接下来要发生什么事情，谁也说不清。”

劳尔说了这么多又白费了，侯爵根本没有考虑他说的话，利索地说：“我还是什么都不能告诉您，实际我也不知道您要我说什么。”

劳尔站了起来：“既然您这么不配合，那好，我只有自己来解决这些问题了。在这个漫长的调查中，他们任何一个都有可能采取行动，所以您最好小心些。不管是您遇到麻烦，或者受到伤害，都是您自愿的。您打算什么时候回去?”

“明天早上 8 点的火车。”

“这个时间不错，戈尔勒雷肯定不会赶上你们，就算想办法逃脱了，也只能坐 10 点钟的那趟火车。您最好嘱托那位女看门人，您走后，千万不要让她告诉戈尔勒雷有关你们的情况。目前你们是安全的，不用害怕。您回巴黎后还走吗?”

“我还要出去，准备在巴黎只住一夜。大概三周之后才能再回到巴黎。”

“出去三周？那我们就 25 天以后见吧，7 月 3 日下午 4 点，那天是周三，就在城堡前那个长椅那儿吧，您觉得怎么样?”

“好。”戴尔勒蒙侯爵说，“去见您之前，我会好好考虑考虑的。”

“您考虑什么?”

“您刚才所说的和您的建议。

劳尔又笑了：“先生，到那时就太晚了。”

“晚吗?”

“当然晚了，关于您的事情，我不会花费那么多的时间。再过 25 天，一切都事情都会有结果的。”

“都是什么事情?”

“当然是戴尔勒蒙侯爵您的事了。城堡里的惨案以及案子为什么会变得如此复杂，这些疑惑在7月3日下午4点钟之前，我都会查清楚的。到时候，我就会追回本应属于您的遗产，并把它交还给您。如果小姐喜欢这个城堡，并且想长期待在那里的话，只要您一句话，城堡仍然属于您，您只要把我刚才签过字的支票还给我就行了。”

听完他的这些话，戴尔勒蒙显得非常激动，他说：“您确定您会成功吗?”

“在我心里只有一种障碍。”

“什么?”

“就是到那个时候，在这个上流的社会，我就不存在了。”

劳尔戴上帽子，向安托尼娜和侯爵做了个夸张的手势，表示告别，他一句话也没有说就走了。当他觉得自己表现很好时，走起路来就会一扭一扭的。

塔楼的门关了。

直到这时，侯爵的心情才慢慢平静下来，他思索着，嘴里嘟囔着：“实际上我根本没有什么特别的信息要提供给他，再说我也不可能成为他的雇主，只是一个偶然相遇的人，绝对不能太相信。”

安托尼娜并没有说话，而是默默地站着。看到她的反应，他问：“你赞同我的想法，是吗?”

她显得有些为难，说：“义父，这个我也不太清楚，我也不知道怎么办好。”

“他到底从哪里来的呢? 并且有两个名字，的确是个危险的家伙！可是他做这些的目的是什么呢?”他想了想继续说，“据我观察，他有些不同寻常，不过好像他有能力搞清楚所有的事情，虽然他外表看起来有些粗鲁。”

“他有些不同寻常！”安托尼娜小声地重复道。

9. 缉拿保尔

劳尔来到公证人奥迪加那里，公证人按部就班地向他提出了一些问题，他都有条不紊地一一做了回答。公证人谈话时思维很敏捷，考虑得也很全面，所以对自己的表现感到非常满意。最后，他答应劳尔，会尽快把所有的手续都办齐。他们很快就谈完了所有需要办理的事情。

劳尔开车离开这里，飞快地驶向维希。到了那里，他找了家宾馆，并在那儿吃了晚饭。可是快9点的时候，他又开车回到了沃尔尼克城堡，因为戈尔勒雷探长被他绑在那里，他过去看一下。这个地方不会有人发现，那是在他观察城堡里的环境时偶然发现的。那面墙上有个豁口，别人是过不去的，但是他能。

他又像上次那样钻了过去，直接朝废墟走去，戈尔勒雷探长仍然在常春藤下边，绑在戈尔勒雷身上的绳子和塞到嘴里的东西都好好的，没有被动过的痕迹。

他走到戈尔勒雷身旁说："朋友，没别的意思，只是想让您下午在这儿好好休息休息。饿了吧？我给您带来了很多好吃的。不过看情况，您好像挺愿意在这儿待着的嘛。"

他绅士地把戈尔勒雷嘴里的东西拽了出来，戈尔勒雷立刻就大声地骂了起来，看上去非常气愤。他的嗓子有些沙哑，他骂的到底是什么，根本听不出来。劳尔继续说："好啊，那我就不勉强您吃这些东西了，我看您根本就不饿，打扰您了，戈尔勒雷先生，请您原谅。”

他认真地检查了一下绳子有没有松动，然后又把那些东西塞到了戈尔勒雷的嘴里。弄好之后，劳尔就走了。

灯都熄了，院子里非常安静，平台上一个人都没有。夜晚有些热，有些小百叶窗都被打开了，这样屋里就会凉爽一点儿。下午的时候，劳尔路过工具间，他看到里边有一把梯子，现在他把梯子搬了出来，架在戴尔勒蒙侯爵的那个房间窗户的下边，这都是他提前打探好的。

他顺着梯子爬了上去，然后很轻松地透过小百叶窗弄断了窗户的插销，钻进了房间。

他能细细地听到侯爵的呼吸声，他把电筒打开，看到椅子上有件折叠工整的衣服。他从这件西服的口袋里掏出了一个皮夹，然后从里边抽出一封信，这封信是安托尼娜母亲写给侯爵的，他把信读了一遍。这就是今天夜里劳尔冒险过来的目的。

“跟我推测的一样，”他心里想，“那位有名的歌唱家以前是侯爵的情人，而安托尼娜是他们的女儿。哦，这样我就不用担心上流社会会把我抛弃了。”

他把信放了回去，然后原路返回。

他也知道，安托尼娜睡在右边第三个窗户的房间。他把梯子又搬到了她的窗下，爬了上去。他用同样的办法钻进了房间。他打开电筒，看到了安托尼娜，她脸朝墙那边，金黄色的头发凌乱地散着。

他一直站在那里，三分钟过去了，他仍没有动，她睡得很熟，毫无戒备，他完全可以走向那张床的，因为他们在侯爵的房间碰上的那个夜里，他明显感觉到，当时站在他面前的安托尼娜是那么脆弱，他牵她的手，抚摸她的胳膊，她都没有拒绝。现在这么好的机会，他是可以充分利用的，尽管今天下午她对他的亲热那么反感，但是她根本反抗不过他的，他心里很明白。他稍稍犹豫了一下，还是走了。

离开城堡时，他心想：“真是的，我当时怎么那么傻呢？我到底去干什么了，不就是为了这个吗？不过仔细想想自己当时的决定是对的，人不能想干什么就干什么。唉，最聪明的人有的时候也会做最愚蠢的事。”

第二天早上，他就开着车回巴黎了。他想想这两天自己做过的一些事，感觉很满意。他给侯爵和他的女儿留下了不错的印象，而且那个具有历史意义的城堡也属于他了。从他主动介入这些事情到现在，就这么几天，发生了这么大的变化。当然，他这么做，并不是想得到侯爵的喜爱，把女儿嫁给他。

“不是那样的，我这个人是很实际的，荣誉在我看来并不是那么重要，我的欲望并不是无限的。我最终想得到是什么？侯爵的遗产还是城堡？还是成功的喜悦？这些都不是！我真正想要的是安托尼娜。有了她，我就有了全部！”

劳尔每次想到她都很激动，连他自己都觉很惊讶。他所想到的是第一次在客厅小电子屏上看到的那位年轻漂亮的姑娘。当时，她意外地出现在门口了，她是那么清纯，那么有魅力，而且富有朝气。就在他见到她的几分钟，他感觉自己是那么幸福，世界是那么美，完全不是在沃尔尼克城堡里的那个忧郁的让人琢磨不透的安托尼娜，也不是那天夜里在侯爵房间里伤心的并服从命运的安托尼娜。

“只是有时候她的行为是那么令人捉摸不透，跟她单纯温柔的时候相比，简直判若两人。她知道自己是侯爵的亲生女儿吗？她是想为母亲报仇还是想从侯爵那里得到钱财呢？她还是想先骗得侯爵的信任？”

一想到这些他就会很烦。她与众不同，她美丽动人，有时候还有些不可理喻，劳尔对她的这些都很迷惑，这一次，他竟然也坐火车来到了城堡，连他自己都觉得有些不可思议。

在回去的路上，他吃了些饭，到达巴黎时差不多下午 3 点了，他打算去看看库维尔都收拾好了没有。但是当他走到一半时，好像突然想到了什么，他一跨四级台阶，迅速地跑上去，冲进房间，这时库维尔正好在收拾。

他疯了似的扑向电话机，嘴里嘟囔着："真是个笨蛋，约好的和漂亮的奥尔嘉一起吃饭，可是又给忘了……喂，您好！喂！是特罗加代罗饭店吗？请您把电话接到奥尔嘉王后的房间……喂！您是按摩师吗？哦！是夏洛特，亲爱的，这个职位感觉怎么样？还满意吧？您说什么？国王明天要到了？奥尔嘉有些不高兴？帮我喊她一声，我有话跟她说。亲爱的，您快点好吗？"

他焦急地等了一会儿，然后用特别亲昵的声音说："亲爱的奥尔嘉，是您吗？您可算来了！两个小时前我已经开始打电话找您了……这傻吗？嗯！您说我无赖！哎哟，奥尔嘉，不要生气啊。这也不能怪我啊，离巴黎还有 80 公里的时候，我的车子坏了……亲爱的，您做按摩了是吗？真是遗憾！我竟然没有陪在您旁边，漂亮的奥尔嘉……"

他感觉到了，奥尔嘉特别生气，她把电话挂了。

"真是太好了！"他冷冷一笑，"她生气才好，这种生活我也过够了，她想怎么样就怎么样吧！"

库维尔有些生气，责怪他说："您真的不喜欢博罗斯蒂里王后了吗？"

"库维尔，我已经遇到最让我心动的女人，"劳尔大声说，"你知道这个姑娘是谁吗？问也白问，你肯定不知道，因为你这个人太笨了。告诉你一个内部消息，侯爵马上就要撵你走了，估计除你之外，所有的人都喜欢他。这两天，我们是在乡下一起度过的。那个姑娘就是戴尔勒蒙侯爵的女儿，吃惊吧？侯爵很欣赏我，准备把女儿嫁给我。到时候我会让你做我的伴郎。"

"真的撵我走？"

"也可以说，这是一种可能。所以你应该在他撵你之前，给他留个字条说你姐姐病了，你必须得回去。"

"可是我没姐姐啊。

"没有更好，这样就不会咒到她了。把你的东西拿上，赶快滚吧！"

"那我藏哪呢?"

"如果你不喜欢原来我们那个车库上边的房间，那你可以睡在桥底下。好吧，你该走了，赶快走。告诉你一声，如果不想进监狱的话，做什么事都要小心些，千万不要弄乱了我岳父家的东西。"

库维尔摇了摇头，然后离开了。

劳尔烧了一些没有用的文件，然后四处观察了一下，看看是否还留下令人怀疑的迹象。

四点半的时候，他又坐火车离开了。他准备到里昂火车站，等一趟来自维希的列车。到那之后，他向工作人员打听了一下情况，就耐心地等待着列车的到来。

火车到了，下车的人们涌向出口处，他一眼就认出了戈尔勒雷，因为他的肩膀很典型，又宽又厚。戈尔勒雷掏出证件，朝工作人员示意了一下，然后走了出来。劳尔把一只手搭在他肩膀上，笑着说:"您还好吧?探长先生。"

一般情况下，戈尔勒雷不会让人看出他的惊慌，但是这一次，他显得不知所措，表情也无法形容。

"您没生病吧，朋友?我来接您，以为您会高兴的，不管怎么说，这次我是带着诚意来的……"

戈尔勒雷一把抓住他的手臂，把他拽到一边，非常气愤地说:"你胆子够大的啊，如果你还有什么话，就跟我到警察局去说。"

他声音很大，吸引了不少路过的人。

劳尔平静地说:"可以啊，只要您高兴。不过我这次来找您是有重要的事情跟您说。"

"想说什么?最好快点儿。"

"我想告诉您一个人。"

"谁?"

"这个人您逮住过，但是又被他逃掉了，您特别恨这个人，肯定想抓住他，我想您应该知道他的名字了。如果真的把他逮住了，您的同行们肯定会对您刮目相看的。"

戈尔勒雷脸色有些难看，嘟囔道："您说的是高个子保尔?"

"是的，就是他。"劳尔确信地说。

"您来这儿等我，就是为了跟我说他的事吗?"

"不错。"

"那么，您想对我说什么呢?"

"给您一个很好建议。"

"什么建议?"

"把他抓住。"

戈尔勒雷静静地站着，但是劳尔观察到，他的眼皮一直在眨，鼻子两侧也在动，这表明他心里实际是很不平静的。他试探地说："一周后，还是……"

"就今天晚上。"

探长的鼻翼和眼皮又动了起来："那您的条件是什么?"

"三法郎。"

"不要开玩笑了……你到底想要什么?"

"我不想让您再来打扰我和克拉拉。"

"好，我答应。"

"您用您的名誉保证?"

"好，就用我的名誉发誓。"戈尔勒雷答应着他的话，却露出一脸坏笑。

"另外，"劳尔说，"不包括您，我需要五个人手。"

"好，我带五个壮实的过去。"

"那个阿拉伯人您认识吗?"

"认识，他长得很勇猛。"

"他是高个子保尔的得力助手。他们每晚在一家酒吧碰面。"

"这个酒吧在什么地方?"

"好像是蒙马特尔的螯虾酒吧。"

"这个地方我知道。"

"我也知道。他们就在那个地窖里。这个地窖有一个隐蔽的后门，他们肯定会从那里逃跑。6 点 45 分，我们在那里见。到时我会提前到那儿等你们，你们所有的人拿着枪进去，不过您告诉您的手下一定小心些，不要朝我这个正直的人开枪。那个秘密出口，您一定要安排两名警察守在那里，以防他们从那里跑掉。您觉得这样行吗?”

戈尔勒雷盯着劳尔看了许久，这是不是他的计谋？是不是他想趁这个机会赶快溜走？否则他为什么提前去，不和他们一起去？

戈尔勒雷除了恨高个子保尔，也很恨劳尔这个人，就是这个人，让他饱受凌辱和痛苦，被绑在城堡的废墟堆中。但是这个交易太诱惑人了，如果真能擒获高个子保尔，他肯定会得到更高的荣誉，在社会上也会引起不小的轰动。

“这样也好!”戈尔勒雷想，“回头我再捕获这个家伙……”

于是，他大声说道：“好，我们说定了，就 6 点 45 分。”

10. 地下酒吧

经常来螯虾酒吧喝酒的人，大部分是失业者和厌烦工作的人，还有一些是失败的画家和新闻工作者，有时也会有几个浓妆艳抹的女人在这里找不到一丝生机，更没有刺激的感觉，他们都很安静。

顺着一条过廊一直往里走，走到后厅时，会看到一把舒服的椅子，上边躺着肥胖的老板。那些想寻找生机和刺激的人们，刚来的时候都会走到这里和老板聊上几句，只有经过老板的同意才能进入里边那个小门。顺着走道一直走到头，会看见另一扇门，上边钉着钉子。打开门时，会有一股烟味伴随着一股霉味的热气扑面而来，里边传出嘈杂的音乐。

地下有一个非常宽敞的地窖，窖顶是拱形的，只有通过一个15级的台阶才能进去。那天有四五对男女在里边跳舞，一位年纪比较大的盲人拉着小提琴给他们伴奏。最里面有一个用锌板做的收银台，老板娘坐在旁边，脖子上带着一条彩色玻璃珠的项链。她看起来比老板还要胖。

有十几张桌子旁都坐着客人，其中的一张桌子旁，坐着两个男的，一个是高个子保尔，另一个阿拉伯人。阿拉伯人头上裹着一条毡子，毡子看上去已经很脏了，身上穿着橄榄绿的大衣。高个子保尔戴的是一顶鸭舌帽，穿着一件没有领子的衬衫，脖子上围着一块栗色的方巾。他化了装，脸色灰白，显得很老，一看就是一个俗不可耐的卑微之人。他们一句话也没说，只是抽烟。

“您真是太难看了!”阿拉伯人冷冷一笑,“愁眉苦脸的,看上去有 100 岁。”

“让我自己静一静。”高个子保尔说。

“不是,”另一个人说,“您的脸一化妆,看上去您有 100 岁。但是您不要害怕,瞧您那副胆小鬼的样子。总之没必要把自己搞成这样!”

“怎么没必要?这样做有很多原因的。”

“什么原因?”

“我感觉到有人在追捕我。”

“您在怀疑自己的影子追捕您吧?您每天都换地方睡,三天里没有睡过同一张床。这四周都是咱们的人。这儿的二十几个人中,不管他们是男是女,有十几个都是甘愿为您上刀山下火海的。”

“那是因为我给他们钱了。”

“然后呢?您不会把自己当成国王了吧?”

又不断地进来一些人,有的是一个人,有的是一对儿。他们都是一些混世魔王。阿拉伯人和高个子保尔不放过任何人,仔细地打量着他们。他们有些直接跳起了舞,有些则坐了下来。

阿拉伯人叫来了一个服务生,小声问她:“坐在对面那个长得像英国人的,您认识吗?”

“听老板说,他是一个骑师。”

“以前他来过这里吗?”

“这个我不太清楚,我也是新来的。”

盲人音乐师拉起了探戈,周围都很安静。一位女士脸上抹了厚厚的白粉,用稍低的声音跟着节奏唱着,声音很难听,其中有几个低音给这个安静的场合增添了几分伤感。

“自从克拉拉逃跑到现在,”阿拉伯人对高个子保尔说,“您根本没有清醒过,瞧瞧您那愁眉不展的样子。”

高个子保尔使劲按了阿拉伯人的手一下:“你不要胡说八道了,我想的是她会不会真的爱上了那个浑小子,根本没有想她逃跑的事。”

“您说的是劳尔吗?”

“我多么想狠狠地揍他一顿!”

“先找到这个人，您才能揍他啊，可是都已经四天了，我一点力气都没有了，还是什么都没找到。”

“对于我来说，克拉拉不只是一个女人，没有她我无法呼吸，她就是我的生命。”

“可是她根本就不爱您。”

“不错，她爱的是别人。那天下午，你确定她是从劳尔家里出来的吗?一想到这些，我心里就难受极了……”

“我和那个看门儿的女人聊了很久，给了她些钱，她就给我说了一些有用的东西，这些我已经跟您说过了。”

阿拉伯人接着说:“我们看到她从劳尔那里出来直接上楼了，她跟侯爵聊了一会儿就下来了。当她下到一半时，听到戈尔勒雷在中二楼喊叫，她有些害怕，就赶快溜走了。我们一直在那里守到晚上，又看到她和劳尔在侯爵的房间里找东西。”

高个子保尔听到这些，用力地握住拳头，嘴里咕哝了几句。然后思索了一会儿说:“哦，我明白了，她可能拿着我那把钥匙进去的，我原本以为丢了呢。对了，你看清楚了吗?他们去那里找什么?他们究竟想对侯爵要什么把戏?她以前跟我说过，她母亲活着的时候，告诉过她一件事，这件事是关于侯爵的，她母亲认识侯爵，不过这件事她始终没有对我提起过。从这些来推断，她肯定是一个不爱说谎的人，不愿意编瞎话来骗我，所以她只有闭口不答。她跟她的名字一样清纯，但是她也很狡猾，总是把自己伪装起来。你感觉到了吗?这个女人的行为真的很奇怪。”

阿拉伯人冷笑了一下，说:“老兄，我看您都快哭了，别这样了，打起精神来，晚上您不是还得参加一个娱乐场所的开幕式吗?高兴点儿。”

“嗯，我没有忘记，是蓝色娱乐城。”

“好了，别再难过了，到那里再找一个吧，那样你的情绪就会好些。”

这个时候，地窖里人已经满了，弥漫着浓浓的烟雾，有 15 对男女在唱歌。来这里的几个姑娘们故意把肩膀露在外边，老板娘看到后，立刻吼了她们一顿，老板娘要求她们必须衣着整齐。音乐师和那个脸上涂满白粉的女人把声音弄得很大。

“现在几点了?”高个子保尔问。

“6 点 40 分了，不过还差一点不到 40。”

高个子保尔停了一会儿，说：“我与那位骑师的眼睛已经对视两次了。”

阿拉伯人故意开玩笑说：“说不定他还是个警察呢，要不我给他送杯饮料?”

这时小提琴的声音变得很小了，一会儿就停了下来。这里一片寂静，没有一个人说话。那位脸上抹白粉的女歌手唱起了探戈旋律的低音，这是一些常客们每天都期盼的，他们脸上带着几分严肃的表情。她唱了一句，准备唱下一句。

就在这个时候，响起了一声尖锐的哨子声，好像是从天花板上传来的。客人们好像预感到了什么，都立刻躲到收银台的后边。

楼梯门一下子被打开了，有两三个人走在前边，戈尔勒雷手里握着枪紧随其后。他大声喊道：“都不要动，把手举起来！如果敢动的话……”

他真的开了一枪，目的是想吓唬一下这些人。

有三名警察已经下到了地窖里，喊道：“把手都举高点儿!”

那些想逃跑的人挤成一团，英国骑帅也在其中，虽然他的力气很大，不过也挤不出一条能够顺利走到高个子保尔面前的路。有 40 多个人蹲在一边，很服帖。收银台被人掀翻了，下边有一扇秘密通道的门，那些逃跑者急切地往里边钻着，地窖里一片混乱。但是他们突然停了下来，有两个人由于争着往里边钻而起了冲突，动手打了起来。英国骑师准备站在椅子上一瞧究竟，结果他看到这两个人竟然是阿拉伯人和高个子保尔。

他们两个都想赶快钻进密道，不被警察抓住，所以打得非常激烈，看上去很吓人。警察们又开了两枪吓唬他们，这时，阿拉伯人还是放弃了，直接跪在地上。大个子保尔立刻冲进了洞口，随后把门也带上了。戈尔勒雷高兴地向前跑了几步。

“功劳簿上又有东西记了。”他小声说。

“如果高个子保尔在出口处也被逮住的话。”骑师听到了他的话，加了一句。

戈尔勒雷仔细地看了看，才认出这个英国人就是劳尔，说道：“结实的弗拉芒早就守在那里了，这次他肯定跑不了的。”

手下们接到戈尔勒雷的命令，立马把这些人捆了起来。那些稍顺从的人被他们拿着枪逼着待在角落里。

劳尔把戈尔勒雷拽到一边，小声对他说：“我想现在跟阿拉伯人说几句话，有些事情我要问他。”

戈尔勒雷没有反对，劳尔朝阿拉伯人走去。

劳尔蹲在阿拉伯人身旁，小声问他：“嗨，想起我是谁了吗？我给过你两张支票，在伏尔泰堤岸，想起来了吧？这次因为高个子保尔，你没能逃走。不过他即使跑了，到了出口处照样被抓住。我这还有两张票子，你还想要吗？”

阿拉伯人非常生气：“我本来是可以逃跑的，还有一个楼梯通向死胡同。也就是说，还有一个新的出口，这个您不知道吧？”

“真是倒霉！”劳尔恼怒地说，“根本不能相信戈尔勒雷，没有什么好结果的！”

“您是警察吗？”

“不是，我和他们只是合作。我能帮你做些什么呢？”

“没事，我会很快被放出来的，他们根本没有拘捕我的证据。等我放出来的时候，您把钱寄到 A．R．B．E 79 局，我会去取的。”

“那你相信我吗？”

“非常相信。”

“放心，一定要相信自己的眼睛。你要多少钱?”

“5000 法郎。”

“怎么要这么多。”

“就 5000，一法郎也不能少。”

“那好，不过你不能把咱俩的事情告诉克拉拉，还有你必须跟我讲实话，否则这些钱你别想拿到。保尔会逃到哪呢？我们还能找到他吗?”

“您不用担心，肯定能。他这次对我不义，就别怪我对他不仁。晚上 10 点钟，他要去蓝色娱乐城。”

“他去那儿干什么?”

“为了您现在的情人，也就是他以前的情人，他一直想找到她。那是一家夜总会，今晚要举行开幕式，他肯定不会以高个子保尔的身份出现。”

“你的意思是说，他今晚要以瓦勒泰科斯的身份去参加宴会?”

“不错，就是这样。”

这时，劳尔看到戈尔勒雷沮丧地回来了，他气愤地走过去，把戈尔勒雷拽到一边说：“白来了老兄！你们这群笨蛋，没有把情况弄清楚就鲁莽行动，个个都那么迟钝。”

“刚才您从阿拉伯的嘴里套出来点什么?”

“他什么也没说，不过我有个办法，今天晚上您和您的手下都打扮得精神点，要让人们误以为你们是上流社会的人。记住了，10 点钟我们在蓝色娱乐城检票处见。”

“这到底是怎么回事?”

劳尔继续说：“到时候您自然就明白了。您的脸和鼻子怎么都那么红？最好擦点粉遮一下。别忘了穿上礼服，戴上礼帽。好了，我走了。”

他来到停车处，开着车回奥特伊了，这里是他以前居住的地方。在一个长长的小院里有一座三层的楼房，楼房的各个房间朝向不同的方向。这个房子很不起眼，外边没有刷颜色，建筑也不属于某种风格。出了院子是一条又宽又长的街道，不过路上行人很少。这就是他在奥特伊的家。

他住在二楼，其中有一个房间装修豪华，有浴室，整个房间看上去很舒适。楼下是吃饭的地方，有两间房子那么大，不过里边布置很简单。在这座房子后面还有一个院子，里边有一个车库，他以前的厨师和忠实的仆人都住在车库下边，实际上从另一条街也可以通往这个车库，因此这里是最安全的。劳尔把车停到了离院子稍远的地方。

八点钟，在劳尔准备吃晚饭的时候，库维尔来找他。他告诉劳尔侯爵 6 点的时候回来了，但是安托尼娜没有和他一起回来。

劳尔听到他的话，心神不安，有些紧张地说："这么说，她可能现在一个人住在巴黎，这怎么行呢？万一她碰上瓦勒泰科斯就惨了。库维尔，吃过饭和我一起去蓝色娱乐城，不过你得穿上礼服，这些你应该都懂的。"

劳尔习惯性地做了一些运动操，然后装扮了一番。这时，库维尔也打扮好了，劳尔称赞他道："不错嘛，装扮之后的你就跟王子一样。"

11. 蓝色娱乐城

蓝色娱乐城在香榭丽舍大街，这里原来是一家咖啡馆，当时生意非常好，名气也很大，不知道后来为什么改成了娱乐城。

蓝色娱乐城的开张可没少下工夫，几乎所有上流社会的人或者有名气的人都收到了他们的请帖，差不多有几千张，这在社交界是非常隆重的。门口有两根大柱子，上边贴了很多广告。即使邀请了这么多上流社会的人，他们仍然没有放弃最普通的宣传方式。柱子前挂了许多小灯，不停地闪着蓝色的光。

开幕式马上就要开始了，大厅里已经挤满了人。当 10 点的钟声响起的时候，劳尔正好赶到，检票员查看了他的请帖，他顺利地进去了。

劳尔把库维尔拉到一边，向他交代道："你一定要帮我监视戈尔勒雷，他所说的话和他的一举一动都要盯紧。这是他的好机会，他肯定很想把我和高个子保尔一起抓住。他的同伴也会来，他们之间的交流也需要注意。你不能离我太远，不过也不要靠近我或者跟我说话。明白了吗？"

库维尔抖了抖胡子，好像做好了充分的准备……然后认真地点了点头，说："放心吧，我已经清楚了。不过我担忧的是，如果我发现有人想对您下手，但是我又来不及告诉您……"

"你就张开双臂掩护我，我会趁机脱身，别忘了你那漂亮的胡子到时候也会派上用场的。"

“快点走开，戈尔勒雷来了，千万不能让他看见我们一起说话，别忘了最好待在他的身边。”

戈尔勒雷脸上涂了粉，穿着一件闪闪发光的礼服，头上戴着折叠式的高顶礼貌，肩上披着雨衣，虽然颜色不太搭调，但是折叠工整。他确实按照劳尔的吩咐打扮了，真的很像一位上流社会的人士。劳尔谨慎地向他走去，低声和他聊了起来：“您真是太牛了，我差点都认不出您了，简直就是一位绅士，您就放心吧，肯定不会有人察觉到的。”

戈尔勒雷看上去很生气，不用猜就知道，他肯定觉得劳尔又在讽刺他。

“其他人都在哪，我怎么没有看到？”

戈尔勒雷骗他说：“我带了四个人。”实际上他带来了七个人。

“他们是不是装扮得跟您一样？”劳尔边说边朝四周看了看，他竟然看到有六七个人和戈尔勒雷穿着相似的便衣警察。

客人们还在不断地入场，这时，劳尔小声告诉戈尔勒雷：“他来了，我看到他了。”

戈尔勒雷急忙问：“他在哪儿？我怎么没有看到？”

“检票处的旁边有两位女士，她们后边的那个高个子。他脖子里系着白丝巾，头上戴着大礼帽。”

戈尔勒雷朝他描述的望去，然后嘴里嘟囔道：“他怎么会是高个子保尔呢？他肯定不是。”

“就是他，高个子保尔，只不过他今天跟您一样，也打扮了一番。”

戈尔勒雷又仔细看了看，说：“好像就是他，不错，就是那个坏蛋。”

“他实际上家境显赫，只不过您没有见过他现在这个样子。”

“这是真的吗？在赌博场的他跟现在简直判若两人，真是不可思议，他到底叫什么名字？”

“这个嘛，他如果心情好的话会直接告诉您的，不过您一定要稳住，不要急于求成，否则就会发生一些意想不到的事情。目前您要搞清楚他来的目的是什么，等他准备走的时候再抓捕他。”

戈尔勒雷走到他几个手下跟前，和他们小声嘀咕着，并告诉他们哪个是保尔。然后，戈尔勒雷又返回劳尔身旁，他们沉默着走了进去，与此同时，高个子保尔也进去了。

这是一个圆形的建筑，里边的确很宽敞，由于来的人太多，显得有点拥挤，每张桌子旁边坐的人都远比之前规定的多。空中有20道蓝光闪烁着，它们深浅不一，一会儿平行，一会儿又交织在一起。这里开始热闹起来了。

正中间是跳舞的地方，后面还有一个小舞台。每当跳完一支舞，小舞台上就会表演一个搞笑的节目，结束之后又会开始跳下一支舞，就这样一直循环往复，但是人们并不会感到乏味，因为节目进行得很有序，并且也很紧凑。这是一个新颖的设计。每当到了歌曲高潮的部分，观众们都会情不自禁地跟着唱，他们显然玩得很尽兴。

瓦勒泰科斯——也就是高个子保尔——在旁边的过道里站着，由于他的个子太高，他故意缩着脖子弓着背，这样就会使他矮一点儿。那几位便衣警察在他身后来回巡逻。戈尔勒雷和劳尔就站在不远处，他们都故意用节目单遮着一半脸，戈尔勒雷注视着他的手下们，劳尔则小心地盯着瓦勒泰科斯。

大厅里的节目是一个接着一个，刚刚结束了一支探戈舞，随后又表演起了印度小魔术，即将上演的是华尔兹，之后还有搞笑的小节目……

这些节目刚演完，舞台上就出现了由20块小屏幕组成的长屏，上边显示着“蒙着面纱的舞蹈家”。与此同时，在一个宽大的彩色电子屏上呈现着一位头上蒙着面纱的人，模糊间会发现这是一张纤瘦的脸。这时音乐开始响起，这位蒙着面纱的女人从后台跳着舞蹈出现在大家面前。只见她的肩上和胸前缠着装饰性的条状物，下边穿着宽宽的缀满小星星的裙子，在她跳舞期间，又白又细的腿会不断地显露出来。

她慢慢地停了下来，然后摆出一个动作，真是太美了，就像古希腊塔纳格拉雕琢的塑像一样。面纱并没有把她的头部全部罩住，有几绺金黄色的卷发露在外边，人们不断地赞叹她的美丽。

劳尔有些紧张，小声嘟囔道："怎么会这样。"

戈尔勒雷问道："您这是怎么了?"他就站在劳尔身旁。

"没事。"

但是劳尔很不平静，优美的体态，还有金黄色的卷发，对他来说这是多么熟悉，他迫切想看到她的面容。

她跳得越来越慢，好像又要摆出一个造型，但是从她的舞姿可以发现，她有些颤抖。她用脚尖站立，然后转了两圈。

"哪个是高个子保尔，您再给我说一遍。"戈尔勒雷小声说。

劳尔心情很复杂，一直愣在那里，表情极不自然。他眼里只有那位舞蹈家，他疯狂地注视着她，由于人多，他挺直腰板，这样就能更清楚地看到她。

戈尔勒雷好像也明白了些什么，脸上露出阴险的笑容，小声跟劳尔说："您看看那位金发舞蹈家，难道高个子保尔就是为了看到这些金黄色的卷发?这样就会使他想起克拉拉!不错，应该就是这样……对了，您说这位舞蹈家会不会就是克拉拉?高个子保尔的前任情人，也是您目前的情人!这是不是有点太可笑了。"

"这怎么可能，我看您是想多了。"劳尔语气很强硬，没有任何根据地反驳戈尔勒雷。

劳尔又不由自主地朝她看去，在心里说："应该就是她，如此相似的头发和身姿，没错，就是她。"

这么美丽的舞蹈，这么高贵的场合，一个外省的姑娘能应付得来吗?戴尔勒蒙侯爵的女儿，刚从城堡回来的她应该没有时间赶过来的，这位舞蹈家究竟是她吗?

舞台上的她变得很欢快，舞步也很轻松，观众们也随着她的表演热闹起来了。她转了几圈，动作很优美。在音乐的配合下她突然停住，然后又突然继续跳。她那修长的腿比舞动的手臂更加有吸引力。她的美腿露了出来，这更加挑起了观众们的激情。

戈尔勒雷一直关注着高个子保尔，突然，他告诉劳尔："是不是后台可以随便出入啊？我看到高个子保尔准备走向后台。"

过道的尽头有一位检票员看着，并且两边都用栏杆挡着，但是如果有人想从这儿过去，他根本拦不住。

劳尔也发现了，说："不错，他就是准备溜走，快让你的手下到演员出口那儿，如果我们这里出现了紧急情况，他们就会迅速进来帮忙。"

戈尔勒雷赞同他的安排，就赶快去办。

三分钟后，劳尔趁机悄悄地离开了大厅，他准备在便衣警察到达出口处之前赶到。

他绕过娱乐城奔向出口处，这时库维尔追了上来，告诉他："先生，我刚才听到了戈尔勒雷和他的手下们之间的谈话，准备把您和那个舞蹈家一起逮捕。"

实际上这些劳尔早猜到了，但是他现在仍然不能确定那个舞蹈家究竟是不是安托尼娜。对于这一点戈尔勒雷根本不必考虑，如果抓错了放了就行了，他们也没有一点儿损失。但是如果真的是安托尼娜，她这次就惨了，一边是戈尔勒雷的抓捕，一边是高个子保尔的阻击。如果她被残暴的高个子保尔抓住，他会对安托尼娜做些什么？劳尔越想越恐怖，他疯狂地向前跑着。

他快步上楼，顺着一条过道一直往前走，那里是演员的化妆室。这时那个舞蹈家正好从一间化妆室里走了出来，身上披了一件漂亮的大纱巾，她锁上门准备再次出场表演。后台挤满了很多穿黑礼服的人，她从中间挤了过去。刚一上台，就迎来了热烈的掌声和欢呼声，劳尔虽然看不到，但是他能够想象出来观众们的反应。

他突然发现高个子保尔就站在他身旁，只见他眉头上冒着青筋，并且紧握拳头，估计是因为在她第二次上场前没能赶到。从他的种种反应，劳尔确信那个蒙着面纱的舞蹈家就是安托尼娜，危险已经悄悄向她逼近，为了保护她，劳尔想好了如何采取行动。

他面带微笑地拍了拍瓦勒泰科斯的肩膀，瓦勒泰科斯转过头来才发现是劳尔。曾经因为克拉拉他们交过手，他根本不是劳尔的对手，所以瓦勒泰科斯对他既恨又害怕。

他有些紧张，但是又不想让劳尔看出来，他调整了一下情绪，慢慢地说："您是和她一起来的吗？"

劳尔冷冷一笑，说："不错，我们是一起来的，她让我陪着她并且保护她。不过这里发生的事情让我心里有些不快，有人暗地里想抓她，这个您应该也知道的。"

瓦勒泰科斯小声说："这跟您有什么关系，您为什么不高兴？"

"哦，您可能不知道，我这个人办事一向追求完美，只许成功不许失败。"

瓦勒泰科斯气得直哆嗦，继续颤颤巍巍地说："那您觉得您会成功吗？"

"这是肯定的，还用问吗？"

"不要说大话了，只要有我在，您就不可能成功，不信咱们走着瞧。"

"怎么，还敢跟我斗？刚才在地下酒吧差点把您抓住。"

"什么？您再说一遍。"

"地下酒吧里坐在您对面的那个骑师就是我。"

"你这个该死的家伙。"

"知道吧，就是我告发您的。"

"你们不是照样没有抓到我吗？"他苦笑地哼了一声。

"不错，那次是失败了，不过今天晚上您肯定跑不了了。"

"不可能，你瞎说。"瓦勒泰科斯狠狠地盯着劳尔。

"那我就告诉您，戈尔勒雷和他的手下们也都来了。"

"你还在说谎，我不会相信你的。"

"您不相信我就算了，我告诉您这些就是为了让您逃跑，现在还来得及。"

瓦勒泰科斯眼神迷离，就像是被人逮到的动物，既迷茫又恐惧。

瓦勒泰科斯听了他的话，准备赶快逃跑。劳尔脸上露出了胜利的笑容，因为这是最好的计策，既能保护安托尼娜又能应对戈尔勒雷，真是一举两得。

“你这个笨蛋，还不快跑。”

确实来不及了，戈尔勒雷和他的手下们已经上楼了，那个舞蹈家表演完了节目正朝这边走来，看到这个场景她吃了一惊，站在原地一动不动。

这时，戈尔勒雷已经走到了劳尔不远处，劳尔用力朝他扑了过去，但是戈尔勒雷却躲开了他，并且迅速从口袋里掏出一把枪，直接瞄准了那个姑娘。只听一声枪响，子弹打到了斜上方的幕布上，舞蹈家一下晕倒在地。要不是劳尔手快推了戈尔勒雷一把，恐怕她已经死了。

这时，戈尔勒雷迅速穿过人群，一下抱住了高个子保尔的腰，并且大声命令道：“弗拉芒，赶快过来帮忙，其他的人去追劳尔和那个女的。”

警察们还没走出两步，就被一个长着雪白胡子的矮胖子挡住了，只见他张开胳膊，叉开双腿站在警察们面前。这时的库维尔显得很勇敢，不管警察们怎么推他，他就是不让开。劳尔趁此机会把歌唱家扛在肩上朝大厅走去。

前边传来了由黑人乐队演奏的探戈舞曲，观众们根本不知道后台发生的事情，仍然随着舞曲继续跳舞，他们非常热闹，一会儿高声歌唱，一会儿哈哈大笑。

这时，劳尔已经挤过了站在栏杆旁的人群，观众们都看到了他和他肩上蒙着面纱的舞蹈家，他们并没有多想，还以为是一档搞笑的大力士表演节目。

人们都很好奇地看着他，突然从后台传来一声喊叫：“别让他跑了，快抓住他。”人们听到了，笑得前俯后仰，滑稽可笑的黑人爵士乐队的演奏更加热烈，歌声也更加洪亮。几乎没有一个人怀疑，他们都认为这就是一个搞笑的节目。劳尔笑了，扛着姑娘继续向前走去，人们为他欢呼，为他加油，直到他走出大厅。

他推开大门，走了出去，摆脱了人们的视线后，他迅速朝街上跑去，这时他还能听到里边有人在喊“别让他跑了，抓住他”。人们都以为他会绕过娱乐城然后再返回舞台，就连检查员和警察也被带进了这个氛围中，目送他走出去。

他的车停在一些汽车的中间，离娱乐城并不是很远。汽车司机也听到了叫喊声，但是没有当回事儿，该睡觉的睡觉，该聊天的聊天。他终于跑到了车前，姑娘仍然昏迷着，他把她放进车里，立刻开车离去。

“但愿一路通畅，如果我的运气真能这么好，我就能顺利逃脱了。”他心里想着。假如真的没有堵车，那些紧追不舍的警察们根本不是他的对手，他们肯定会被他远远地甩在后边。

他仍然开得很快，不过他很小心。过了一会儿，他感觉警察不会追上来，就开得稍慢些。他突然想到：“这个女的会不会不是安托尼娜呢？不过现在不管是不是都无所谓了，反正自己救了她一命。她跳舞时的身姿也挺吸引人的，为了报答这份恩情，她应该会以身相许的。”

他又一脸坏笑。

一想到这些，他就非常期待，当然他也很想知道事实到底是什么。他不由自主地加快了速度，但是脑子里又胡思乱想起来：“她跳舞的身子那么美，却把脸用丝纱遮了起来，这到底是为什么呢？她的脸部不会有什么疤痕吧？或者有什么疾病？如果不是这样的话，那又是什么原因呢？是什么让这位美丽的姑娘不敢面对观众呢？”

一路上这么多问题萦绕着他。

终于到了奥特伊，他把车停在一条大街上，然后对这位姑娘说：“您醒了吗？能自己下车走路吗？”

她一点反应都没有。

没办法，他只有把她抱出来，这时他能够感觉到她的呼吸，她离他是那么近，他被她陶醉了。他打开院子的栅栏门，然后摁了门铃。她激起了他的欲望，他好奇地轻声说："您到底是谁啊？是安托尼娜吗？"

他的仆人把门打开。

"不要管我，赶快去把车开进车库。"劳尔吩咐道。

他抱着她根本不觉得累，快步上楼，然后走到他的房间，他轻轻地把她放在一个沙发上，这个沙发没有靠背和扶手。他跪在她跟前，慢慢地掀起面纱。他惊叫道："啊，安托尼娜。"

他赶快把凉水擦在她的额头和太阳穴上，还把一些嗅盐放到她的鼻孔前让她闻。忙活了两三分钟，她好像慢慢醒过来了，微微睁开的双眼一直盯着他看。

他欣喜地唤着她的名字："安托尼娜！安托尼娜！"

她眼里噙着泪花，但是脸上却露出微笑，这使他感觉到了一丝温情。他很想去吻她的嘴唇，但是他又很胆怯，因为他怕被拒绝，就像在沃尔尼克一样。但是她没有拒绝。

12. 两种微笑

窗外是挺拔的栗树，穿过栗树向前看，有一条笔直的林荫大道，不时会有一股股女贞树的香味飘进来。透过窗户还能看到蓝蓝的天空，感受到暖暖的阳光。从吃早饭到现在，劳尔一直说个没完，他的心情如此舒畅，他的确胜利了。她认真地听着他的话，不但不烦，并且还很感兴趣。

他刚停下来，她就盯着他嚷嚷道："怎么停了呢？继续讲吧，我还想听呢！"

现在的她是快乐的，不过眼神里仍然藏着一丝忧郁。

讲完一段后，她又迫不及待地说："继续讲啊，那些我知道的事情也可以再讲一遍的，比如说咱们在沃尔尼克城堡的事情，当我遇到戈尔勒雷的时候您是怎么救我的，还有在城堡拍卖的时候您的出现等等，这些我都愿意听。"

"还是不讲了吧，安托尼娜，这些事情您都亲眼见过的。"

"讲吧，我喜欢听您讲，虽然这些事情我都知道，但是有些细节我还不太明白，还有，您是不是有一天晚上从窗户那儿爬进我的房间了？真的有些不可思议。"

"是的，不错，那天晚上我确实进去了。"

"老实说，那天晚上您到底对我做了什么？"

"我真的什么都没有做，在沃尔尼克城堡时，您对我的态度那么不好，我哪敢做什么呢？不过现在不一样了，您的变化挺大的。"

“除了前些日子咱们一起去侯爵的房，你自己偷偷去过吗?”她在说这句话的时候，把“您”字换成了“你”。

“不错，我去过一次，目的是想看看你给他带来的那封信，我找到了，看后才知道原来你就是他的女儿。”他也把“您”换成了“你”。

她若有所思，沉默了一会儿说：“是的，我也知道了这些，那次我找到了我母亲的照片，我当时就明白了，当时你在场的，你能把这些再给我讲一遍吗？我很想听。”

他又开始讲了起来。他很搞笑，并且模仿能力很强。在讲的过程中，如果说到某个人，他就会把当时他们的表情模仿出来，比如说心事重重的戴尔勒蒙侯爵，拍卖会上古板的公证人奥迪加先生，还有优雅端庄的安托尼娜本人。

当劳尔模仿到她的时候，她就用撒娇的语气反驳道：“不对，不对，我根本就不是这样子的，你演得太夸张了。”

“就是这样的，我不会弄错的，还记得前天吗？你刚来我家时就是这样的，还有这样，看好了，就是这样……”

看着他搞笑的表演，她忍不住笑了起来，不过还是不赞同他把她演成那样：“你真是的，当时你根本没有看清楚我，根本不是那样，你看我现在，那时就是这个样子的。”

“不错，就是这个样子，还有今天早上的你，真的和原来不一样了，不再是城堡里那个令我望而生畏的女孩了，也不是从外地来的那个惶恐的小姑娘了。没有改变的是，你还是那么谨慎，那么腼腆，还有优美的身姿，在娱乐城里，你蒙着面纱跳着舞出来的时候，我一眼就认出来是你了。你那洁白的牙齿和明亮的眼睛，真的非常动人。”

他说到这里，有些冲动，一把将她紧紧地搂在怀里。她到这里没有换衣服，上身仍然缠着装饰的丝带，下边穿着有星星点缀的蓝色的裙子。她确实很美。

他继续说：“在我准备揭开你的面纱的时候，我确实有点紧张，但是我猜对了，就是你，只有你才能应付那种场合，让观众为你喝彩，只有你能做到，不管是今天还是明天。”

这时有人敲门。

“进来。”

仆人手里拿着几封信和一些报纸，信一般都是库维尔整理好的，都已经打开了。

“来，我们一起看看，这两天肯定发生不少有意思的事情，高个子保尔和戈尔勒雷到底怎么样了，还有蓝色娱乐城和地下酒吧的情况。”

仆人走了过去，劳尔接过报纸瞄了一眼，说：“不错嘛，头版头条就是我们。”

但是当他往下细看的时候，脸上的微笑已经不见了，并且有些阴郁：“真是混蛋，怎么能这么写，竟然把戈尔勒雷的愚蠢怪罪到别人头上。”

“高个子保尔实在是太狡猾了，戈尔勒雷探长曾经率领很多手下在蒙马特尔的一家酒店对他展开布控，结果竟然让他跑了。而这次在蓝色娱乐城又是一次很好的机会，但是高个子保尔又从探长手里溜走了……”劳尔小声读着报纸。

听到这些，她好像非常紧张，说：“不会吧，他又逃跑了。”

“不用紧张，放心，我已经想好了对策，过不了几天他就会落网的。”

劳尔心里很明白，一旦这个家伙找到安托尼娜，他肯定会对她下毒手的，这说明安托尼娜时刻都会有危险，劳尔心里也很不安。

他继续看起了报纸：“在演出时，有人企图要杀害蒙着面纱的舞蹈家，但是后来她被人绑架了。据在场的人透露，这个人应该是舞蹈家的崇拜者，关于这个人的详细情况大家都不知道。观众们表示都没有见过舞蹈家的真面目，据说她是一位柏林的经纪人介绍过来的，因为有一次她在柏林的表演引起了很大的轰动，当时她没有戴面纱。虽然高个子保尔逃跑了，但是抓到了他的几名同伙儿，对于警察们来说这算是一个不小的收获。”

蓝色娱乐城的经理接受了调查，在调查中说：“两周前的一天，她给我打了一个电话，她告诉我开幕式那天她会准时到场的，不过她说她有个要求，就是在出场的时候戴着面纱，我也没有多想就答应她了，因为我觉得只要她舞蹈跳得好，这应该不是问题，有可能还会给大家带来一种神秘感。她具体在哪打的电话我不知道。开幕式那天，她8点钟才到，不过都打扮好了，我本来打算在晚上问问她要求戴面纱的具体原因，但是她除了表演节目外就一直待在化妆室。”

“这些都是真的吗？”劳尔疑惑地盯着安托尼娜。

“不错，这些都是真的。”姑娘说。

“那你从什么时候开始跳舞的？”

“我母亲去世后，我就跟一位老舞蹈家学习，并且到处演出。现在我也没有间断过，因为我喜欢跳舞。我跳舞并不是为了取悦别人，而是为了满足自己的兴趣。”

“您是怎么认识高个子保尔的？”

“您说的是瓦勒泰科斯吧？在柏林的时候，他见到我就喜欢上我了，可我对他一点儿好感都没有，不过当时我需要他的帮助，所以就没有太警惕他。在一天夜里，他竟然砸坏了我的房门冲了进来，他又高又壮，我根本反抗不过他。”

“真是个混蛋，那你跟他在一起多长时间？”

“大概有4个月，后来听说他就是高个子保尔，犯了什么案子，我很害怕。那天正好我在他那儿，警察包围了我们，在他与警察较量的时候，我趁机逃跑了。”

“你怕警察把你也抓起来，然后就去外省避难了？”

她沉默了一会儿，继续回答他的话：“嗯，是这样的，当时在外省我没有什么钱，我很想继续跳舞挣些钱，所以就联系了娱乐城的经理。”

“那在这之前你为什么去找侯爵呢？”

“我知道他有殷实的家境，所以我想依靠他走出困境，并得到他的保护。”

“你和他一起去了沃尔尼克城堡就是为了这个？”

“嗯，昨晚我一个人在巴黎，并且一直发烧，我本来不想去蓝色娱乐城表演了，但是我已经跟人家说好了，我不想失信。也许跳过舞发烧就会好些，实际上我还是很害怕的，这个你应该很清楚。”

他说道：“你以后就不用再害怕了，只要有我在，你肯定会很安全的。”

她依偎在他的怀里。他爱怜地说：“你这个小姑娘啊，经历了那么多事情，真是让人不可思议。”

这几天他们没有出去，只是待在屋里看报纸，不过上边刊登的很多事情并不太真实，只有一个猜想是对的，这是在调查高个子保尔的时候提到的，说蒙着面纱的舞蹈家有可能是他的情人克拉拉。戈尔勒雷和他的手下们并没有发现保尔的真实身份，关于保尔，阿拉伯人更不会跟他们透漏半个字，所以瓦勒泰科斯这个人是谁，他们根本不清楚。

他们整天甜言蜜语地培养着爱情，看上去特别幸福。她对他所有的事情都很感兴趣，可是关于她自己的她却闭口不谈，比如她过去和母亲是怎么生活的，她来到侯爵身边到底是什么目的，她目前还在担心什么。她总是不断地向劳尔提出问题，他会很耐心地跟她讲，直到她不再好奇为止。如果劳尔向她提出一个问题，她就会立刻拒绝说：“你就别问我了劳尔，我想让你喜欢现在的我，我以前的生活一点儿意思都没有，我也没有什么可说的。”

“但是你总得给我说明一下你的真实身份吧？”

“这些都没有必要，现在站在你面前的人才是你要的。”

她一直拒绝回答他的任何问题，他就把她带到一面镜子前，跟她说：“看到镜子里的自己了吧，清澈的眼睛，美丽的卷发，令人心动的微笑，可是在微笑的背后总是藏着一丝不安。你知道吗，这种表情与你的美是不协调的。不过到了明天，你就会又还原为一个外省的清纯小姑娘，当然这种表情就会随之即去，你真是让人捉摸不透。”

她回应了他的话：“你说的没错，确实是这样的，我好像是两个人。”

他有些心不在焉，说：“并且这两个人的微笑不一样，一种微笑是无奈的，好像已经看透了世间的一切；而另一种微笑则是纯真可爱的，并且笑起来嘴角往上翘，特别迷人。她们是两个相互排斥的人。”

“那么你觉得你更喜欢哪一个呢？”

“如果真要说的话，那我喜欢第一种微笑，因为那样的微笑让我觉得很好奇，很想弄明白这到底是怎么回事儿。”

她沉默着，劳尔见她不说话，故意大声对她说：“安托尼娜，有两种不同微笑的人，是吧？安托尼娜！”

他们走向窗前，窗户是打开的。她看着他说：“我求你一件事行吗？劳尔。”

“什么事？你就直说吧。”

“以后别再喊我安托尼娜了。”

听到这些，他吃了一惊。

“原来在外省的时候，我是那么单纯、勇敢，别人都叫我安托尼娜。可是现在不是了，现在我是金发女郎克拉拉。”

“这有什么区别吗？”

“还是叫我克拉拉的好，如果有一天我真的变为原来那个单纯可爱的姑娘了，你再喊我安托尼娜。”

他忍不住笑了，对她说：“你这个傻姑娘，如果你还是那个外省姑娘的话，恐怕咱们也不会相遇，你也不可能喜欢上我。别傻了，亲爱的，你都把我给说糊涂了。”

“我爱你，劳尔。”

“我是谁，你知道吗？”

她深情地望着他说：“你还能是谁啊，不就是劳尔吗？”

“连我自己都不知道我是谁，你能肯定我是劳尔？你忘了我以其他身份出现过的，比如说一个探险家，或者亚森·罗平。”

听到这个名字，她颤了一下：“你说你是谁？”

“我没说什么，只是打一个比方而已。在克拉拉与安托尼娜之间，我最爱的是克拉拉，虽然她们两个都很漂亮。你会慢慢发现我的优点的，为了你我会放下一切，做一个正直的人，并且我会是一个体贴周到的情人，尽管有时我对你不是特别忠诚。”

劳尔双手抱着她，满脸笑容，除了亲吻她，他还会说：“多么迷人的克拉拉。”

她对他说：“我知道你爱我，但是你可能也会爱上其他的女人，这可是你刚才说的，如果你真那样的话，我会很伤心的。”

“不是你想象的那样，我不会那样做的，放心，我会把我所有的爱都给你的，你想想我骗过你吗？”

听了这些，她开心地笑了。

一周以来，各大媒体都在争先报道蓝色娱乐城发生的事情。戈尔勒雷从来不接受任何采访，他们以前的各种假设都被推翻了，工作没有任何进展，他们根本得不到任何消息。

他们的生活也慢慢好转起来，不再像前几天那样闷在家里。劳尔会在下午 4 点多去赴约，为了不引起注意，他一般都不带克拉拉，不过克拉拉自己会在这个时候出门逛逛，去布罗涅树林散散步，或者到商场买些东西。

劳尔猜想高个子保尔可能会经常来伏尔泰堤岸 63 号，那里可能会有警察已经布置好的陷阱，他悄悄地去附近观察过，但是没发现任何可疑的线索，后来他就派库维尔守在那里，他总是假装在书摊上买书，然后借机打量着周围的动静。但是大概一个多星期后，库维尔发现克拉拉从伏尔泰堤岸 63 号那里走了出来，然后拦了辆出租车往相反的方向去了。

这个情况劳尔知道了，但是他不想跟踪她，就让库维尔去看门人那里打听一下。没过多久他就会回来了，他告诉劳尔：“看门人说她已经来过 3 次了，并且都是这个时候来的，碰巧侯爵都不在家，摁过门铃不久她就走了。”

劳尔觉得很奇怪，他想：“她来这里到底是为了什么呢？而且她还瞒着我。”

劳尔回到了他在奥特伊的家。大概 15 分钟后，克拉拉就高兴地回来了，她看上去朝气十足。

劳尔问她：“你去散步了是吗？”

她回答道：“对呀，我刚从那里回来。那里的空气真好，感觉精神气爽。”

“那你去巴黎了吗？”

“怎么可能去那儿？我没去。你为什么会这么问？”

“因为刚才我在那里看到你了。”

她慢慢地说：“不会吧，你怎么会在那里看到我呢？肯定是你眼花了，认错人了。”

“不会错的，我亲眼看到的。”

“这绝不是真的。”

“不要再狡辩了，我的眼神很好，不可能看错的。刚才你去过那儿。”

他的表情很严肃，带着责怪的语气，这些她都感觉到了。

“劳尔，你刚才在什么地方看到我了？”

“我亲眼看到你从伏尔泰堤岸 63 号走出来，然后坐车离开了。”

“你肯定那就是我吗？”她的表情很尴尬。

“肯定是你，看门人都说了你已经去过 3 次了。”

她有些不知所措，脸也有些发红。劳尔看到她这样，接着说：“我没有说不让你去，我觉得这种拜访是理所应当的，只不过你为什么要瞒着我呢？”

她继续沉默，他移到她身旁，握住她的手说：“你知道吗克拉拉，如果你一直这样固执的话，咱们之间肯定会出问题的。为什么你总是像一个谜一样让我琢磨不透呢？”

“相信我，我没有故意隐瞒你。”

“但是你的这种做法本来就是一种隐瞒。亲爱的，你能不能对我坦诚一些？你这样做只会让我们越走越远，即使现在你不告诉我实情，但是总有一天我会知道的，可是到那一天咱俩的爱情是否还能继续呢？”

她被他的话打动了，紧张的表情放松了下来，她犹豫着，但是还是没有勇气说出来。她的眼神里带着几分忧伤，她低着头，双手捂着脸哭了起来。

她边哭边说：“我有自己的想法，可能我知道错了，但是仍然不会放弃。请原谅我吧，这些事情即使我说了也不会改变什么。也许我觉得很重要的事情，在你眼里却是微不足道的小事。原谅我，我真的不想说。”

“好了，好了，不想说就算了，你也别哭了，不过你不能再去了，因为那里很危险，你可能随时都会被警察或者高个子保尔抓住。”他明显有些不耐烦。

听了这话，她的心又揪了起来：“你也不要再去了，我怕你会遇到什么危险。”

他答应了她。她也向他保证，以后不再去伏尔泰堤岸，并且半个月内都不出门。

13. 预谋

不错，确实有人在监视伏尔泰堤岸，被劳尔猜中了。但是克拉拉的到来，还有库维尔不太谨慎的守候为什么没有被发现呢？因为他们并不是二十四小时都在监视，只是偶尔没事了到这里看一眼。由于那个看门人早就被劳尔和瓦勒泰科斯的人收买了，所以戈尔勒雷不但从她那里得不到任何确切的消息，并且她还把戈尔勒雷到来的事情告诉了劳尔和瓦勒泰科斯。

瓦勒泰科斯比警察们还上心，他费了很大心机来装扮自己。只见他衣衫褴褛，弓着腰，头上戴着一顶宽边帽子，有几绺灰白的头发露在帽子外边。他把自己扮成了一个潦倒的画家，每天 10 点，他就背着板凳和画架，手里提着颜料盒去伏尔泰堤岸，在大约离侯爵家 50 米处的马路对面坐下，然后用颜料在画布上勾勒出罗浮宫和塞纳河的大致轮廓。有些路人总喜欢围过来凑热闹，这时候即使有警察过来巡视，恐怕也认不出他就是高个子保尔，到下午 5 点钟他就背着东西回去了。所以每次克拉拉过来的时候，他都正好走了。

那天瓦勒泰科斯照常按时来到这里，当他即将完成一幅画时，有一个衣着讲究的人小声对他说："我是索斯泰纳，您不要动，我有话对您说。今天下午的报纸您看过了吗？"

他是高个子保尔的手下，故意面带微笑，用手在画上指指点点，好让别人以为他是一位对画感兴趣的路人。

"还没呢。"高个子保尔用同样仅能他们两个人听到的声音说。

“警察又重审了阿拉伯人，他除了把蓝色娱乐城供出来，并没有说对咱们不利的事情，警察们根本不知道瓦勒泰科斯这个名字，所以您放心好了。关于劳尔和金发女郎他也一个字都没说。”

索斯泰纳故意把身子偏向一边，装出从不同的角度欣赏画的样子，然后又继续小声地说：“金发女郎和侯爵依然有联系，她昨天过来告诉看门人，说侯爵后天就回来了，并让她转达给其他的仆人们，但是没有查出她到底住在哪里。我从看门人那里了解到，库维尔也经常来这里，目前他正在搬家具。我已经查出来了，他一直都在为劳尔做事。”

高个子保尔挥动手中的笔，看似是在画画，实际上在向他的手下传递一种信息，他故意朝手动的方向瞥了一眼，有一位白胡子老头，穿得破破烂烂的，正在一个书摊上看书。

“他就是库维尔？我看到了。今晚咱们还在那个酒吧见。我过去会会他。”

索斯泰纳走了过去，这时库维尔也准备离开了，为了摆脱别人的跟踪，他故意做了几个动作来掩饰自己，但是他根本没有注意到，高个子保尔的手下索斯泰纳就站在他不远处。他边想着其他的事情边朝奥特伊走去。

今天高个子保尔在那儿多坐了一个小时，也没有等来克拉拉，而这时戈尔勒雷却出现了，为了不被他发现，保尔立刻收拾好东西走了。

高个子保尔和他的同伙儿在蒙巴那斯又找到了一个小酒吧，这里也比较隐蔽，就像鳌虾酒吧一样，他们觉得在这里碰头比较安全。除了索斯泰纳，其他的兄弟都到齐了。不一会儿索斯泰纳就来了，说：“摸清了，在奥特伊摩洛哥林荫大道 27 号，那里是一个独立的小院。我亲眼看到库维尔自己打开了栅栏。金发女郎克拉拉在 7 点 45 分的时候也回去了，她同样打开栅栏门进去了。”

“劳尔在那儿吗？你看到他了吗？

“当时没有看到，不过他肯定也住在那里。”

高个子保尔沉思了一会儿，说："明天上午 10 点我要用车，我去查看一下他们的具体情况，这样才能顺利地抓住那个臭婊子克拉拉。"

第二天上午，有辆出租车停在一个旅馆门前，高个子保尔走出门直接上了出租车。开车的是大肚子的索斯泰纳，他戴了一顶草帽来遮掩他那红彤彤的脸。

"开车。"

索斯泰纳开车的技术很好，没过多长时间就驶向了一条宽阔的马路。这条路的两边种了很多树，四周的房子都很旧，劳尔的那栋房子也不例外，看上去有些年代了。这就是他们要找的奥特伊摩洛哥林荫大道。

车停了下来，透过车后边的玻璃能够看到劳尔卧室的窗户和小院的栅栏门，司机索斯泰纳看起了报纸，高个子保尔也没有下车。他们两个坐在车里也挺无聊的，过一会儿就会聊上几句，但是很快一个小时就过去了，高个子保尔什么都没有发现，他有些生气地说："我看这里根本没有人住，你没有弄错吧？"

索斯泰纳满不在乎地笑了笑，说："怎么会弄错呢，他们两个刚到一起不久，正享受甜蜜呢，肯定起得很晚。"他们又等了 20 分钟，已经 11 点了。高个子保尔忽然骂道："我看到了那个王八蛋和臭婊子了。"

高个子保尔透过车玻璃看到劳尔和克拉拉靠在阳台的栏杆上，他们房间的窗户是开着的，所以保尔看得很清楚。他们紧紧地靠在一起，克拉拉的秀发散落在劳尔的肩上，他们满脸微笑，看上去非常幸福。

高个子保尔看不下去了，他极度愤怒，脸上的肌肉不停地抽搐着。他厉声说道："我们立刻回去，这回她完蛋了，不要脸的婊子。"

前边就是奥特伊繁华的街区，索斯泰纳开着车向前驶去。高个子保尔突然又说："快停下，我带你去一个地方。"

他们下车后，索斯泰纳跟在保尔的后边，不一会儿来到了一家咖啡厅，这里的顾客很少。

“服务员，有纸和笔吗？我用一下。我们要两杯苦艾酒。”

高个子保尔紧紧地闭着嘴巴，咬着牙齿，一副凶狠的样子，他好像在计划什么事情。一段时间之后，他说：“她不是爱他吗？那好，我就利用这一点，她肯定会乖乖地听我的话。”

他好像又在思索什么，突然问道：“你有劳尔的笔迹吗？可惜我这儿没有。”

“我也没有，不过我上次从中二楼偷来了一封库维尔的信，不知能不能用到。”

高个子保尔脸上露出了得意的表情。他接过索斯泰纳说的那封信，仔细研究起来。他认真地模仿着信上的字体，然后在一张纸上很快地写了几行，署名是库维尔。他在信封上小心地写上地址，字体和刚才模仿的一样。

“对了，这个地方是27号吧？我都已经写好了，劳尔和克拉拉肯定要出门，并且总是劳尔先走，所以你在劳尔出门一个半小时后，就把这封信送到这里，当仆人给你开门时，你假装出很急的样子，让他把这封信转交给还没有出去的克拉拉。来，你读一遍，看有什么差错。”

索斯泰纳很快浏览了一遍，说：“应该不合适吧，怎么把她约到了伏尔泰堤岸呢？她警惕性那么高，肯定不会去的。”

“放心，她不会想到这是一个圈套的，她肯定会毫无防备地过去的。”

“那行，只要您认为可以就好，但是您有没有想过戈尔勒雷，他也会经常出现在那里的，如果他看到您或者克拉拉怎么办？”

高个子保尔想了想，又立刻写了一封信，“大意是我知道高个子保尔的行踪，他经常和他的同伙儿在一家酒吧碰头，这家酒吧在蒙巴纳斯。”他对索斯泰纳说：“你把这封信送到邮局。”

他继续说：“戈尔勒雷看到这封匿名信，肯定会立刻去那个酒吧调查的，等他们从酒吧老板那里得到确切的消息之后，他就会和伙伴们一直守在那里等我们出现，这样一来，他就不会去伏尔泰堤岸了。不过我们就得换碰头的地方了，你去负责通知其他的弟兄们。”

高个子保尔走了。

吃过午饭，索斯泰纳开始执行高个子保尔交给他的任务。

下午时分，天气很热，劳尔和克拉拉坐在花园里的一棵树下，树枝正好遮住了阳光，他们休闲地聊着天。

劳尔又准备出门了，但是他看到克拉拉的脸色有些异样，就问道：“宝贝儿，怎么了？好像不太开心啊？有什么事吗？还是有什么不好的预感？”

“是的，不过这种担心在你出门之后才会有的。当你在我身边的时候，即使有不好的预感我也不会相信的。”

“亲爱的，我就出去几个小时就回来了。”

“几个小时实际上是很长的，也许什么事都会发生，你到底是谁我根本不知道。”她沉默了一下，继续说，“还是不知道的好。”

他笑了，说：“就连我自己都不想知道我到底是谁，也不知道目前在做什么事情。但是没办法，我对这些都非常清楚，所以还是不知道的好。我走了亲爱的，一定要记住不要出去乱跑。”

克拉拉点了点头，小声对他说：“你答应我的也要做到，不再去伏尔泰堤岸。实际上我很担心，怕你有什么危险。”

“我不会去的，放心吧，我做的事情也都很安全。”

“每当你出去的时候我就会很害怕，怕那些恶毒的家伙报复你，也怕那些被你得罪的警察把你抓起来……”

她走向他，深情地吻了他一下。然后一直把他送到栅栏门口。

“亲爱的，我很想让你一直待在我的身边，所以你办完事一定要赶快回来。”

劳尔走后，克拉拉的心一直很慌，她坐在花园里，想通过看书或者刺绣使自己平静下来，但是她做不到。

五点半的时候，她在楼上的房间里。突然有辆车停在了栅栏门口，她透过窗户看到，从车里走出一个胖子，然后摁了门铃。只见仆人从胖子手里接过一封信，他穿过花园，边走边看着信封。不一会儿仆人上楼敲了她的门，递给她一封信。信封上写着“摩洛哥林荫大道 27 号，克拉拉收”。她迫不及待地撕开信，刚扫了一眼，就差点喊出声来。她浑身颤抖，哆哆嗦嗦地说：“好，我这就去。”

仆人看到她紧张的神情，说：“夫人，您还是谨慎点儿好，主人吩咐过……”

她把信递给仆人看，上边写着：

> 小姐，请您赶快过来一趟吧，先生他受伤了，现在躺在中二楼的工作室。
>
> 库维尔

高个子保尔太厉害了，把库维尔的笔迹模仿得那么逼真，这个仆人对库维尔的笔迹是非常熟悉的，但是也没有看出来。他也担心劳尔，就不再阻拦克拉拉。实际上他也拦不住她。

克拉拉急忙穿上一件外套，跑向栅栏。索斯泰纳在那里等着她，他看上去很淳朴。克拉拉向他打听劳尔的具体情况，可是还没有等他回答，她就已经上车了。

14. 瓦勒泰科斯揭秘案情

克拉拉非常害怕，脑子里全部是劳尔，她担心劳尔的伤会不会很严重，是否有生命危险，所以她根本没有心思怀疑这件事本身。她是那么爱他，为了他，不管伏尔泰堤岸再怎么危险她都会去。如果劳尔真的死了，她活着还有什么意义呢？即使她被抓去坐牢，她也毫不在乎。

他们已经到了塞纳河，可是她还是嫌慢，不时地提醒司机加速。索斯泰纳得意地望着她，好像要对她说“别急姑娘，我们马上就要到了”。他的表情很热情，也很亲切。

车停了，克拉拉塞给司机一些钱，可是司机不要，她就直接扔在座位上下车了。她朝大门跑去，看门人就坐在那里，她感觉到了这里异乎寻常，非常安静，但是她仍然朝楼上跑去，到了楼梯平台上仍然没有任何动静。她觉得有些不对劲儿，可是又有谁能够拦住她那颗焦急的心呢？她终于到了，门半开着，这时，从里边伸出一只手强行把一团布塞进了她嘴里，她被拽进屋里，狠狠地摔在地上。

高个子保尔立刻把门从里边锁上，他慢慢蹲下来，看着躺在地上这位他盼望已久的女人。她几乎被摔蒙了，但是很快她意识到了这是高个子保尔设计好的圈套。她看着他阴险的脸，心里非常害怕。

高个子保尔看到她那无助绝望的表情，不禁大笑了起来，这种笑声特别残忍，以前克拉拉跟他在一块的时候从来没有见过。

这里仅留下了一个没有扶手和靠背的沙发，他把克拉拉扶到沙发上，然后把另外两个房间的门打开，狠狠地说："瞧见了吧，屋里就咱们两个人，当然也不要妄想您的情人劳尔来救您，我已经告发他了，警察现在正在跟踪他呢。没什么期待了吧？目前世界上任何人都救不了您，这次您惨了。还是乖乖地……"

他继续说："您应该明白我的意思，对吧？"

透过窗户可以看到索斯泰纳，他在不远处的人行道上巡逻着。他把窗帘拉上，笑着说："放心吧，这一个小时不会有人来打扰我们的，这四周都是我的人，他们对我都很忠诚。最好听话些。一个小时后就跟我坐车出去玩，车就停在下边，想去更远的地方也可以，我们就去坐火车。"

说着，高个子保尔向前迈了一步。她无奈地站在那里，浑身都在颤抖，她很想让自己平静下来，但是看着眼前这个又高又壮的坏蛋，她根本压抑不住自己的恐惧。

"不要害怕，放松些。"

"如果你让我死，我肯定不会害怕。"她的声音有些颤抖。

"我怎么会让您死呢，我知道您害怕什么？但是没用的。"

"不，不要这样。"她尽力摇着头。

"来，不要害怕，这是我期待已久的，怎么可能不要呢？我知道您不爱我，但是没关系，想想咱们第一次在一起，您也是一样，不过等到您闹累了，您就会乖乖地顺从我，是吧，宝贝儿？"

他走到她跟前，她本能地向后推了他一把，又立刻缩回沙发的后边。看到她的样子，他邪恶地笑着对她说："我明白您的意思，是不是又跟以前一样在做准备？您想怎么样都行，我喜欢您这样，现在我已经没有什么自尊心了，所以强制性地对待您会让我感觉到一种快乐。"

克拉拉迅速从沙发上跳下来，跑到一把椅子后面。这时，她透过缝隙看到抽屉里有一把枪，但是高个子保尔已经朝她扑过来了，她根本没有时间去拿那把枪。他在后边追着，她拼命地在房间里乱跑，最终还是被抓到了。他狠狠地掐着她的脖子，她的腿一下子软了，摔在了沙发前边，她几乎晕过去了。他的手稍稍松开了。

这时前厅的门铃响了。屋里回荡的微弱的门铃声，他似乎并没有听清楚。门已经被他锁好了，不可能有人进来打扰他的。

他准备继续这顿美餐，突然在两扇窗户中间出现了一个闪亮的电子屏。他从来没有见过，因此看上去非常吃惊。他以为自己出现了幻觉。接着，屏幕上出现了劳尔的笑脸，他紧张极了，结结巴巴地说："怎么……怎么是他……"虽然劳尔这时看不到他的表情，但是他应该能想象出来，因为屏幕上的笑脸更加灿烂了，并且不停地转动着眼珠，好像就是在回答他的疑惑："不认识我了？就是我呀，我知道您不希望我来，我来的不算太晚吧？"

接着传来了细细的开门声，克拉拉显然没那么紧张了，她知道自己得救了，但是听到开门声更加恐慌了，他从地上爬了起来，不知所措地朝四周望了望。

劳尔轻轻推开门，进门后随手关上了电子屏，他看上去轻松自在，面带笑容。因为劳尔以前就住在这里，所以他并不是一个冒失的入侵者，而是这个房子的主人，他有钥匙，只要轻松地打开门就可以进来。

他走到高个子保尔的身旁，说："看看您的表情，干吗这样啊，现在又没有什么灾难，这都是命中注定的，不该是您的您肯定得不到。"

他又俯身对克拉拉说："听说你收到了一位先生的信，拿出来让我看看。说好的待在家里，就是不听话，差一点出大事吧。"

她从口袋里掏出一张皱巴巴的纸。他看了几眼说："我怎么忘了呢，应该想到他会这样做。这次是我的责任，都怪我想得不够周到，恋爱中的女人都容易冲动，不经大脑思考就去冒险。好了，他现在已经不威风了，你不用害怕了，您是不是现在很清醒啊？不会跟我决斗对吧？我刚才看到堤岸边的那个长相和善的家伙了，那是您同伙儿吧？我说看起来怎么那么眼熟呢，早上我在摩洛哥林荫大道上见过他，他把一辆车停在那里。”

本来慢慢平静下来的高个子保尔听了劳尔带有讽刺的话语，更加愤怒了，他眉头紧锁，攥着拳头。劳尔看到他的表情，故意挑拨他说：“兄弟，您真的不打算搏一搏吗？那我可动手了啊，不过在绑您的时候我会尽量小心些，避免伤害到您，绑好后我就会打电话让戈尔勒雷来取的。我觉得这种做法有点幼稚，您觉得呢？说实话我也不愿意这样，不过也没其他办法。”

劳尔的目的就是彻底激怒高个子保尔，所以他越是生气，劳尔就会越开心。看到他要被气炸的样子，劳尔差点笑出声来。他再也无法忍受这种耻辱了，他决定与劳尔决一死战。

他坐在一把椅子上，脚不停地敲击着地面，可能他觉得这样可以掩饰一下自己的惶恐不安。他对劳尔说：“您忘了，在地下酒吧和蓝色娱乐城您都告发了我，让警察来抓我，可是都失败了，难道这次您还打算把我交给警察吗？这样也可以，不过您肯定也不会得逞的。即使这次您成功地把我交给警察了，克拉拉应该很清楚这样会带来什么后果。”

他把目光转到了克拉拉的身上，她平静地坐在沙发上，但是看到他的眼神后，她又有些不安。

劳尔对他说：“老兄，说啊，继续您的故事。”

大个子保尔接着说：“我这个人从来不说假话，可能在您眼里这只是一个故事，但是对于她来说可就不一样了，您看到她的反应了吧？她在认真地听我们说话。”

他注视着克拉拉的眼睛，朝她那边倾斜着身子，说：“侯爵到底跟您是什么关系，您知道吗？”

她有些吃惊，问：“您说侯爵？”

“是的，就是侯爵。您忘了，那天您告诉我侯爵认识您的母亲。”

“不错，我说过，他确实认识她。”

“实际上您那时已经知道真实的情况，只是没有证据证明那是真的。”

“您说的是什么意思？什么证据？”

“那好，我就跟您明说了吧，那天夜里您去侯爵房间是找到了您母亲的照片，从照片后边的文字您明白了一切，您的母亲当年是侯爵的一个情人，而侯爵就是您的父亲。实际上我也准备去调查此事的，只是您早我一步而已。”

她向他点点头，表示赞同他的说法，然后他继续说：“是的，这些事情您早就清楚了，重要的是，您知道我姑妈伊丽莎白·奥尔纳被杀的时候，您的侯爵父亲都做了些什么吗？还有，侯爵在沃尔尼克城堡惨案中充当的是什么角色，这个您知道吗？”

劳尔有些不耐烦了，轻蔑地说：“侯爵当时在场，而且是被邀请过去的客人，这么愚蠢的问题也问！”

“你们都被蒙蔽了，那些只不过是从警察局里传出来的。事情的真相就是，戴尔勒蒙侯爵才是真正的谋杀凶手。”

劳尔觉得这些都是天方夜谭了，忍不住笑了起来：“您这是在演搞笑节目吗？真是太可笑了，您简直可以去当演员了。”

克拉拉显然很生气，说：“这是不可能的，您在说谎，没有证据是不能血口喷人的。”

由于气愤，她的声音有些颤抖。

大个子保尔——也就是瓦勒泰科斯，调整了一下情绪，平静地说：“姑妈被害那年我才 20 岁，她和侯爵的私情我根本不知道，但是 10 年后的一天，我无意中在家里发现了一封信，就知道了这件事。可是我怎么也想不明白当时侯爵为什么隐瞒事实，我决定着手调查他。为了找到一些线索，我去过沃尔尼克城堡 10 次，到那里后我四处打听，与村民们谈话，还趁侯爵出门的时候偷偷翻他的抽屉，拆他的信件。一天清晨，我和门卫说好到废墟那里查找线索，可是当我们快到的时候，我竟然看见侯爵在那里寻找东西。他到底在找什么呢？这使我很疑惑。为了了解他的行踪，我关注各种各样的报纸，调查他的私生活。我绝不像警察们那样，只是敷衍了事。”

“的确很辛苦。那么您找到证据了吗？”

瓦勒泰科斯肯定地说：“是的，我发现了很多事情，并且认真地把它们串起来，就成了很好的证据。戴尔勒蒙侯爵就是杀害姑妈的凶手。”

“好，那您把这些都说出来，我们听听。”

“你们知道德卢威勒夫人为什么邀请伊丽莎白·奥尔纳吗？这是戴尔勒蒙侯爵出的主意。他无意中得知伊丽莎白·奥尔纳想在废墟上唱歌，所以他就提前安排好了一切，而且他主动引领她穿过花园来到废墟上。”

“但是这一切所有的人都看到了。”

“不是那样的，当时他们绕过第一个平台拐角所花费的时间比实际要用的时间长得多，这些时间大家是看不到他们的。当伊丽莎白绕过平台站在废墟上唱歌的时候，她脖子上根本没有项链，这是经过仆人们证实的。”

劳尔又觉得不耐烦了，说：“这些有点不符合情理，伊丽莎白会乖乖地让侯爵把项链抢走吗？她肯定要反抗的。”

“他并没有抢，当时她觉得自己将要唱的歌的风格和这条项链不搭调，所以她就暂时把项链交给侯爵保管。”

“那您的意思是说，侯爵想得到这条项链，为了不还给她，就暗地里把伊丽莎白杀了？”

“不是他自己干的，他指使别人干的。”

劳尔又反驳他说：“您想想，侯爵怎么会为了一些假首饰把伊丽莎白杀了吗？并且他们曾经还是恋人。

“我明白，如果是假的肯定不会，但是您怎么不认为这些首饰都是真的呢，那可是价值几百万法郎。”

“肯定是假的，这是伊丽莎白亲口对别人说的。”

“她实际上在说假话，她故意在掩饰。”

“那她为什么这样做呢?”

“我找到了一些确凿的证据，这些首饰都是真的，是她以前的一位美国情人送的。她后来嫁给了银行家奥尔纳，她不可能跟自己的丈夫提起这些事，还有那些嫉妒她的名人们，所以她对外声称这些珠宝都是假的。”

克拉拉双手托着脸沉思着。劳尔也沉默了，过了一会儿他问：“那么侯爵的同伙是谁呢？谁杀死的伊丽莎白?”

“这个人也在城堡里，他叫加西乌，看上去很老实，是个可怜的牧羊人，没有人注意他。我已经调查过了，戴尔勒蒙侯爵住在城堡里的时候经常去找他聊天，并且给他带去一些衣服和烟，有时还会给他一些钱。他莫名其妙地对加西乌这么好，肯定是有目的的。我也找过他，当时他拿着一把自制的弹弓朝一只正在飞的大鸟射去，鸟一下就被射出的石子击落了，看到这一幕我惊呆了。后来他也向我透露了一点儿情况。”

大家又一次沉默了，劳尔看了看他，说：“继续讲啊。”

“那天侯爵早就已经安排好了，他让加西乌提前爬到废墟旁边的一堵墙上，当伊丽莎白站稳唱歌的时候，他就用弹弓射中伊丽莎白的要害，然后偷偷溜走了。伊丽莎白血流不止，倒地而死。”

“这些都有证据吗？不会是假设出来的吧?”

“我不会胡编乱造的，我有证据。”

“那好，继续说。”

“实际上戴尔勒蒙侯爵现在生活很拮据，近 15 年来，他一直靠变卖以前偷来的物品为生。你们应该知道，他正在寻找那份他外公留下的遗产，这件事他交给了一家侦探公司处理，但是仍然没有结果。这份财产本该是我的，伊丽莎白是我的姑妈，她的首饰我理应继承，既然他拿去了，就应该把兑换的钱给我。我已经想好了，如果我真的被抓了，我就会把所有的证据交给警察局，并向警察说明这一切。”

“您就别做梦了，这钱您肯定拿不到。”

“您怎么知道？我向他要钱他从不拒绝，他也不知道我对这些事情究竟了解多少。可惜，到时候侯爵就惨了，他会被关进大牢。”

15. 刺杀

克拉拉仍然用手捧着脸，一声不吭。劳尔好像在思索着什么，不停地来回走着。瓦勒泰科斯高傲地站在那里，两个胳膊交叉在胸前。

劳尔走到他面前，说："不要得意得太早了，您的目的只不过是勒索钱财。"

"并不全为了钱，我会充分利用这些来之不易的证据，为我的姑妈报仇。"

劳尔狠狠地盯着他，问："那么，下一步您打算怎么办呢？"

瓦勒泰科斯很得意，他看看克拉拉的表情，更是觉得胜券在握。他知道这番话起了作用，劳尔不敢贸然行动。他回答道："我这就告诉她我的地址，我的情人，她会跟我回家的。"

"您的情人在哪呀？"

"这还不明白吗？就是克拉拉。"

"难道您想这么高傲下去吗？您还想让她回到您身边？"劳尔气得脸色苍白，声音也有些颤抖。

瓦勒泰科斯说："我才是她的情人，她本来就属于我，是您抢走了她。"

看到劳尔的表情变得更加恐怖了，他停了下来，把手悄悄地伸进了装有手枪的口袋。

他们互相注视着对方，目光具有杀伤力。劳尔猛然起身，向瓦勒泰科斯的两个脚踝狠狠踢去，然后又快速地将他的胳膊扭到了背后。他一下子跪倒在地，双臂好像断了似的，他疼得叫了起来。

克拉拉看到这种情景，马上跑过来，说："劳尔，我求你了，不要再打了。"

劳尔实在太愤怒了，忍不住又踢了几脚，瓦勒泰科斯疼得昏倒在地。

克拉拉忍不住哭了起来："劳尔，不要再打了，求你了，放了他吧。看在我的分上，不要把他交个警察，我怕我的父亲……还是放了他吧，行吗?"

劳尔看着克拉拉说："放心吧，你没看出来吗，他的目的根本不是报仇，而是为了钱，即使警察抓到他，他也不会把这些说出来的，况且我们根本没有看到他所说的证据，这一切可能都是他胡编乱造的。"

他边说边活动着手腕，可能由于刚才出手太重，把自己累着了。

克拉拉哭着说："不过他说过要报仇的。"

"如果不把他交给警察，他肯定还会想办法骚扰你的，他简直就是一头恶毒的猛兽。"

"可是侯爵是清白的，我不希望警察听了他说的话去骚扰侯爵。"

劳尔停了下来，他好像没有那么生气了。他想了一会儿说："那好吧，这次就听你的。瓦勒泰科斯，这次再放你一马，不过你记住了，如果你再敢骚扰克拉拉和侯爵，你肯定会死得很惨。"

瓦勒泰科斯好像刚醒过来，他浑身酸痛，在原地停了一下，用手按着地板准备爬起来，可是刚起身他又摔倒在地，实际上他伤得并没有这么严重。他继续装下去，奋力地用胳膊支撑着向门口移去，每挪一下他的脸上就会显露出极其痛苦的表情。

他的目的马上就要达到了，终于他移到了桌子旁，迅速地从抽屉里拿出一把枪，然后立刻站了起来，指着劳尔喊道："把手举起来。"

他的动作太快了，劳尔和克拉拉被他刚才的痛苦动作蒙骗了。

令瓦勒泰科斯没有想到的是，一个比他还要快的身影突然把一把刀刺进了他的胸部。这个身影就是克拉拉，她出门的时候藏在衣服里一把小刀，以便防身，没想到还真派上了用场。实际上劳尔看到了克拉拉细微的动作，但是他并没有阻止她。

瓦勒泰科斯仍站在原地不动，他还没反应过来是怎么回事儿，他好像麻木了，根本感觉不到疼，可是他的脸已经开始变白了，突然硬硬地摔倒在地，四肢伸得很直，看上去很害怕。但是他的脑子好像还处于清醒状态，因为他嘴里发出了叹息声。这一声过后，四周静得吓人。

克拉拉害怕极了，眼睛瞪得圆圆的，手里仍然拿着被血染红的小刀，不停地抖着。她浑身一点儿力气都没有了，劳尔马上过去扶住她。她哆哆嗦嗦地说："我杀人了……我杀人了……是吧？你……你还会爱我吗？"

他温柔地说："不要害怕，我怎么会不爱你呢？傻瓜，告诉我，你为什么拿刀刺他？"

"因为他拿枪指着你，我怕他……"

"那把枪是我放进去的，里边根本没有装子弹，我怕他掏自己的枪，所以就故意误导他。"

他扶着克拉拉朝椅子走去，让她背对着瓦勒泰科斯坐下。他检查了一下瓦勒泰科斯的身体，发现他还有心跳，小声说："应该来不及了。"

他走到克拉拉面前，俯身说："你赶快走吧，过不了多久就会有人过来，你留在这里会有危险的。"

她很吃惊："难道你让我一个人走，而你留下来承担这一切吗？"

"亲爱的，听我说，你先冷静点，如果人家发现你在这里，会怎么想？"

"那我走了，你怎么办呢？"

"我不能把这个人扔在这儿不管。"

"那我也不走，本来就应该我留下的，人是我杀的，要抓的人是我。”

他心里很乱，没有一点思绪：“听我说，我不会让他们把你抓走的。看到这个家伙了吧，他是一个恶毒的人，这是他罪有应得。我不会让你受到伤害的，我要带你离开这里。”

他向窗户跑去，透过窗帘一角往下看，他有些吃惊：“戈尔勒雷！他怎么在这儿？”

她听到后更加慌张了：“你说的是探长戈尔勒雷吗……是他吗？”

“我看很难逃出去，戈尔勒雷正监视着这座房子，下边还有他的两个手下。”

克拉拉紧张地在屋里来回走动，劳尔脑子里也一片空白，他掀起桌子上的一块布，盖在瓦勒泰科斯的身上，他那垂死的身躯忽然颤了一下。

克拉拉嘟囔着：“这次我们死定了。”

劳尔立刻回道：“别瞎说。”

他平静了许多，慢慢恢复了理智。他看了一眼表，然后思索了一会儿，立刻抓起桌上的电话，说：“喂，您好！您听不见我说话吗……我找管理员……是管理员卡罗利娜吗？亲爱的，帮我一个忙，一会儿挂过电话后，你要一直往这里拨电话，最少持续5分钟。为什么？现在房间里有个人受伤了，我们的看门人听到电话声就会赶过来救他。记住了吗？你不用担心，伤势不重。就这样，再见，亲爱的。”

他挂了电话，卡罗利娜就听话地打过来了。他赶快紧紧地抓起克拉拉的手：“放心吧，不过两分钟看门人就会过来，她肯定会立刻通知楼下巡视的戈尔勒雷。走吧，宝贝儿，快点，我们上楼去。”

他的决定根本不用征得她的同意，她显然也很顺从他。这时的他非常平静，思路清晰。

劳尔开始忙了起来，他把盖在瓦勒泰科斯身上的布掀开，砸烂了两扇窗户间的电子屏幕，擦掉了电话机上的手印，收起杀人凶器小刀，把门打开。做好这一切，他拉着她的手走了。

他们上楼的时候仍能听到刺耳的电话声。到了第四层，劳尔一脚把挡在过道前的铁栅栏踹开。他们进入过道没几步，突然听到了一声尖叫，这是从楼下传来的女看门人的声音。她听到电话一直在响，就上楼看个究竟，她发现房门敞开着，进去后一眼就看到躺在地上的瓦勒泰科斯，他的身体仍在抽动，她吓得叫出声来。

劳尔好像什么事也没发生过一样，风趣地说："亲爱的，放心吧，我们已经安全了。剩下的就是警察与看门人之间的事情了。"

这里很安静，一个人都没有，因为这一层住的是侯爵的仆人，他们白天都在楼下工作。这一层还有几个房间，里边摆放着陈旧的家具，门是锁着的。劳尔拧开了一个房间的锁，房间有一个很大的窗户，他轻松地通过窗户爬上了房顶。

克拉拉仍然愁眉不展，他让她做什么，她就乖乖地照做，除了偶尔会说几句"我杀人了，你还爱我吗？真的我杀人了"，就一直保持沉默。

现在的她根本不会想自己怎么才能逃走，怎样摆脱戈尔勒雷的追捕，脑子里全部是爱情。她在乎的是劳尔是否还爱她。

劳尔说："来，我们从这里出去。看到了吗？我们通过房顶可以顺利地翻到隔壁。啊，真是太幸运了。"

他脑子里想的全部是如何才能脱身，关于刚才发生的事情到底会怎样，他根本没有考虑。他心里很放松，也很高兴，继续说："如果瓦勒泰科斯运气好没有死的话，他估计会告我们，不过我们不怕，因为他是一个强盗，我们刺伤他只是正当防卫而已。"

他们成功了，顺利到达隔壁的楼顶。劳尔仔细地观察着这个房子的结构，看怎么出去比较好。虽然说他们现在并没有什么危险，但是也不能一直待在这里。

他们通过一个小客厅，来到一个大房间，看上去这里已经很久没有人住了，仅有搬家剩下的几件凌乱的家具。他们又顺着一条走廊向前走去，幸运的是他们看到了楼梯。

他们一直向下走去，到了和中二楼平行的那一层，劳尔停了下来，对克拉拉说："我们应该马上就可以走出大门了，不过这里有没有看门人我不知道，所以最好不要一起出去。你应该知道，巴黎的楼房几乎都有看门人。你先走，出了门一直往前走，你会看到有条街和堤岸是垂直的，左拐后走到第三条街，路右边5号是一家郊区日本旅店。你进去后在接待室等我10分钟。"

他用手捧起她的脸，吻了她的嘴唇："亲爱的，一定要坚强些，想想刚才你救了我的命，实际上那把枪装着子弹的，你做了一件非常了不起的事情。不要再愁眉苦脸了，勇敢地走吧。"

他说假话是为了增强克拉拉的勇气和信心，可是这对她来说一点都不管用，她心里想的全都是劳尔会不会抛弃她。她垂着头向前走着，看上去很可怜。

他一直目送她拐弯，然后开始数数，已经数到一百了，可是他还是不放心，又从一开始数。当这一次数到一百时，他戴上一副眼镜，往下拽了拽头上的帽子，走了出去。

他到了第三条街，看到了路右边的日本旅店，这个旅店外表很一般，楼上的接待室全部装的是透明玻璃，那里摆放了一些很有品味的家具。可是透过玻璃，他并没有看见克拉拉。

他显然慌了，仔细观察了一下路上的行人，没有发现什么异样，他又回到刚才那栋楼，然后又走回来，都没有发现克拉拉的踪影。他安慰自己道："不行，怎么会这样呢？不行，我不能走，必须等她回来。"

他焦急地等待着，这半个小时他到附近街上也找了，可是仍然没有一点迹象。突然他想到，当时他跟克拉拉说话的时候，她一直心不在焉的样子，是不是她没有听清楚或者听后忘了，然后去了奥特伊呢？他立刻拦了一辆出租车，让司机坐后边，他自己来开车。在他急着去做什么事情的时候，他总会这样。

当他跑到院子里的时候，碰到了仆人，他又疯狂地向楼上跑去，库维尔也在。

"看到克拉拉了吗？"

“她没有来啊。”

他几乎要发疯了，这是他最不愿意听到的。她到底去哪儿了呢？他尽量使自己平静些，这样能够更好地思考他下一步怎么办。他忽然想到她会自杀。她是一个杀人凶手，她的情人肯定不敢再亲近她了，她也没有勇气再面对她的情人，这些想法都有可能导致她自杀。

劳尔控制不了自己的情绪，克拉拉自杀的场景已经浮现在他的眼前：她沿着塞纳河边向前走去，夜幕降临，只有河面上闪烁着星星般的亮光，她被这些亮光指引着走进河中，无法自拔……

他的脑子里不断地闪现着这可怕的一幕，尽管他的意志力很强，但是在这寂静的夜里，那一切都显得那么真实。他不停地责怪自己，没有提防瓦勒泰科斯的阴险，轻视了白天发生的事情，使得心爱的克拉拉离开了自己。他越想越觉得内疚。

烦恼折磨了他一夜，直到天蒙蒙亮的时候他才睡着，但是刚到8点的时候，他突然从床上跳下来，因为他潜意识中知道，还有至关重要的事情等着他去做。

他把库维尔叫进来，迫切地问：“快说，有消息吗？”

“什么都没查到。”

劳尔立刻上前抓住他的衣领，大声喊道：“还不快说，你的表情已经告诉我了，你在撒谎，是不是怕我知道真相？快说啊，你这个蠢货。”

库维尔没有办法，就从口袋里掏出一份报纸给他看。刚一打开，劳尔就情不自禁地骂了几句，因为报纸上头版头条刊登着这样的新闻：高个子保尔被杀了，戈尔勒雷探长在现场抓住了他的旧情人金发美女克拉拉。虽然现在还没有找到确凿的证据，但是警方确信她就是凶手。那天在蓝色娱乐城，把她带走的那个人叫劳尔，也是她现在的情人，警方现在还没查到他的行踪。

16. 戈尔勒雷太太

高个子保尔在去中二楼前寄出了一封信，警察局收到这封信的时候，戈尔勒雷正好在伏尔泰堤岸例行巡视，突然他听到中二楼有人恐怖的叫声，他立刻跑了过去。对于戈尔勒雷来说这是一次很好的机会。

他迅速地冲到中二楼，当他看到两扇窗户中间那个大安乐椅的时候，他突然停了下来，因为就在前不久，劳尔让克拉拉坐在这把椅子上，蒙蔽了他的双眼，使他错过了逮捕克拉拉的机会。这时他还没有看到地上垂死的瓦勒泰科斯。

他回头命令跟上来的两个手下："你们不要进去了。"

他看上去非常谨慎，手里拿着枪，慢慢地移向那把椅子，但是没发现任何动静，他就朝椅子上打了几枪。然后他走到跟前才发现，椅子里根本没有人。那两个手下的表情非常吃惊，他眼神有些严厉，直视着他们，好像在说"小心点是没错的"。虽然判断有误，但是他对自己的表现很满意。

他松了一口气，因为他确定劳尔不在这儿。他快步走向瓦勒泰科斯，检查了他的伤情，立刻吩咐手下："隔壁有位医生，快去请他过来，还有心跳，不过看上去希望不大。"

戈尔勒雷立刻拨通了附近警察局的电话，告诉他们高个子保尔在中二楼遇害，目前情况危急，最好派辆救护车过来。然后，他又派人去通知警察分局的局长，让他过来调查女看门人。经过询问女看门人得知，劳尔和金发美女克拉拉来过这里，他们很可能就是凶手。

当戈尔勒雷得知这些的时候，他看上去非常激动。看到赶过来的医生，他结结巴巴地说：“他……他已经没有心跳了，不过您还是尽力试试吧，因为他对我们非常重要。”

他的助手弗拉芒冲了进来，气喘吁吁地说：“探长，我抓住克拉拉了。”

他更加控制不住自己了，浑身直打哆嗦，他真是太激动了。

“你……你刚才说什么？再说一遍。”

“金发美女克拉拉被我逮住了。”

“真走运。”

“我在堤岸巡视的时候看到她在那里转悠，就过去把她逮回来了。”

“现在她人呢？”

“我把她关在看门人的小房子里了。”

戈尔勒雷疯狂地把克拉拉拽到中二楼，然后又硬硬地把她拖到高个子保尔面前，他的动作显然粗暴无礼。

“看到了吗？他死了，你这个臭婊子。”

她非常恐惧，本能地向后退了几步，可是戈尔勒雷又迫使她跪在保尔旁边，然后大声喊道：“你们两个过来，凶器肯定还在她身上，给我搜出来。你以为杀人就那么简单，杀了就可以一走了之吗？那要我们警察还有什么用？这回你明白了吧，该清醒了吧？”

警察搜了好几遍都没有找到凶器，戈尔勒雷火冒三丈，姑娘被吓得晕了过去，可是戈尔勒雷心中的怒火还没有撒出来。他走向她，一把把她从地上抓起来，然后回头对弗拉芒说：“我先走了，救护车也该到楼下了，我们到警察局后，车就会立刻返回来，你在这里等着。”

这时有个人进来了，戈尔勒雷转过身，说：“分局局长，您来了，我就是探长戈尔勒雷。现在我要把这位凶手带走，这里的一切事情由我的助手弗拉芒给您介绍。还有，她的一个帮凶叫劳尔，您也会了解到的。”

有辆出租车开了过来，从里边下来三位便衣警察，他们按照戈尔勒雷的吩咐上楼去找弗拉芒了。救护车到了，停在了楼下，他把克拉拉放在救护车里的一个垫子上，车发动了，驶向警察局。

到了警察局以后，克拉拉仍然没有醒，戈尔勒雷就暂时把她安置在了一个小房间。这个房间很简单，里边除了两把椅子一张床外，什么也没有。

为了审讯克拉拉，戈尔勒雷一直在这儿守着，实际上这时他心里美滋滋的。吃过晚饭，他想问她几个问题，可是她仍然昏昏沉沉，根本无法回答。从把她送来到现在已经两个小时了，可是戈尔勒雷从她嘴里没有得到任何东西。

无奈之下，戈尔勒雷又回到了伏尔泰堤岸，那里照样没有任何进展，目前戴尔勒蒙侯爵住在哪儿根本没人知道，唯一的消息就是他后天早上应该会回来。

晚上 9 点，戈尔勒雷又来到警察局，他想从克拉拉嘴里得到点什么。经过他再三争辩，看护她的人才允许他进去。不管他问什么问题，她都不吭声，这时的她非常平静，既不恐慌也不哭。他把所有的办法都使出来了，他按照自己的猜想自信地把整个案情复述了下来，好像案发时候他就在现场一样。他不断地提醒她，问题有多么严重，会犯什么罪，判几年甚至死刑。他还告诉她，他肯定会把劳尔抓到，并控诉他。但是她听完这一切没有任何反应，他所说的一切都白费了。她心里到底在想些什么，戈尔勒雷根本捉摸不透，因为她的表情非常平静。

第二天，戈尔勒雷又继续去她那儿，可是她仍然什么都不肯说。后来她得到一个通知：检察院将派一名法官对她进行审讯。之后她竟然对戈尔勒雷开口了：“我根本不认识高个子保尔，这件事情我也不清楚，我是无辜的，在法院开庭审理我之前，我可以出去的。”

戈尔勒雷听到她的话很不安，他知道她出去后肯定会去找劳尔，这样案子就会更有难度。他吩咐两个手下看管好她，10点钟他会再过来，他想再努力试一下，也许她快撑不下去了，会把这一切说出来。他先回家吃晚饭了。

探长戈尔勒雷住在圣安托尼的郊区，他家就在那栋旧楼房的上边。他的妻子很会持家，总是把他们的三间房子收拾得干干净净。他们是自由恋爱，已经结婚10年了，他不忍心让这段婚姻破裂，即使他整天忍受着折磨。他的妻子特别漂亮，一头红棕色的头发，看上去很迷人。她很轻浮，总喜欢去附近的舞厅跟陌生男人吃喝玩乐，显摆自己的妩媚，她根本不顾戈尔勒雷的面子。戈尔勒雷劝过她很多次，可是她根本不听。因为他在妻子眼里没有威严，所以他根本管不住他的妻子。不过她确实是一个能干的家庭主妇。

戈尔勒雷急忙赶回家就是为了吃晚饭，可是他的妻子还没有回来。他心里升起一团怒火，他站在门口，嘴里不停地责怪着妻子，并说了一些狠话。这是愤怒爆发前的预兆，只要他妻子一进门，他们就会无休止地争吵，这种情况经常发生。

戈尔勒雷等到了9点钟，她还没有回来。从小保姆那里得知，她出门的时候穿着舞裙。

“她又去跳舞了是吧？告诉我哪个舞厅。”

“她去了圣安托尼大街上的那个舞厅。”

这时已经9点半了，他忍不住出门去了，到了保姆说的那个舞厅，可是他并没有看到有人在跳舞，只有三三两两的人坐在桌旁喝饮料。他过去询问这里的经理，经理指着一张桌子说：“刚才戈尔勒雷太太确实来过，就在这张桌子旁要了一杯鸡尾酒，她旁边有好几位男士陪着。”

“看见了吗，就那位先生，刚才坐在太太旁边的也有他。”

戈尔勒雷大吃一惊，差点喊出声来，幸好他的控制力比较强。那宽厚的背影是那么熟悉，他几乎站不稳了，很想冲过去和他决斗，就像他看到歹徒或者杀人凶手时那样，但是理智告诉他不能这样做。

他忍着怒火，耷拉着脑袋向他走过去，并在他的身边坐下。

戈尔勒雷没有吭声，而是在等他开口。这时的戈尔勒雷多么想骂他一顿，或者上去卡住他的脖子。可是劳尔一直不出声，戈尔勒雷实在忍不住了，小声嘟囔道：“真是个无赖、混蛋，没有人性的东西。”

然后又是一阵沉默。

突然劳尔向柜台喊了一声：“服务员，来两杯咖啡。”

咖啡上来了，劳尔端起面前的杯子向另一个杯子碰了一下，然后喝了一小口。

戈尔勒雷控制着自己的情绪，他很想拿枪对着劳尔的嘴，或者上前直接扭住他的衣领。这些只是在他碰见歹徒或者杀人凶手时的动作，现在在劳尔面前他不会这么做。

劳尔显得非常友好，亲切地说：“不用担心，她已经吃过晚饭了，看上去她很喜欢吃水果。”

戈尔勒雷没有反应过来，以为他在说克拉拉呢，他问道：“您说的是谁？”

“我也不知道她叫什么名字。”

“您说的到底是谁？”

“是戈尔勒雷太太。”

戈尔勒雷有些受不了了，小声说道：“真的是你？你这个无赖，是你绑架了傻妞对吗？”

劳尔边笑边说：“‘傻妞’，这个名字真好笑。‘傻妞’……是不是您对她的爱称啊？这个名字应该会使您想起一些美好画面。不错，‘傻妞’正符合您的太太。戈尔勒雷的‘傻妞’，真是有趣。”

戈尔勒雷气得眼珠子都快爆出来了，厉声说道：“你这个无耻的家伙，你怎么能绑架她呢？她现在在哪里？”

劳尔很平静，说：“老兄，我没有绑架她啊，您冤枉我了。刚才就在这儿，我请她喝了两杯鸡尾酒，跳了一支探戈舞，她说她有些头晕，我就开车带她到樊尚树林转了一圈，然后我们就去了一位朋友那里。放心，那是一个公寓，条件很好，不过地址不能告诉您。

她在那儿又喝了一杯鸡尾酒，这些都是经过她同意的。”

戈尔勒雷认真地听着，然后说：“继续说啊，后来怎么样了？”

“没怎么样啊，您想太多了，我会对一位朋友的妻子做无礼的举动吗？不会的，相反，我很尊重她，没有强迫她做任何事情。放心吧，我说的都是实话。”

戈尔勒雷在想：劳尔太狡猾了，现在即使抓住他，也找不到我的妻子。如果把他交给法院，大家都会知道妻子被他带走这件事情，有可能他还会向大家描述整个过程，这将是一件多么丢人的事情啊。

他慢慢移向劳尔，说：“你想怎么样？你是不是有什么目的？”

“当然有了。”

“告诉我，究竟为了什么？”

“那好，您什么时间可以再见到克拉拉？”

“一会儿就可以。”

“是不是还要审问她？”

“不错，还得继续审问。”

“不要再审问她了。”

“什么意思？”

“您根本没有权力审问她，只有法庭派来的法官才有这个权力。我知道警察们审问的手段，简直就是类似刑罚的粗鲁做法。您就不要再去骚扰她了，让她好好休息一下。”

“这就是你的目的？”

“不仅仅是这些。”

“还有什么都说出来。”

“我今天看了报纸，上边说高个子保尔没有死，并且慢慢清醒了，这是不是真的？”

“不错，他没有死。”

“难道您不希望他死吗？”

“当然不希望，我希望他活过来。”

“这件事克拉拉知道吗？”

“她不知道。”

“那您的意思是说，克拉拉一直以为他已经死了?”

“不错，就是这样。”

“那您为什么要瞒着她呢?”

“因为她相信自己确实杀了人，她心里的压力就会越来越大，撑不了多久她就会开始说话，回答我的问题。”戈尔勒雷的眼神非常恶毒。

“你这个卑鄙的家伙。一会儿你回去告诉克拉拉，就说高个子保尔根本没有死，已经被救活了，其他什么话都不许说，更不允许再审问她。”

“那我跟她说过之后怎么办?”

“来这里见我。只要你按我说的话去做，别耍什么花招。一个小时候后我就会放你妻子回家。”

“那我如果不按你说的去做呢?”

“好啊，如果让我发现的话，我就会再去把傻妞抓过来，那时就没这么便宜她了。”劳尔咬着牙慢慢地说。

戈尔勒雷听完很生气，紧紧握着拳头，他想了一会儿，说：“你知道的，我是一名警察，如果我这样做了，就是对我的职业的亵渎。我不可能忘记我的本职工作的。”

“那你自己看着办吧。好好考虑一下是按我说的做，还是不要你的‘傻妞’。”

戈尔勒雷继续说：“为什么非得让我告诉她这件事情呢?”

“我担心她，希望她知道自己没有杀人，这样她就有勇气活下去。”劳尔说话的声音有些颤抖。

“你爱她，对吗?”

“是的，没错，否则我也不会……”

戈尔勒雷被劳尔的话感动了，他对劳尔说：“好吧，我答应你，我20分钟后就回来，你在这等我，不过到时候你别忘了你刚才的承诺。”

“放心吧，忘不了，放‘傻妞’回家。”

“你得向我保证。”

“好，我向你保证。只要你做到了，我肯定兑现我的承诺。”

戈尔勒雷站起来，喊道：“服务员，结账。”

付过钱，他离开了。

17. 折磨

对劳尔来说，这两天真是煎熬。从克拉拉走失，到得知她被捕，然后想办法救她，一直到见戈尔勒雷，连他自己都不知道这两天是怎么过的。他生性乐观，可是当他想到克拉拉可能会自杀时，他就一脸沮丧，脑子里一片空白，想不出任何可以救她的办法。

由于高个子保尔的一个手下已经知道了他在奥特伊的住所，他可能会告诉警察。为了躲避追捕，劳尔把事务所迁到了一个朋友的家里。这个朋友对他很好，把自己的大房子让给他一半儿。这个地方离警察局不远，并且他在这里有很多朋友，后来从朋友那里得知克拉拉就关在警察局。

他该怎么办呢？他一点头绪都没有，总不能持枪跑到警察局把她劫走吧？这时的库维尔正在殷勤地工作，因为他的原因，高个子保尔的手下才找到了劳尔位于奥特伊的住所。他不停地搜集每天的报纸，不放过任何消息。快中午的时候，他在《新闻日报》上发现了一条消息，他立刻拿给劳尔看"高个子保尔并没有死，尽管他伤得很重，但是并没有生命危险"。

劳尔看后非常高兴，几乎要跳起来了，他喊道："我一定把这个消息尽快告诉克拉拉，如果有机会的话，我会编造一些假的信息告诉她，让她鼓足勇气。"

下午3点的时候，劳尔四处托人，看是否能找到一位在警察局工作的朋友，他想给监禁在警察局的克拉拉传递一张纸条。劳尔又很快了解到了戈尔勒雷和他妻子的一些情况。他准备从戈尔勒雷的妻子下手。

下午6点钟，他找了圣安托尼街上的一家舞厅，他进去后一眼就认出了戈尔勒雷太太，他故意亲近她，请她喝酒，轻浮的她不一会儿就完全相信了劳尔，并且很顺从他。一个小时后，在他的引导下，她跟着他来到了圣路易岛的朋友家里。劳尔把她锁在了屋里。

这一切都很顺利，她根本没有反抗。实际上劳尔也不确定接下来是否顺利。虽然他找到了戈尔勒雷，并和他谈好了交换的条件，可是戈尔勒雷会不会按照他说的做呢？可以说这种做法具有一定的强制性，并且这种做法也有违他的职责，可是除了这个办法，劳尔也想不出别的高招了。他心里也有担忧，刚把他的妻子抓回来，一会儿又要放回去，自己的计划也不知道能不能顺利实现。

劳尔很清楚自己所做的事情。他用残酷的手段迫使戈尔勒雷和自己谈判，这种谈判对戈尔勒雷是不公平的，但是他又不得不按照劳尔说的去做。实际上劳尔并没有十足的把握，因为一旦戈尔勒雷走出这个舞厅，他可能就会变得非常理智，不但不会那样去做，可能会想出更好的对付劳尔的办法。

劳尔坐不住了，他越想越觉得不对劲，他觉得戈尔勒雷肯定想好了对策，然后到约定的时间叫来很多帮手一举把他抓获。他是聪明的，不会轻易让戈尔勒雷得逞。他借用了服务员的纸和笔。他在纸上写道：好吧，既然您不守信用，就别怪我对傻妞不客气。然后他在信封上写着“戈尔勒雷”收。

他把这封信交给了老板，然后回到了他的车上。车停在舞厅附近，坐在车里可以观察到舞厅入口。

劳尔设想的太对了，20分钟过去了，戈尔勒雷确实来了，可是他带来很多帮手，他吩咐他们把舞厅围起来。布置好之后，他大方地走进舞厅，弗拉芒在他后边跟着。

劳尔开着车离去了，他心想：“我们算是打了个平手。不过下一步我该怎么办呢？我要保护克拉拉，不能让戈尔勒雷再去折磨她了。”

他到了圣路易岛朋友的家里。听朋友说，傻妞在屋里大喊大叫，但是折腾了一会儿就停下来了，可能现在已经睡着了。

他几乎把所有的关系都找遍了，可是仍然没能和关押在警察局的克拉拉取得联系。

劳尔告诉他的朋友：“我脑子里现在很乱，我准备去奥特伊清醒清醒，好好整理一下思绪，您先帮我看管一下傻妞。为了给戈尔勒雷施加压力，我们到明天中午再放她。到时我们把车上的窗帘拉上，这样她就不知道这是什么地方了。好吧，我该走了，晚上如果有什么情况就给我打电话。”

仆人和库维尔都住在车库里，屋子里很安静，只有他一个人，他脑子里仍然昏昏沉沉的，为了能够清醒些，他坐在椅子上睡了一个小时。他猛然间醒了过来，因为他梦见克拉拉走在塞纳河边，看着诱人的河水，她正准备往里跳……

他站起来，在屋里来回走着。他相信总有一天他会救出克拉拉，然后过着甜蜜的生活，可是目前这个解救的办法还没有想出来，他只有尽最大努力保护克拉拉的安全，但是关在警察局的她每一分钟都会有危险。

黑暗恐怖的夜折磨着劳尔，他期盼着法官尽快审理此案，因为那时她是最安全的，她可以从审理中得知高个子保尔并没有死，她将会有很大的勇气活下去。可是她能够坚持到开庭吗？劳尔真的很担心她。

他又想起了那天下午的事情，当她看到高个子保尔直挺挺地倒下去的时候，她几乎吓傻了。现在的她会不会做傻事呢？拼命逃跑或者用头撞墙。他情不自禁地嘟囔道：“真是一个可怜的姑娘！”

但愿她不要那样做，因为想从警察局里逃走并没有那么容易，只能是自行毁灭罢了。

想到这里他非常害怕，他问自己：“现在克拉拉还活在这个世界上吗？”

他控制不住自己的思想，由于黑夜的衬托，他更愿意相信可怕的假设。他犹如受刑一般痛苦，一幕幕残忍的自杀方式浮现在他的眼前。

这时候是夜里两点钟。

半个小时又过去了，两点半了。

卧室的窗户是开着的，劳尔看到夜色已经没有那么黑了，开始慢慢变亮。人们一般都是在夜深人静的时候自杀，如果克拉拉现在没有死，也就是说今天白天她还仍然活着，因为白天她肯定没有勇气自杀。他的想法有些幼稚。

从附近的教堂里传来了钟声，已经3点了。

他盯着自己的手表，3点10分，3点20……他看着时间一分一秒地走过。

突然，院子里的门铃响了，他吃惊地跳了起来。是不是朋友得到了什么好消息，迫不及待地来告诉他？他立刻摁了房间的按钮。以前夜里如果有人来访，他总是问清楚是谁才开门的。

这个人绕过花园来到楼下，然后上楼，由于夜色很黑，他没有看清这个人是谁。这个人的脚步很轻，几乎听不到上楼的脚步声。

劳尔心里忐忑不安，他不敢去开门迎接这位来者，因为他害怕这个人会给他带来不幸的消息。他万分紧张，可是又好像期待着什么。

这时，门被轻轻地推开了。是克拉拉……

18. 两种微笑的解释

克拉拉浑身脏兮兮的，衣服领子已经破了，裙子也皱巴巴的。她看上去非常疲惫，脸色苍白。这到底是怎么回事？巴黎警察好不容易抓获一名罪犯，他们可能把克拉拉放了吗？她是怎么回来的？如果说她是逃出来的，更是不可能，在巴黎警察局从来没有发生过这种事情，而且戈尔勒雷对她也严加看管。不得不承认的是，她还活着，此时此刻还是自由的。

屋里一片寂静，他们两个沉默着，互相看着对方。他简直不敢相信自己的眼睛，心里乱极了。这时的克拉拉看上去有些害羞，一副可怜巴巴的样子，一直盯着劳尔的眼睛，好像在询问他："你还能接受我吗—— 一个杀人凶手？你还爱我吗？"她站在那里犹豫着，不知道该怎么办。是掉头走呢？还是直接扑进他的怀抱？

她心烦意乱，浑身发抖，小声说："我很想去死，可是我没有勇气，我一个人走在河边，好几次试图跳进去，可是……"

他脑子里很乱，站在那里一动不动，她说的话他根本没有听进去。他一直在思索着，因为他仍然不能接受这个事实，明明关在警察局的克拉拉，怎么会突然站在他的面前呢？这个问题该怎么解释呢？他这样机智聪慧的男人，怎么会想不通这个事情呢？他知道这是一个不寻常的问题，所以应该用不同寻常的思路来考虑。他终于找出了根源，有了新的发现。

天已经亮了，屋里的灯还没有关，克拉拉在他的眼里更加清晰了。她见他仍然没有吭声，继续说："你是不会原谅我的，是吗？你是不是越觉得我应该去死？可是我没有勇气跳进去。"

她在等待一些安慰的话语，可是他却不吭声，她一脸的哀伤。他一直盯着她看，慢慢地平静了下来，也更加清醒了。突然他大声笑了起来，而且边笑边跳，像个孩子一样。

克拉拉觉得不可思议，在这种情况下，沉默后的他竟然做出这样的举动。还没等克拉拉反应过来，劳尔一下子抱起了她，在原地转圈儿。他把她抱得更紧了，疯狂地低着头吻她。

过了一会儿，他把她放在床上，说："亲爱的，有什么委屈就哭出来吧，这样你心里就会好受些。也许你也会想明白为什么要自杀呢？根本没有理由的。"

听完他的话，她从床上下来，站在他的面前说："你会原谅我、接受我吗？"

"我根本就没有做对不起我的事情，我原谅你什么呢？"

"你知道的，我杀人了。"

"你杀人了？那应该有人死去才对啊？"

"瓦勒泰科斯不就是吗？"

"不是。"

"劳尔，你到底在说什么啊？难道说瓦勒泰科斯没有死？"

"你没有看报纸，是吗？这个家伙的生命力很顽强。"

"我不愿看报纸，我怕看到自己的名字，那样就会……"

"不错，报纸上确实有你的名字，可是出现你的名字并不意味着瓦勒泰科斯一定死了呀。昨天晚上戈尔勒雷告诉我，瓦勒泰科斯没有死，后来被救活了。"

她脸上绝望的表情已经不在了，泪水顺着她的脸颊流下来。她挣脱开他的怀抱，躺在床上痛快地哭了起来，能够感觉到她的哭声里边夹杂着抱怨和委屈。

劳尔想让她痛痛快快地哭一场，就没有去安慰她。他站在那里，仍然在思考这件事情，他突然好像想明白了什么，但是有些细节他还是搞不清楚。

他不停地在房间里走来走去。当时由于克拉拉走错楼层，意外和他相见的情景又浮现在他的眼前：一个从外省过来的小姑娘，看上去非常单纯，她总是微张着嘴，跟孩子一样，漂亮的脸蛋具有很强的吸引力。现在的她好像变成了另外一个人，不过这都是残酷的现实逼出来的。当时，那个外省小姑娘的笑容是那么甜，那么清纯，而金发美女克拉拉的笑容里总是夹杂着其他的情感，让人捉摸不透，这真是两种不同的微笑。很明显，现在的她已经没有以前的单纯了，但是仍然会让人心动。

劳尔走过去，坐在床边，用手轻轻地摸着她的额头。

“我能问你个问题吗？要是累的话就算了。”

“我不累，你问吧。”

“我已经看出来你是在演戏，从我刚才的反应你应该也察觉到了，对吧？”

“是的，我感觉到了。”

“那你为什么还骗我呢？你总是误导我，不告诉我真相，这到底是为什么，克拉拉，告诉我。”

“理由就是我爱你。”

“就是因为你爱我？”他好像没有明白过来这句话真正的含义。

他怕她听了这些话又会伤心，所以赶快用温和的口气安慰她说：“亲爱的，你说的话我根本不理解。我想其他人也一样，听了你的话就会以为……”

她说：“以为什么？以为我有些智障是吗？不过我的脑子现在很清醒，我说的都是真的。”

劳尔仍然很温和，说：“亲爱的，就是因为你一直不信任我，所有的事情都对我保持沉默，我们今天才会遇到这么多事情，才会这么不幸。你现在应该体会到这些了。亲爱的，说吧，把所有的一切都告诉我。”

她这一次真的被他说动了。她用床单擦去脸上的泪水，说：“劳尔，我这就把我以前经历的事情都告诉你，不过你要相信，这一切都是真的。我的童年生活并不美好，我的母亲不是伊丽莎白，而是阿尔芒德·莫兰。她总是和很多男人来往，所以她忽略了对我的照顾，不过她是爱我的。这些男士有的对我很好，总是带几瓶香槟，还有很多礼物和好吃的东西，但是有些对我并不好。我们当时住在巴黎的一所大房子里，但是母亲却经常让我跟仆人们待在厨房，或者客厅。后来我们变得越来越穷，房子也换过好几次，最后搬进了一间小房子。”

她的情绪很低落，继续说：“自从母亲生病后，她好像一下子老了许多。我没有再去上学，天天在家里干活，照顾她。她看到我这么劳累，也很心疼。有一天，她对我说：‘克拉拉，到现在你都不知道你的父亲是谁，我这就告诉你，不能再隐瞒下去了。当时我还很年轻，长相俊美。我住在巴黎，给一户人家做裁缝，偶然间我认识了一位男士，他风度翩翩，说话幽默，我情不自禁地爱上了他。他是个侯爵，很富有。在他的诱惑下我们发生了关系，后来得知他还有其他的情人，我非常伤心。就在你出生的前几个月，他绝情地走了，以后再也没有回来，只是寄来了一些钱，不过到了第三年他连钱也不寄了。从此之后，我就再也没有他的消息了。’”

“那天我妈妈好像昏昏沉沉的，又给我讲了一些关于我父亲的事情：‘实际上在我和你父亲在一起之前他也有个情人，我后来听说她是一个教师，不过不在巴黎。就因为她怀孕这件事，他才抛弃了她。后来我碰到一件很奇怪的事情，那次我去利齐厄旅游，竟然看到一个长得和你几乎一模一样的女孩，她当时大约 12 岁。你知道吗，克拉拉，你们俩实在是太像了。怀着一股好奇心，我问了她的名字，她叫安托尼娜·戈蒂埃。’

“她还没来得及说出我父亲的名字就去世了。这就是母亲在生病后告诉我的事情，那年我 17 岁。在收拾母亲的遗物时，我看到一张照片，照片上是一张路易十四时期的桌子，照片的背面有母亲的笔迹，描述的是一个保密的抽屉，说这个抽屉有机关，其他人根本看不出来，上边还有打开那个抽屉的方法。当时我根本不知道这张照片有什么用。有关我父亲的仅有这张照片，其他什么也没有。办完丧事后，我的生活非常拮据，我的特长就是跳舞，所以我必须去找相关的工作，这我已经跟你说过了。一年半之前，我就碰到了瓦勒泰科斯。”

克拉拉说得有些累了，她停了下来，过了一会儿，她又说了起来：“瓦勒泰科斯从来不喜欢谈论自己，总是把感情深埋在心底，关于他的一切我当时根本不知道。但是那天我有很大的收获。我和瓦勒泰科斯约好的在伏尔泰堤岸见面，当时我先到，就站在那儿等他。他告诉我他刚才在戴尔勒蒙侯爵家，说他家里有很多古老的家具，他非常喜欢，尤其是那张路易十四时期的书桌，他看得有些陶醉了，所以就出来晚了。他还告诉我侯爵和他的关系不错，他可以经常过来。在他说到路易十四时期的桌子时，我突然想到了那张照片，母亲说过，我的父亲也是一位侯爵，我不得不对号入座，但是我还没有确凿的证据来证明这一切。

“可以说这是我的一个心愿，我一定要找到证据确认一下，除了强烈的好奇心之外我根本没有别的想法。有一次瓦勒泰科斯在我面前说：‘你看这是什么，侯爵门上的钥匙，他在开门的时候忘了拔下来了，回头我给他送过去。’他说话的时候一脸坏笑。在强烈的好奇心的驱使下，我偷偷地拿走了钥匙。就在一个月后的一天，我和瓦勒泰科斯在一起，警察突然包围了我们，我趁机逃跑了，然后直接坐车去了巴黎。”

劳尔问：“那你当时怎么不去找侯爵呢？他应该会保护你，帮你渡过难关的。”

“当时我并没有证据证明他就是我的父亲。于是我就经常在他门前的伏尔泰堤岸来回溜达。有时候我也会正巧看到侯爵出门，可是我没有勇气上前跟他打招呼。就这样我摸清了侯爵的生活习惯。我有他门上的钥匙，我多么想偷偷溜进他家，找到那张跟照片上一模一样的桌子，然后抽出那个神秘的抽屉，找到我需要的证据。我一直踌躇不前，因为我从来没做过这种事情，心里也有些害怕。有一天下午发生了一些事情，使我下定决心去查个清楚，晚上在侯爵的房间，我们第一次见到了对方。”

劳尔几乎被搞糊涂了，她停了一会儿继续往下讲：“那天下午四点半的时候，我在侯爵房子对面的那条人行道上溜达，顺便监视侯爵家的动静。我头上裹着纱巾，穿着也有些夸张，别人根本认不出我。不一会儿，我看到瓦勒泰科斯从侯爵家里出来直接打车走了。我故意走向侯爵家，这时，有一辆出租车开进了大门，然后在不远处停下。从车下来一位姑娘，手里提着行李箱。当她朝这边看的时候，我不禁大吃一惊，她竟然长得和我一模一样，个头、脸型、表情，以及金黄色的头发，我们真是太像了。我突然想到了母亲生前给我讲的事情，难道她就是母亲见到的那个女孩？我们简直太像姐妹了，也许我们就是同父异母的姐妹。如果是这样的话，侯爵，就是我们的父亲。这更加使我坚定了晚上的行动。进屋后，我看到了照片上的那张路易十四时期的桌子。我按照照片上的描述打开了那个秘密抽屉，从里边找到了母亲的照片。”

劳尔问她：“那你告诉我，谁先叫你安托尼娜的？”

“你，是你第一次称呼我这个名字的。”

“真的是我吗？”

“不错，就是那天晚上，当时你好像认识我一样，还叫我安托尼娜。你竟然没有辨认出我和那个姑娘，把我当成安托尼娜了。不过这使我了解到你已经见过安托尼娜了。”

“但是克拉拉，你为什么不告诉我呢？这将是一个很大的错误，从此之后我就把你当成安托尼娜了。”

克拉拉说：“是的，从那时起，你就一直把我当成安托尼娜。在当时那种情况下，我怎么告诉你？如果你知道我不是安托尼娜的话，你会对我怎么样？我不敢想，所以我没有向你坦白。不过我也没想过还会碰上你。”

“那第二次见到我时，总该说出真相了吧？为什么不告诉我你是克拉拉，和安托尼娜根本不是一个人？”

她的脸很红，低着头说：“在蓝色娱乐城我正处于危险之中，左边是瓦勒泰科斯，右边是警察，就在这时你出手救了我，因此我爱上你了。”

“不要骗我，这根本不是理由，即使这样你也有机会告诉我啊？”

“我没骗你，就是因为我爱你。”

“你爱我就不能告诉我了吗？”

“不能，因为妒忌。”

“妒忌什么？”

“和你接触两次后，我就发现你爱的是她。你给我提起那个外省的小姑娘，她的举止、眼神，跟我的根本不一样。虽然你有时很想见我，那是因为你想念她的神态，想念她的单纯，而不是我。我生性热情奔放，情感丰富，脾气也很古怪。我说的没错吧？你爱的是那个单纯的外省小姑娘，如果我想得到你的爱，只有一个办法，那就是让你误以为我就是她。我的目的达到，现在在你心里，我们两个是一个人。还记得在沃尔尼克城堡吗？晚上你偷偷爬进她的房间，可是你没敢得到这个天真的姑娘。但是在蓝色娱乐城你见到我时，却迫不及待地把我拥入怀里。这些都是事实。”

他并没有否认她说的话。他想了一会儿，说：“的确，我把你们当成一个人了，真是不可思议。”

她接着说：“这没有什么不可思议的。我们在一起的时候，我就故意让你给我讲我们一起经历的所有事情，也就是说你和安托尼娜经历的事情，还有你和我经历的事情。我了解以后，你就不会对我起疑心了。安托尼娜刚到巴黎那天我见了，她的穿着我仍记忆犹新，所以我就故意穿类似的服装。我们两个的接触要比你和她的多，那天下午由于她走错楼层见到了你，不过我们晚上就见面了。还有那天在城堡你见到了她，不过从那天以后，你见的一直就是我。”

他听完后，慢慢地说：“实际上没那么复杂，都很简单。”

他沉默了，和她们两个人相遇的所有情景都浮现在他眼前。过了一会儿，他说：“不是我一个人认错了你们，戈尔勒雷也一样。那天他在火车站就把安托尼娜当成了你，还有前天他又搞错了，竟然把安托尼娜抓了起来。”

克拉拉听了他的话不禁浑身颤抖：“安托尼娜被戈尔勒雷抓起来了？这是真的吗？”

他回答道：“你真的不知道吗？是的，你确实还不知道此事，因为这两天你一直想着自杀。那天下午，我让你先逃出来。安托尼娜那时正好在伏尔泰堤岸，估计她想过来找侯爵，结果正好被弗拉芒看到了，就把她抓住交给戈尔勒雷了。因为戈尔勒雷把她当成了克拉拉，所以她被关进了警察局。”

刚刚平静的克拉拉又紧张起来，她脸色苍白，低声说：“她被戈尔勒雷抓走了？她被关进了大牢？”

劳尔看到她的表情，忍不住笑了，说：“不要那么激动，把自己折腾出病就不好了。你准备怎么办？”

她立刻站了起来，戴上帽子，整理了一下衣服。

劳尔大声说：“你这是去哪儿啊？干什么去？”

“她不是金发美女克拉拉，行凶杀人的人是我，我怎么能看着她替我受罪呢？我一定要去警察局，我不能等着检察官审讯她。”

劳尔又乐了，硬硬地把她的帽子摘下，笑着说：“她有可能还会替你受刑罚，甚至丢脑袋呢？你真是太可笑了，你就不会好好考虑考虑吗？审讯的时候，她完全可以拿出不在场的证据，为自己辩解。

再说还有侯爵呢，他肯定会帮她的，戈尔勒雷再怎么愚蠢，也不会妄下结论的。”

她继续坚持自己的想法：“我一定要去警察局。”

“那好，既然你执意要去，那我就和你一起去。也许戈尔勒雷现在调查清楚了，知道自己抓错了，已经把安托尼娜放了。如果这个时候咱们正好去了，那好他肯定会逮捕你，直接关进大牢。”

她觉得他说的很有道理，就乖乖地依偎在他的怀里。他把她抱起来放在床上，搂着她，轻轻地摇来摇去。她疲惫不堪，眼睛都睁不开了，可是还在嘀咕：“她为什么不向警察解释呢？这到底是什么原因呢？”

想着想着她就睡着了。劳尔这两天一直担心她，几乎没有合眼，躺在旁边也睡着了。

院子里的响声惊醒了劳尔，他再也睡不着了，满脑子的疑问：“克拉拉说得对，为什么安托尼娜不为自己辩解呢？她应该知道有一个跟自己长得很像的姑娘，她如果想跟警察说明这一切一点儿都不难。刚开始打动我的是她，可是我却成了另外一个女人的情人，还帮助她杀人，真是太不可思议了。她为什么一点儿都不反抗呢？这到底是什么原因呢？”

他又想起了她温柔的样子，她纯真的笑脸是那么的惹人怜爱。劳尔越想越感动。

已经 8 点了，劳尔给圣路易岛的那个朋友打了个电话，朋友告诉他：“联络到了在警察局工作的朋友，她现在就在我这儿。今天上午，她就可以和她取得联系了。”

“真是太好了，您现在就帮我递张纸条，内容是‘姑娘，我知道您这几天一直拒绝回答他们的问题，真是非常感谢。劳尔没有被捕，高个子保尔也没有死，这些都是戈尔勒雷编造出来的。所以你现在要配合他们，回答他们的问题，这样你就会很快被放出来。我们 7 月 3 号那天见，您不要忘了。非常感谢。’”

之后，他继续说道："现在就把'傻妞'送回去吧，我的事情已经办妥了，您也该清静清静了。我正准备和克拉拉出去旅游呢？就这样。"

他挂了电话后，把库维尔喊过来，吩咐他："你现在赶快去找辆大汽车，我们要把所有的文件和必要的衣物打包好，等克拉拉睡醒了咱们就离开这里，全部都得走，一个也不能留。"

19. 迷惑的戈尔勒雷

“傻妞”回来后，戈尔勒雷和她大吵起来，他心里一直压着一团怒火，傻妞那么顺从劳尔，心甘情愿地跟着他走了，这两天她是否一直和劳尔待在一起，他们都做了什么，他都不知道。“傻妞”看到他吃醋的表情，心里暗自高兴起来。她还故意气戈尔勒雷，说劳尔非常有魅力，不但聪明机智，而且非常文雅。

戈尔勒雷听了这些更是火冒三丈，咬着牙说：“说啊，他还有什么吸引你的地方？真是无耻。”

她轻蔑地瞥了他一眼，说：“他本人比我描述的要好得多。”

“那好，我就把真实情况告诉你。他叫劳尔，在他的帮助下，金发美女克拉拉杀了高个子保尔，知道吗？你是跟一个罪犯过的夜。”

“不会吧，他是罪犯？那我真是太荣幸了。”

“荣幸?”

“我不想跟你说下去了，是他把我劫走的，我有什么办法呢?”

“不要狡辩了，你以为在大庭广众之下他敢把你劫走吗？你喝了他请的鸡尾酒，还顺从地上了他的车，对不对？然后又跟他去了他家。”

她小声嘟囔道：“他很有办法的，当时我也不知道怎么了，对他服服帖帖的。”

“你承认了是吧？我猜的就是这样，你根本没有反抗，否则他怎么会在舞厅把你劫走呢?”

“他并没有强迫我做什么。”

“当然没有做什么了，只是吻了你的手而已，是这样吧？这个不要脸的家伙，看我怎么折磨克拉拉，让他也尝尝痛苦的感觉。”

戈尔勒雷忍着怒火走出家门，到了街上，他开始发泄怒火，不停地大声喊叫，时而还会用拳头在空中挥几下。他心里难受极了，因为他的妻子而声誉扫地，这个一直与他作对的劳尔确实使他痛苦万分。他怀疑妻子故意护着劳尔，因为他问过妻子被关的地方，可是她说不知道。他非常生气，在那条路上来回走了两趟，怎么会连个标记都不记呢？

戈尔勒雷来到警察局时，弗拉芒已经在那儿等他了。弗拉芒告诉他，今天法院将对“克拉拉”进行第一次审讯。

他很高兴，说：“真是太好了，弗拉芒，我们这就去审讯克拉拉，这次必须让她开口，否则就没机会了。”

“克拉拉”见他们过来，一脸天真的笑容，衣服和头发都整理得干净利落还很有礼貌地和他们打了招呼。

戈尔勒雷觉得不可思议，这与刚进来的时候简直判若两人。戈尔勒雷准备爆发的怒火完全消失了，这到底是怎么回事？

“戈尔勒雷先生，您有什么问题就直接问吧，我会配合您的。”

听完她的话，戈尔勒雷更加迷惑了，他看看弗拉芒，再看看“克拉拉”。

“探长先生，再过几个小时我就可以出去了，您有什么问题就赶快问吧，我不希望因为我的原因使您不快。”

戈尔勒雷琢磨着她的表情，他突然好像想到了什么，很严肃地说：“您难道知道高个子保尔没有死？您是不是联系上了劳尔，知道他没有被捕，他还答应您一定会救您出去，对吗？”

她仍然满脸笑容，说：“他不会救我出去的，我是听说了一些事情。不过劳尔让人捉摸不透。”

戈尔勒雷的怒火又上来了，他恨恨地说：“克拉拉，这次你肯定要蹲大牢了。让人捉摸不透的劳尔？他再有本事也不可能把你从我手上救出去的。”

姑娘认真地看着他，慢慢地说：“探长先生，我现在必须告诉您实情，您不能再误会我了。我受不了您用‘克拉拉’称呼我，这让我感觉很不受尊重。我叫安托尼娜，根本不是您要抓的克拉拉。”

“我知道安托尼娜和克拉拉是同一个人。”

“探长先生，一直以来您就搞错了，我们不是同一个人，我是安托尼娜。”

“如果是这样的话，克拉拉是谁？根本没有克拉拉这个人是吧？”

“有克拉拉这个人，但是我不是她。”

戈尔勒雷听着她的辩解，觉得很有趣，因为他不相信这些：“您说这些都是没用的，您是出不去的。那好，我在火车站等候，然后跟踪到伏尔泰堤岸的是不是您？”

“不错，是的。”

“那天我在中二楼旁边看到的是不是您？”

“是我。”

“那么，在沃尔尼克城堡呢？我偶然间碰到的姑娘，是您吗？”

“是我。”

“现在坐在我面前的呢？”

“也是我。”

“结果应该很清楚了吧？”

“是的，很清楚了。我不是克拉拉，克拉拉不在这里。”

戈尔勒雷几乎被气炸了，双手揪着自己的头发，大声喊道：“这是什么逻辑，我还是不清楚。”

安托尼娜微笑着说：“探长先生，实际上不是您没有清楚，是您不愿意接受这个事实。这几天我一直保持沉默，我想了很多事情，不过现在我都想明白了。”

“想明白什么了？”

“我什么都不说也是在等他来救我，因为他总会在我最危险的时候出现。我刚从外省回来的那天，他救了我两次。在沃尔尼克城堡又救了我一次。”

“那么在蓝色娱乐城呢？不也是他救的您吗？”

她笑了，说：“这跟我就没关系了，那个人是克拉拉，是她用刀刺的高个子保尔。”

戈尔勒雷好像突然明白了似的，但是这些并不能确定都是真实情况，因为这位姑娘非常谨慎，不会把所有的事情都告诉他。

她表情严肃地说：“探长先生，刺杀高个子保尔的人的确不是我，高个子保尔大约在晚上6点钟被刺的，那时我正在双鸽旅馆和女老板聊天，她和戴尔勒蒙侯爵都可以为我作证。”

“不过戴尔勒蒙侯爵还没有回来。”

“他今天就回来了，当时我就是过去通知仆人们这个消息的，结果却被您抓来了。”

戈尔勒雷很无奈，一直向前走去，那是局长的办公室。他把刚才的情况跟局长汇报了一下，局长让他立刻给那个旅馆打电话。

他拿起电话，接通了双鸽旅馆，戈尔勒雷说：“您好，我是巴黎警察局的。请问前两天你们这儿住过一位叫安托尼娜·戈蒂埃的姑娘吗？”

“先生，她是在这儿住。”

“那她什么时候住进来的？”

“她是6月4日住进来的，那天是星期五。”

戈尔勒雷立刻对局长小声说：“不错，就是这个时间。”

他继续问旅馆老板：“她出来过吗？”

“她离开了5天，6月10号回来的。”

戈尔勒雷小声说：“就是蓝色娱乐城出事的那天。那我问您一下，她回来的那天晚上又出去了吗？”

“先生，那时她一直在旅馆。安托尼娜小姐很少单独一个人出去的，我们经常在一起聊天。不过在晚饭前也出去过几次。”

“那么，她现在在旅馆吗？”

“她前天出去了，可是到现在还没有回来。我也挺担心的，她也没有给我打电话。”

戈尔勒雷显得很疲惫，他挂了电话。

停了一会儿，局长说：“现在不能太冒失了，我觉得您应该亲自去一趟旅馆，把情况调查清楚，顺便搜查一下她的房间。我现在就把戴尔勒蒙侯爵叫过来了解一些情况。”

戈尔勒雷到了旅馆之后，搜查了安托尼娜的房间，可是没有发现任何可疑的情况。她的身份证上显示，她生在利齐厄，名字就叫安托尼娜。她的衣服非常朴素，行李箱上写着她的名字的首字母。戈尔勒雷嘟囔道：“真是不可思议。”

戈尔勒雷垂头丧气，他不知道下一步该怎么办。他一点食欲都没有，弗拉芒想安慰他几句，说：“老兄，我是支持您的，如果她真没有杀人，咱们也不会抓她，不是吗？”

“竟然问这种问题，你简直就是一个笨蛋。你觉得呢？是她杀的人吗？”

“我认为是她杀的。”

“在蓝色娱乐城跳舞的也是她吗？”

“就是她，没错。”

“但是她有证人啊。那天晚上她根本没有出门，怎么会在蓝色娱乐城跳舞呢？再说了，高个子保尔出事的那天晚上，她就在双鸽旅馆和老板聊天。”

“我也不清楚这到底是怎么回事，我只知道……。”

“知道什么？”

“知道这一切咱们还没分析明白。”

由于戈尔勒雷和弗拉芒长时间相信安托尼娜和克拉拉就是一个人，所以他们现在还不能尽快接受这个事实，也不能尽快想明白这些事情。

两点半的时候，侯爵来到了警察局，他坐在局长对面，两个人谈了起来。实际上戴尔勒蒙侯爵已经知道了，租给劳尔的中二楼出了事情，警察抓住了一位名叫克拉拉的姑娘，并且也把劳尔告上了法庭。这些都是在他从瑞士第罗尔回来后在法国报纸上看到的。

他对局长说："前些日子，我在火车站碰到了这位名叫安托尼娜·戈蒂埃的姑娘。她来这里是为了谋求一份工作，我就让她做了我的秘书，已经好几个星期了。她知道我什么时候回来，所以就提前通知了家里的仆人们。我也问过仆人们了，确实是这样的，我想你们应该搞错了。"

局长回答道："那好，不过我们还得对她进行审讯。"

"那您的意思是说，她还得继续待在这里吗？"

"只是一个询问而已，我们只是想了解一些情况。"

"不是都已经说清楚了吗？还要询问什么？"

"高个子保尔被刺的这个案子一直是由戈尔勒雷探长负责的，他说安托尼娜和克拉拉是同一个人。"

侯爵听后，大吃一惊。他生气地说："我现在要求你们立刻释放安托尼娜，并且向她道歉，你们这样做是在侮辱她的人格。她那么天真善良，被你们这样一折腾，以后还怎么生活？她会很痛苦的。你们的举动简直是太荒唐了，竟然能把安托尼娜当成克拉拉，你们真是太愚蠢了。"

局长听了这些话有些不快，戈尔勒雷看出来了，他站起来走到侯爵面前说："先生，对于这个案子的细节问题您了解多少？"

"我根本不清楚。"

"那您知道高个子保尔是谁吗？"

高个子保尔的真实身份侯爵应该还不知道，他想了一下，说："这个人我根本不认识。"

"那么金发美女克拉拉呢？您也不认识吗？"

"我不认识什么克拉拉，我认识安托尼娜。"

"那您说安托尼娜和克拉拉是同一个人吗？"

侯爵看上去很无奈，他沉默了。

"侯爵先生，我再问您一个问题。我知道您和安托尼娜·戈蒂埃小姐出去旅游了，在这期间她没有离开过您吗？"

“是的，我肯定她没有。”

“也就是说，那天您和安托尼娜·戈蒂埃都在沃尔尼克城堡，我还碰巧见到她了。”

戴尔勒蒙侯爵知道中了戈尔勒雷的计策，但是他已经没有回旋的余地了。

“您能告诉我，您为什么去那里吗?”

侯爵在犹豫，过了一会儿，他说：“那天城堡拍卖，我是房主，当然得去了。”

戈尔勒雷大声喊道：“不会吧？您就是城堡的主人?”

“不错，15 年前我买下了这座城堡。”

戈尔勒雷非常惊讶，继续问：“真的是您买下的吗？那么为什么您要秘密交易呢？一直隐瞒着大家。对了，您为什么要买下城堡呢?”

还没等侯爵说话，戈尔勒雷把局长拉到一旁小声说：“局长，那天在沃尔尼克城堡，除了金发美女克拉拉外，还有劳尔。这都是他们设计好的，引诱我们上当。”

“劳尔也在?”

“不错，我亲眼看到的。劳尔、戴尔勒蒙侯爵和克拉拉，他们当时都在那里，他们应该是一伙的，这样也好。”

“好什么啊?”

“15 年前的那桩谋杀案案发时，那时侯爵就在场。”

“怎么又扯到这里了?”

戈尔勒雷凑了过去，说：“局长，我又有了新的发现。我找了好长时间高个子保尔的居所，昨天终于找到了他在被刺之前住的旅馆。我把他的房间全部搜查了一遍，找到了两个小行李箱。里边装了很多文件，经过我一一查看，终于发现了两个重要的情况。第一，当年侯爵和伊丽莎白·奥尔纳是一对情人；第二，高个子保尔的真实姓名叫瓦勒泰科斯，伊丽莎白·奥尔纳是他的姑妈，而且他经常去侯爵家里。本来我想等这次审讯结束后再告诉您的。”

局长对这些事情非常感兴趣。他说："戈尔勒雷，您发现了吗？事情正在转变，我们不能和侯爵继续谈话了，应该想出一个新的对策。关于安托尼娜，我们就说她与此事无关，把她放了。然后我们就从整个案子来分析，看看侯爵与这个案子到底有什么关系。您觉得这样行吗？"

"局长，我也是这么想的。这样一来，他们以为我们承认自己犯错了，就没有了戒备之心。我们趁机去调查劳尔和侯爵。另外……"

"另外什么？"

"好像还有事情要跟您说，不过突然间忘了。"

戈尔勒雷告诉戴尔勒蒙侯爵："我们已经商量过了，现在安托尼娜就可以和您一起回家了，五六天后我会找您了解一些情况。"

侯爵跟着他来到了关押安托尼娜的小屋。安托尼娜看到侯爵的到来，既高兴又委屈，哭着扑进了侯爵的怀抱。戈尔勒雷看到这种情景，嘟囔道："又在演戏是吧？您还真能演。"

中午的时候，戈尔勒雷愤怒的情绪已经完全消失了，他的头脑恢复了清醒，考虑事情的时候思路也清晰多了。他理了理整件事情来龙去脉，然后又向局长作了汇报。

他的脑袋刚清醒一会儿，又发生了一件事情，使他又回到了原来迷糊的状态。他粗鲁地闯进了局长办公室，手里拿着一个绿色的本子，他翻着本子，手不停地哆嗦，突然停了下来，说："通过这几页的记录，我终于明白是怎么回事了，真是太不可思议了，怪不得我一直想不出来呢。"

他的声音颤颤的。局长劝他要冷静，他终于控制住了自己的情绪，平静地说："我跟您说过我还有事情要告诉您，可是当时我忘了，您还记得吗？这个本子也是我在高个子保尔——也就是瓦勒泰科斯的皮箱里发现的。当时我看的时候并没有发现什么异样，里边只是随便记录着一些地址和数字，也有些擦过的痕迹，看不清楚写的是什么。后来我就交给了属下，让他们帮我鉴别一下，结果却发现了重要的东西。您看一下，就这里。"

局长看到他们已经把那些不清楚的重新复述出来了：

> 劳尔应该就是亚森·罗平，住在奥特伊摩洛哥大街27号，院子后边有个车库，里边应该藏着重要的东西。切记要去确认这些是否属实。

戈尔勒雷非常激动，大声说："局长，所有的事情都水落石出了。这么多年来，就是劳尔一直在误导我们。他就是亚森·罗平，一直把我们当猴耍的亚森·罗平。谜底终于被揭开了。"

"您认为我们下一步应该怎么办？"

"我现在就立刻动身去逮捕他。他肯定知道安托尼娜已经被放出来了，我得在他溜走之前赶到。"

"您需要多少人手？"

"十个就够了。"

事情进展得这么快，局长也非常高兴："带20个吧！快去吧。"

戈尔勒雷一边往外跑一边回答道："您就在这儿等我的好消息吧。"

他和弗拉芒立刻跳上停在院子里的汽车，然后又叫上四名警察，立刻出发了。随后跟来了两辆车，里边分别坐着六个人。

这一次出动相当轰动，车上的警报器响了起来，军号、军鼓和喇叭也响了起来。劳尔就是亚森·罗平！这个消息，不一会就在警察局传遍了。

他们开车驶向摩洛哥大街，现在是下午4点钟，如果路上没有堵车的话，4点15之前就能赶到。

20. 奥特伊的决斗

克拉拉夜里来到奥特伊之后，一直都在睡觉，中午时她被饿醒了，吃了些东西继续睡了。现在已经4点了，她还没睡醒。劳尔把东西都收拾好了，一直坐在那儿等她醒来。

劳尔心里很急躁，高个子保尔并没有死，他手里有证据，而且安托尼娜也向警察坦白了一切，侯爵也应该去了警察局。这些都会使他不安。他怕发生什么意外的事情，所以才决定全部搬走的。但是克拉拉一直没醒，拖延了行程，他有些不耐烦了。

行李都放在汽车上，他吩咐仆人们先走，因为他不喜欢别人拖累他，他喜欢一个人迎接挑战。

4点10分的时候，他突然想到了奥尔嘉，他觉得相识一场，至少应该跟她道个别。也许她已经看了报纸，不知道她会不会想到报纸上的劳尔就是他呢，应该给她打个电话。

他拿起电话，拨通后问："您好，这里是特罗加代罗饭店吗？我找奥尔嘉，请您帮我转接一下。"

劳尔由于急着要走，出现疏忽了，他本应该先问问接电话的人是谁，可是他完全忘了。他脑子里只有要找奥尔嘉王后这一个想法，国王是否也在他根本没有考虑。他接到电话后总是一直说，不容别人插话。

"亲爱的奥尔嘉，是您吧？您是不是又要抱怨我呢？实际上我是一位有修养的人，只不过最近发生了很多事情，我忙得晕头转向……亲爱的，您说什么，我没听清楚。您温柔一点好吗？您的声音怎么这么粗呢？哦，亲爱的，我要去瑞典了，我想在那里好好玩上一段时间，我该走了……宝贝儿，您怎么不吭声呢？难道又生气了吗？"

突然劳尔吓得跳了起来。他确定自己没有听错，确实是一个男人的声音，他就是国王。从声音判断国王非常愤怒，他的卷舌音比奥尔嘉的还严重，他在电话那端大声说："你这个无耻的家伙，你怎么能这么做呢？真是无耻、下流。"

听到博罗斯蒂里国王的臭骂，劳尔出了一身冷汗，他挂上电话才发现克拉拉已经醒了。她肯定听到了他刚才说的话。她问道："奥尔嘉是谁？你找她干什么？"

他脑子里全部是刚才的事情，根本没有听清克拉拉问的是什么。他担心国王和奥尔嘉吵架，骂她贱妇。他安慰自己不要再想了，眼前的事情更重要。

克拉拉见他不说话，又问："奥尔嘉到底是谁？"

他回答道："我的表姐，一个很野蛮的女人。突然想到要离开了就给她打了个电话，你听到了，即使我在讨好她，也没有用，她就是粗鲁。你准备好了吗？"

"好了，我们走吧。"

"我们确实该走了，越快越好。"

她还在想那个电话的事情，劳尔对她说："我们得走了，再不走我们可能就会面临危险的。"

她说："你到底害怕什么？"

"没有害怕什么，只是有些担心。"

她看着他的眼神很认真，立刻起床准备出发。这时，库维尔拿着一张下午的报纸回来了，他有花园的钥匙，就直接上来了。劳尔迅速地看了一遍。他说："高个子保尔死不了，只是现在需要休息，不能回答警察们的问题。阿拉伯人什么都不说，不管警察想出什么办法都不说。一切都还算顺利。"

克拉拉问："怎么没有安托尼娜的消息呢？"

劳尔肯定地说："她已经放出来了。"

"报纸上说了，是吗？"

"不错，侯爵去了警察局一趟，警察们和他聊过就把安托尼娜放了。"

克拉拉相信了他的话。

库维尔准备走了。劳尔问他："你确定文件都带走了吗？不会留下令人怀疑的文件吧？"

"放心吧先生，都办妥了。"

"为了安全起见，你现在过去再检查一下，一会儿在汽车那儿见。对了，别忘了我们约定好的，每天在圣路易岛新中心碰头。

克拉拉已经准备好了，她戴上帽子，拽着劳尔的手。他问："你这是怎么了？"

"还是那个奥尔嘉，你必须向我保证以后不再见她。"

劳尔笑了起来，大声说："你怎么还惦记着刚才的事呢？"

"我……"

"我刚才不是已经跟你说过了，她是我的一位老婶婶，我以后还要继承她的财产呢，能不巴结她吗？"

"可是你刚才明明说的是表姐，怎么又变成婶婶了，你在撒谎对不对？"

"你知道吗，我舅舅的姐姐嫁给了她的继父，所以我就称呼她表姐了，关于婶婶嘛……"

她用手捂住了劳尔的嘴，笑着说："不要再编了亲爱的，我不想听了。实际上我只妒忌一个人。"

"你说的这个人是库维尔吗？我保证我们只是朋友关系，纯粹的朋友关系。"

她求他："你不要再说了，我说的是谁你心里很清楚。"

她说完，他就一把把她搂进怀里："你知道吗亲爱的，你妒忌她和你妒忌你自己是一样的，也可以说你不想让自己长这么美，你妒忌自己的美丽外表，是吗?”

“可以这么说，我妒忌那个具有一双纯真眼睛的外表，具有和我不同神态的外表。”

劳尔热情地吻她：“你的眼睛也很温柔。”

“可是我的眼睛流过很多泪。”

“你应该学会微笑，笑起来眼睛才会非常漂亮。放心吧，以后我会教你的。”

“安托尼娜被抓进警察局后，一直沉默，什么问题都不回答，你知道这是为什么吗?”克拉拉问。

“我不知道。”

“因为她怕哪句话说错了，给你带来麻烦。”

“为什么会这样?”

“你真的不知道吗？因为她爱你。”

他听了非常高兴，手舞足蹈：“安托尼娜真的爱我吗？你真的这么认为吗？那你说我拒绝她吗？啊，真是太高兴了，‘傻妞’、奥尔嘉、库维尔他们都很爱我，就连戈尔勒雷也爱我。”

他把克拉拉抱起来，准备下楼，这时候电话响了。他站在那里迟疑了一下。

劳尔接了电话，是库维尔打来的。他气喘吁吁地说：“戈尔勒雷来了，我还看到他的两个手下，他们砸坏了栅栏门。幸亏我跑得快，躲进了一家咖啡馆。”

劳尔愣住了，他把电话挂上，立刻把克拉拉扛在肩上，迅速冲向楼下，嘴里还嘟囔着：“戈尔勒雷，这个家伙。”

他走到客厅，听到咯咯的脚步声，这是有人走在花园里的鹅卵石上发出的。他透过不太清晰的玻璃看到几个人影正向这边走来。他把克拉拉放在地上，吩咐道：“你赶快躲到餐厅里去。”

她问：“躲车库里行吗?”

“不能去，他们肯定来了很多人，已经把整个小院包围了。幸好就过来三个，他们根本不是我的对手。”

他把门上的插销抽开，往后退了几步，等着他们走进来。

克拉拉小声问："劳尔，你害怕吗？"

"越是关键的时刻就越不能害怕，因为害怕的时候就会做出傻事，就像那次你在慌张中把刀刺向了高个子保尔一样。不过安托尼娜就不是这样，她肯定非常平静，因为她在牢房里一直不说话。"

他的语气变得很温和，说："现在即将上演一出好戏，你就等着看吧。不要害怕，像我一样，开开心心的。我好不容易把你找回来，会轻易让这个蠢货把你抓走吗？肯定不会的。"

戈尔勒雷一脚把门踹开了，手里拿着枪警惕地向前走着。

克拉拉躲在劳尔的后边，这样她觉得很有安全感。

戈尔勒雷大声喊道："赶快出来，把手举起来，不要等到我开枪。"

劳尔就在离他几步远处，听到他的喊叫，忍不住笑了，说："刚开始的时候您总是采取这种行动，真像一个消防队员，我不相信您敢向我劳尔开枪。"

戈尔勒雷认为自己马上就要胜利了，喊道："我当然敢了，敢向罗平开枪。"

"您怎么知道我的名字？"

"这么说您承认自己叫罗平了？"

"当然了，罗平那么厉害，我当然承认。"

"不想让我开枪的话，赶快举起手来。"戈尔勒雷又大声喊了一遍。

"克拉拉也在这儿，您也要打死她吗？"

"打死又怎样？不管她在与不在，我照样开枪。"

劳尔往旁边躲闪了一下："老兄，开枪吧，她就在这里。"

戈尔勒雷眼睛睁得大大的，克拉拉！侯爵刚把她领走，她怎么会在这儿呢？这可能吗？他想着想着，不由自主地放下了一只胳膊。如果这里真有个克拉拉，那就说明有两个一模一样的人。难道真的是两个不同的人吗？

劳尔看他半天没动静，故意挑衅说："想好了吗？您这个笨蛋，本来就是两个人，一个是外省姑娘，而另一个……"

"另一个是高个子保尔的情人是吗？"

劳尔呵斥他："无礼的家伙！哦，对了，您不就是那个男人见了都喜欢的傻妞的丈夫吗？"

这句话激怒了戈尔勒雷，他给手下做了一个手势，然后喊道："把这个家伙抓起来！劳尔，只要你敢动，我就一枪打死你。"

那两名警察听到命令直接冲了过去，劳尔一起身，朝他们两个人的肚子上各踹一脚，他们不禁后退了几步，差点坐到地上。劳尔高兴地喊道："这是我新发明的一种招数，叫做'双脚踢肚术'。"

戈尔勒雷愤怒地开了一枪，不过没有击中任何人。

劳尔哈哈大笑起来："真是蠢驴，是不是听说我的地址后，就疯狂地跑了过来？就像一头牛看到红布一样。真是可怜啊，您应该多带一些帮手，最少得 20 个。您小心点行吗？把我家的天花板都打破了。"

戈尔勒雷故意吓唬他，用手指向大街说道："听到街上的汽车声音了吧？我们来了一百多人，并且一会儿还会有更多。"

劳尔说："那真是太好了，我都等不及了。"

"那就来吧，您很快就会完蛋的。"

戈尔勒雷准备把他的帮手喊过来，可是刚才开着的门突然关上了，他用劲拽也没用。

劳尔对他说："没用的，门是用最结实的木料做的，并且是实心的，您不要枉费力气了。"

他小声告诉克拉拉："亲爱的，一定要抓紧我，一会儿我们一直往后跑。"

劳尔突然向后跳了一下就不见了，只有一道矮墙立在那里，这是以前拆房子时留下的。戈尔勒雷大声喊道："快毙了他！他要逃走了。"

他心里很明白，自己又错过了杀他的机会，只有另想办法了。

警察们都举起枪，准备朝他们射击。这时，劳尔摁了一个按钮，突然间从天花板上落下一个大铁门，挡在他和警察中间。

劳尔冷笑了一声，说：“这次戈尔勒雷的脖子要被砸断了。戈尔勒雷先生，再见了。”

他从柜子里拿出两个杯子，然后倒上水：“来，亲爱的，喝点吧。”

克拉拉满脸泪水，说：“咱们赶快逃走吧，行吗？”

“我亲爱的克拉拉，不要担心，有我在你不要怕。”

劳尔首先喝了下去，非得让她也喝了：“这是我早就设计好的，当这个大铁门从天花板上落下来的时候，电源就会断开，所有的小百叶窗自动关闭，整个屋子都黑乎乎的。你听到了吗？他们简直就是瓶子里的沙丁鱼，分不清方向到处乱撞。”

她仍处在极度紧张中，所以他说的再有趣，对她来说也没用。为了让她平静些，他吻了她的嘴唇，然后说：“亲爱的，只有那些勇敢的人才会获得自由，在面对危险的时候能够坦然自若。”

配菜房离他们只有几步远，他站起来走进配菜房隔壁的空房间，那里有一个大大的壁橱。他打开壁橱的一扇门，映入眼帘的竟然是通往地下室的楼梯。他拉着她的手往下走去。

劳尔认真地说：“这所房子有三个出口，一个是正门，一个是稍明显的暗门，也就是说，只要搜查一下就可以找到。第三个门是最严密的，再怎么搜查也发现不了。这帮警察都很愚蠢，我们从第二个门就可以顺利逃出去。你明白了吧？这是一所合格的房子必须具备的。告诉你吧，原来这所房子的主人是个银行家，后来他把房子卖给了我。戈尔勒雷的手下肯定包围了车库，我们就从地下逃出去。”

大概在阴冷的地下走了 3 分钟，眼前又出现了几级楼梯，上边是一间小房子，里边空荡荡的，什么都没有，窗户都是封闭的，不过透过玻璃可以看到一条热闹的大街。

门外停着一辆大汽车，里边堆满了行李箱和旅行用品。库维尔就坐在旁边，他已经在这儿等了一会儿了。上车后，劳尔对库维尔交代了一些事情，然后他们开车离开了。

过了一个小时，戈尔勒雷发现他们已经逃跑了，就给局长打了个电话，把这里的情况向他汇报了一下。他们商量后决定，当接受媒体采访时，决不能说劳尔就是罗平，如果有记者这样问了，他们就予以否认。

到了第二天，戈尔勒雷的怒火终于消了，并且信心满满，他迈着轻快的脚步走进警察局。他告诉大家，昨天释放的那个姑娘的确不是克拉拉，她是安托尼娜，昨晚就住在侯爵家里，刚才和侯爵坐车出去了。

到了第三天，戈尔勒雷又了解到了新情况：沃尔尼克城堡在15年前被戴尔勒蒙侯爵买下了，后来又卖给了一个外地人，但是过了不久，侯爵从这个外地人那里又把城堡买回来了。戈尔勒雷调查发现，这个外地人就是劳尔。他刚得到消息，戴尔勒蒙侯爵和安托尼娜已经到了沃尔尼克城堡。

戈尔勒雷向局长汇报过这些情况，他们又商量出了下一步的行动。

21. 劳尔分析案情

沃尔尼克城堡。

安托尼娜温和地说："对不起奥迪加先生，我知道您对我是认真的，可是我……"

"小姐，您能不能不要称呼我'奥迪加先生'？"

"那我称呼您什么？难道叫您的乳名不成？"她说着笑了起来。

"您如果真能那么称呼我的话，我真是太高兴了。这说明咱们的关系又近了一步，我将非常荣幸。"

"先生，我刚回来，待4天就回去了。我对您并不是很了解，所以我现在还不能答应您。"

"那么小姐，您觉得您需要多长时间来了解我呢？我很期待您的回复。"

"四年有点长，那就三年吧。三年还行吧？"

听完这话，他已经明白了，他将无法走进安托尼娜的心，她也不会答应他什么。他很难过，也许这会影响他以后的生活，可是又有什么办法呢？

奥迪加觉得自己该回去了，他向姑娘道别后，带着悲伤离开了。

安托尼娜一个人坐在那里很无聊，她朝花园走去。她戴着一顶遮阳帽，穿着一件新做的连衣裙，在花园里散步，然后又绕着废墟溜达了一圈。她哼着小曲轻快地走着，还不时弯下腰采一些野花。她看到侯爵坐在平台上的那条长凳上，她跑过去把花送给义父。他笑着说："你和这花儿一样漂亮，从你的表情里根本看不出前两天发生的不愉快的事情，事实上你并没有忘记，对吧？"

"义父，不要再提起这些了好吗？我已经忘了，不想再回忆起它了。"

"安托尼娜，你觉得自己开心吗？"

"义父，有您的陪伴我非常开心，我也很喜欢这里。"

"我们明天就要走了，这个城堡已经不是我们的了。"

"只要我们愿意，在这里待多长久都可以，城堡是您的。"

"你真的相信那个莫名其妙的家伙吗？"侯爵冷冷一笑说。

"我相信他，并且非常相信。"

"反正我不相信他。"

"不是的义父，您跟我说过您相信他的，不过您也跟我说过几次，您不相信他了。"

戴尔勒蒙侯爵双臂抱在胸前，说："马上就一个月了，前些日子发生了那么多事情，当初的约定他好像并没有那么确定，你认为他会来赴约吗？"

"我被关在警察局的时候，他托人给我带了张纸条，上边提到了7月3日的约会。"

"那不过是一个口头上的诺言而已。"

"我相信他，他说过的话他都会照做的。"

"那这个4点钟的约会他会来吗？"

"会的，他肯定会来的，距现在还有20分钟。"

戴尔勒蒙侯爵好像不赞同她的话，但是仍然满脸笑容，说："你是不是想让我跟你一样相信他呢？一个类似侦探的人，我能相信他吗？不过有时候很奇怪，你会不由自主地相信一个人，就像现在你相信他一样。他很喜欢打听我的事情，可是我却对他什么都不了解。他总是不把警察放在眼里，和他们对着干，我不可能随随便便相信这样一个人的。这几天你看报纸了吗？上边说劳尔是克拉拉的情人，有人猜测他是亚森·罗平，不过警察局出面回应了媒体，否认这个猜测。实际上这就是真相，由于警察局的无能，使得罗平一直逍遥法外，他们肯定想为自己找回点面子，所以就拒不承认。这次了解清楚了吧？他就是这样一个人。”

听完侯爵的话，安托尼娜思考了一会儿，说：“义父，如果一会儿他来了，我仍然相信他。”

“他很厉害，这个我不得不承认，但愿他不要失约。”

“义父，您应该也想见到他，对吗？因为您心里有很多疑问，只有他来了才能解决。不管他叫劳尔还是亚森·罗平，只要他信守诺言，对我们忠诚，我觉得这就够了。

她说完后脸蛋红扑扑的，眼睛里闪烁着期盼的目光，侯爵觉得很奇怪，问道：“我刚才说的话你不介意吧？不会生我的气吧？”

“怎么会呢……”

“没有就好，不过我跟你说清楚，如果这次劳尔没有来，你就把注意力转向奥迪加先生吧，对他态度好一点儿。”

只见安托尼娜脸色通红，她明白侯爵已经猜出了什么。她有点不知所措。

“义父，为什么非要这样呢？”她脸上露出僵硬的笑容。

马上就要4点了，附近教堂里传来了预备的钟声，侯爵站起来朝城堡走去，安托尼娜跟在后边。走到右边的角落时，他停了下来，因为从这里可以看到塔楼下边的那扇大铁门。他说：“有人在摁门铃。”

接着，他笑了笑，说：“《基度山恩仇记》你看过吗？里边的主人公也很厉害，他在世界各地认识了几位朋友，只要他到了朋友那里就会过去吃饭。他在几个月前答应一位朋友，今天中午会过去吃饭。朋友一直等到今天，可是快中午他还没来，朋友仍然相信，不管他在路上遇到多少麻烦事，他肯定会按时到达。朋友耐心地等着，12点的钟声敲响了，就在响声即将停下的时候，他到了。我们就好比书里的那位朋友，等待着他的到来。”

这时楼上的看门人听到了门铃声，下楼开门。

“他比书里的主人公强，提前到了。”戴尔勒蒙侯爵说。

大门被打开了。进来的人竟然是戈尔勒雷，他们有些吃惊。可惜不是期盼的那个人。

“义父，怎么是他？他来干什么呀？我看到他就害怕。”安托尼娜非常紧张，语速很慢。

“他为什么会来这儿呢？这个案子跟咱们都没有关系啊。”戴尔勒蒙也觉得很意外。

戈尔勒雷一进门就看见了侯爵，他和看门人说了几句话，就朝这边走来了。他这次并没有那么鲁莽，满脸笑容，手里拄了根木拐杖，但是拐杖头上有个圆铁器。这时，从教堂那边传来了钟声，已经4点了。

他看上去非常尊重侯爵，温和地说：“侯爵先生，我想单独和您聊一会儿，不知您是否有时间？”

戴尔勒蒙侯爵硬硬地说：“您想跟我聊什么？”

“当然是我们之间的事情了。”

“我该说的不是都说过了吗？你们竟然把我的义女当成罪犯关押起来，这使我很生气，我不想再和你们谈论什么。”

戈尔勒雷发现侯爵的语气很强硬，也改变了态度，说道：“在警察局的时候，我不是已经提前跟您打过招呼吗？我告诉过您我会过来调查情况的，我们之间还有很多事情要谈。”

戴尔勒蒙侯爵向离自己30米远的看门人喊道：“把大门锁上，把钥匙给我，不管有谁敲门都不用理睬。”

安托尼娜也向看门人招了招手，示意她赶快锁上门，把钥匙送过来。如果劳尔来了，戈尔勒雷就会把焦点转移到劳尔身上，也就不会和侯爵再争执了。但是看来他们并不想劳尔出现。

锁好门以后，看门人跑过来送钥匙。这时，戈尔勒雷一脸坏笑，说：“侯爵先生，您是不是在等一位客人？我知道肯定不是我。您不想让我碰见他，故意把大门锁上，我猜得对吗？可惜啊，已经晚了。”

戴尔勒蒙侯爵回答道："没你那么阴险，我只是不想让下一个客人跟你一样，没有经过我的允许就擅自闯进来。"

"您真的这么想吗？"

"跟我来吧，我们去办公室。说完话后请你赶快离开。"

他穿过院子来到房子跟前，戈尔勒雷和安托尼娜在后边跟着。但是当侯爵转弯时，突然看到一个人，他正坐在平台的那条长凳上抽烟，安托尼娜也看到了。他们立刻停下脚步，吃惊地站在那里。但是戈尔勒雷一脸平静，他也站在原地不动。

劳尔也看到了他们，他把烟扔在地上，高兴地站了起来，对侯爵说："先生，我跟您说过，当 4 点的钟声敲响最后一下时，咱们在长凳这儿见，您怎么忘了？"

他满脸笑容，穿着一套合身的浅色旅行服，让人看了心里很舒服。他走向安托尼娜，摘下帽子给她鞠了一躬："小姐，首先向您说声对不起。我一心想着要去弄清楚侯爵先生的财产，所以忽略了很多问题，那帮愚蠢的家伙没有弄清事实就把您抓走了。让您受了那么大的委屈，实在是抱歉。"

在劳尔眼里，戈尔勒雷好像根本不存在，戈尔勒雷也没有说话。他极力控制着自己的情绪，使自己处于平静状态。他站在那里一动不动，好像在等待什么。戴尔勒蒙侯爵和安托尼娜也一动不动地站在那里。他们就像剧院里的观众，静静地耐心等待着劳尔的演出。

劳尔看到这种情景很高兴，因为他喜欢这样，自己是高高在上的主角，其他人都围着他转，尤其在危险来临的时刻他更是这样，就连走路的姿势都那么高傲。他心里早就计划好了下一步的行动，当然速战速决最好。他把手背在身后，在他们面前走来走去。他一会儿满脸微笑，一会儿又很傲慢，一会儿又好像在思考什么，他的表情真是让人捉摸不透。

过了一会儿，他停在侯爵面前说："侯爵先生，本来这个问题我是想和您单独谈的，因为在我和您说话的时候，我不喜欢有外人在场。可是这次还真有一个狂妄自大的外人，他竟敢怀疑您，而且还想得寸进尺审问您。那好，我们就当着他的面说，让他听听我们谈论的光明磊落的事情。”

他说完后，刚才惊慌的安托尼娜差点笑出声来，她紧紧抿着嘴唇。劳尔在说话的时候，扭着屁股，上身摇摆着，不停地眨着眼睛，偶尔撅一下嘴，这些动作太滑稽了，严肃、紧张的气氛被他驱赶得无影无踪。他说的所有的话都是为了迷惑戈尔勒雷，只要有劳尔在，他们就会觉得很安全，很轻松。

他又接着说了起来：“金发美女克拉拉和安托尼娜·戈蒂埃是不是同一个人，她们最近都做了什么事情，高个子保尔都干了些什么，劳尔是不是罗平，这些话题今天咱们都不谈。今天咱们说的就是15年前发生在沃尔尼克城堡的谋杀案，也就是说伊丽莎白·奥尔纳的死因，还有侯爵遗产的追回问题。侯爵先生，您不要嫌我说得啰唆，我说这些对您是有好处的，这样那个外人就不会问您一些很不礼貌的问题了。”

侯爵厉声说道：“我也不会接受他的审问。”

“侯爵先生，您应该知道，关于伊丽莎白这件案子，警察们直到现在都没有发现任何线索，所以他们现在准备从您这里下手，调查清楚您当时与这个案子是否有关。不过他们并没有掌握任何证据，只是在摸索着前进。”

“但是这件惨案跟我一点关系都没有啊。”

“我相信您的话，但是那些警察们不相信，他们想知道，当年您为什么隐瞒您和伊丽莎白之间的恋情。后来您为什么买下城堡，为什么每年只在这里待一夜，附近的村民也证明了这一点。有人掌握的一些证据，他已经把您告上了法庭。”

侯爵听后既愤怒又吃惊，喊道：“谁告了我？这到底是怎么回事？我到底做错了什么？”

他把心中的怒火全部撒在了劳尔的身上，他愤愤地继续问劳尔：“快说呀，是谁告的我？”

“是瓦勒泰科斯。”

“原来是他这个恶棍。”

“他搜集到了一些不利于您的材料，可能他马上就会把这些材料交给警察。”

一直假装平静的戈尔勒雷仔细地听着劳尔的话，然后在心里计划着下一步的行动，安托尼娜则焦虑不安，戴尔勒蒙侯爵走到劳尔跟前，急切地说：“快告诉我他都告我什么？”

“他怀疑是您害死的伊丽莎白·奥尔纳，所以他找到了一些相关的材料，要把您告上法庭。”

侯爵听了他的话并没有紧张，反而很平静。大家都沉默了。侯爵说：“您能把细节的情况告诉我吗？”

这些都是高个子保尔跟他说的。他讲了起来：“15 年前，您在偶然间认识了一位牧羊人，他叫加西乌。您住在德卢威勒夫妇家里的时候，经常去看望他，不但给他买好吃的，还给他钱。这个人看起来又傻又笨，但是他有一项厉害的本领，就是用弹弓能够射死正在天空飞翔的猛禽。当时是您建议伊丽莎白站在废墟上唱歌的，也是在您的引领下，伊丽莎白才来到了废墟旁，这些都是您提前设计好的。这时，加西乌就从废墟后的墙上下手，用石头射死了伊丽莎白。”

侯爵大叫起来：“真是胡编乱造，我怎么会杀死我心爱的女人呢？总该有什么目的吧？”

“有的，她在唱歌之前把首饰交给您保管，您想独吞这些首饰。”

“难道您不知道吗？这些首饰都是假的。”

“这些首饰都是真的，是阿根廷一个大富豪送给伊丽莎白·奥尔纳的。可是大家都不知道，以为首饰是假的，您正利用了这一点。”

戴尔勒蒙侯爵听完这些话，非常激动，他再也控制不住自己的情绪了。他站起来，生气地说：“真是一派胡言，荒唐至极。她是我心爱的女人，我怎么可能忍心杀她呢？我是那么爱她。她被害以后，我为了纪念她，买下了这座城堡。想她的时候我就回来，到废墟那里为她祈福，难道这样也不行吗？我可能杀她吗？你们根本不动脑子想想，如果真的是我杀的，我会把城堡买下来吗？看到城堡就会想起自己杀害心爱的女人的情景，这是多么可怕的一件事。不经过大脑思考就把我告上法庭，真是愚蠢极了。”

他说完后，劳尔拍手叫好：“侯爵先生，您说的真是太好了，要是25天前您把这些事情告诉我，我就不用花费心思了。实际上当时听瓦勒泰科斯说完这些，我和您的反应是一样的，这怎么可能呢？我完全没有把这些当回事。憨笨的加西乌会射弹弓，竟然和这个惨案联系到了一起，真是太荒唐了。也可以说这是一种诽谤行为，怎么对付这种诽谤呢？只有一种办法，那就是说出真相。当您在法官面前说出真实的情况，那些诽谤将不攻自破。”

“可是我不知道事情的真相是什么。”

“我也不知道真相，只要您诚恳地说出每一件事的实情，并且清晰回答我的问题，真相就会马上摆在我们面前。被盗的首饰到底是真的还是假的？”

侯爵相信了他的话，肯定地说：“是真的。”

“这些首饰就是您外祖父留下的遗产，它们都是您的，对吗？您的外祖父当年在印度是个总督，他当时为您留下了一笔巨大的财富。为了便于保管，他把它们换成了价值不菲的首饰。首饰被盗后，您找到一家侦探公司，让他们帮您调查首饰的下落。是这样的吧？”

“是的，您说的完全属实。”

“为了逃避继承遗产要缴纳的高额税费，您的外祖父就偷偷地将这些宝石做成了项链。对吗？”

“应该是这样的。”侯爵回答道。

“您非常爱伊丽莎白·奥尔纳，所以您把这些首饰送给了她。是这样的吧？”

“是的。当时我太爱她了，她那么漂亮，戴上这些首饰会更美。”

“您告诉过她这些首饰都是真的吗？”

“是的，她知道是真的。”

“也就是说，那天在沃尔尼克城堡，她身上佩戴的首饰都是您的。对吗?”

“不是，那串珍珠项链我已经送给她了，也很贵重。所以它当时是她的。”

“当时是您亲手送给她的吗?”

“不是，我让一名珠宝商送过去的。”

“您知道吗? 瓦勒泰科斯已经搜集到了充足的材料，来证明这串珍珠项链属于他的姑妈伊丽莎白。这样的话，就有权继承这串项链。这份材料真是太有价值了，他真是比您有心机。”

劳尔停顿了一下，接着说:“所以他现在肯定很希望找到那串珍珠项链。现在的目标很明确，只要找到这串项链，案子就破了。我再问您，当时您是和伊丽莎白·奥尔纳一起走向废墟的，你们途径一个斜坡时，大家都看不到你们，是这样吗?”

“那是为了走向废墟更高处。”

“你们一直往前走，直到走到一条小路上，那条小路上长满了桃叶珊瑚。这时大家就能看到你们了，对吗?”

“就是这样的。”

“不过我听说，当时你们经过那个斜坡的时间比实际的时间长。也就是说，大家本来可以更早地看到你们。这是真的吗?”

“是真的，我们已经两周没见了，好不容易单独相处一会儿，就紧紧地抱在一起。”

“之后呢?”

“她告诉我要唱歌，说唱这些歌的时候尽量穿戴朴素一些，她准备把项链都取下来，让我先拿着，可是我没同意。她站在那里目送我往回走，我走到了小路的尽头，就要转弯了，她还站在那里。”

“当她站在废墟上时，身上的项链就不见了?”

“这个我不知道，我当时并没有注意，其他在场的人也不确认这一点。案发后有人发现项链没了。”

“但是瓦勒泰科斯有证据证明，伊丽莎白·奥尔纳在登上废墟的时候就没戴项链。”

侯爵疑惑地说："也就是说，这些首饰是在布满桃叶珊瑚的小路和平台之间被劫走的。"

一阵沉默之后，劳尔说："那些首饰没有被劫走。"

"怎么可能，那么他们杀害伊丽莎白·奥尔纳的目的是什么？"

"并没有人杀害伊丽莎白·奥尔纳。"

侯爵以为劳尔又在讲笑话了，从他笑眯眯的眼睛就可以看出来这一点。他沉不住气了，喊道："我明明看到了她的伤口，她肯定是被杀害的，在场的人也都这么认为。到底是谁下的毒手呢？"

劳尔伸出右手食指，然后把手臂举起来，说："是英仙座。"

"您这是在搞什么？到底什么意思？"

"您不是要知道是谁下的毒手吗？就是英仙座。难道您没看到我认真的表情吗？"

然后，劳尔对侯爵说："现在您陪我去一趟废墟。"

22. 神奇的死因

侯爵没有听明白劳尔的意思，他站在那里很激动，没有立刻出发。他问劳尔："我们能查明真相吗？这么多年来，我四处寻找线索，不知道受了多少罪，就是想尽快给伊丽莎白报仇。您告诉我，我们能够调查清楚吗？"

劳尔肯定地说："我已经清楚地知道了真相，不过还有些事情需要那些首饰来证明。"

安托尼娜好像明白了一些事情，她显得很高兴，于是拉着戴尔勒蒙侯爵的手。戈尔勒雷的表情很复杂，他脸部的肌肉紧绷着，下巴紧缩。劳尔的分析他不能接受，他不相信自己辛辛苦苦这么多年没有解决的问题，被最讨厌的家伙轻易地解决了。他不甘心，怀着担心和期待的心情等待着。

他们朝废墟走去，这条路是戴尔勒蒙侯爵当年领着伊瓦莎白走过的。15 年后，他又重新踏上了这条路，安托尼娜、劳尔和戈尔勒雷在后边跟着。

在他们几个人中，最平静、最兴奋的就是劳尔，他边走边观察安托尼娜，她有些自傲，简单大方，纯洁朴实，而克拉拉比她妖娆、妩媚。劳尔欣赏着她走路的姿态，觉得一切都是那么美。由于小路上长满了藤类植物，她怕绊倒，所以走得很慢，劳尔和她并排走着。他们没有说话，不过劳尔用余光瞄见，她的脸蛋绯红。

侯爵已经走到了花园尽头的石头台阶，顺着台阶登上平台后，走不远又是几级台阶，这是通往下一个平台的，他们登了上去。这级平台两边长满了桃叶珊瑚，周围还摆着几个花瓶，有的花瓶下边长满了苔藓，有的花瓶底座已经破裂。侯爵往左边走去，这样就可以走到废墟附近的台阶上了。

劳尔突然对他说："先等等，您当年和伊丽莎白就在这儿停了一会儿，是吗？"

"是的，就是这里。"

"给我说一下精确的位置。"

"就是这儿，我站的这个地方。"

"是不是从城堡那边看不到这里？"

"是的，看不到。原来这里是被一些灌木浓密的叶子挡住的，现在叶子都脱落了。"

"当您走到那条小路尽头准备转弯的时候，您确信伊丽莎白·奥尔纳就站在这里吗？"

"是的，她当时做了一个飞吻的动作，我对当时的情景仍然记忆犹新，我仿佛又回到了15年前，她那美丽妖娆的身姿，在绿色植物的衬托下更加美丽。我怎么会忘记呢？"

"当您下了台阶，来到花园时，您又回头看她了吗？"

"是的。"

"那您看到她了吗？"

"当时没有马上看到，不过她很快就出现了。"

"在正常情况下，您走到花园时她能走出林荫道吗？她是不是比正常情况迟了一点儿？"

"是这样的。"

劳尔听完侯爵的回答不禁笑了起来。

戴尔勒蒙侯爵问道："您笑什么？"

安托尼娜把头转向他，也问了一句："您笑什么呢？"

"我笑的是不管发生什么事情，人们总喜欢绞尽脑汁思考复杂问题，而不愿意试图接受简单的事实。您后来一直过来查看，您肯定不是来找项链的，对吧?”

“是的，项链已经被劫走了，我是想找罪犯留下的线索。”

“也许项链并没有被劫走，您考虑过这种情况吗?”

“没有，我从来没这样想过。”

“为什么人们总喜欢追逐别人的猜测呢？难道就不能从另外一个角度独立思考问题吗？戈尔勒雷和他的伙伴们也一样，只会人云亦云。”

“那我们应该思考什么?”

“从种种迹象来看，我觉得存在着一种可能，也就是说，伊丽莎白·奥尔纳当时确实不想戴着这些珠宝唱歌，侯爵又不愿意替她暂时保管，她就把这些首饰摘下来藏起来了。”

“我觉得这不可能。那天来了那么多人，难道她不怕被人捡走吗?”

“她当时很清楚，人们都在城堡周围等待她唱歌，肯定不会有人来这里的。这点您应该也清楚。”

“那她会把这么贵重的首饰放在哪儿呢?”

“肯定在这条路附近。当她唱完歌回来时，路过这里再取出来。”

“要是这样的话，惨案发生后，大家都跑了过去，这里是必经之路，为什么没有人看到呢?”

“也就是说，她藏在大家都看不到的地方了。”

“那您认为她会放在什么地方呢?”

“也许她把首饰藏在茂密的植物丛中，或者路旁的旧坛子里，只要她一伸手就可以够着。不过人们都太愚蠢了，竟然没有想到，那些珍贵的首饰只好长时间地封存在那里。”

“封存在那里是什么意思?”

“随着季节的变化，植物的叶子就会掉落，覆盖在首饰上边。就这样一年一年过去了，首饰上将会掩盖上厚厚的烂叶子，所以说它将会被永远地封存在那里。”

戴尔勒蒙侯爵和安托尼娜静静地站在那里，他们都觉得劳尔说的确实有道理。

戴尔勒蒙侯爵问道:“您确定这是真实情况吗?”

“是的,这就是事情的真相。您也认为这种解释很合理,对吗?”

侯爵没有吭声,他的脸色很难看,好像还有什么疑问。过了一会儿,他站在当年伊丽莎白·奥尔纳站的位置上,然后把手伸向路旁离他最近的一个坛子底部,里边有很多腐烂的树叶,都结成了硬硬的块,他用力在里边摸索着,突然,他惊呆了,哆哆嗦嗦地说:“我摸到了,确实在里边,是项链,还有宝石雕刻的纹路,我都摸到了。天哪,真是太不可思议了。我又想起了她当年戴着这些首饰的模样,是那么漂亮和高贵。”

他太激动了,手不停地抖动,慢慢地把五件首饰都拿出来了,有红宝石的、蓝宝石的,还有绿宝石的。毕竟是名贵的宝石,经过这么多年的掩埋仍然是光鲜照人。这时,他嘟囔道:“本来是六条的,怎么少了一条。我送给她的那串珍珠项链不见了,对,就是少了那条项链。怎么会单单少了那一条呢?难道在她藏这些首饰之前,那条珍珠项链就已经不见了吗?”

没有人说话,劳尔和戈尔勒雷四目对视了一下。戈尔勒雷觉得劳尔在演戏,他发现了这些首饰,提前把那条珍珠项链拿走了。

劳尔好像看出了他的心思,对着他微笑着摇了摇头,好像告诉他:“老兄,您真聪明,确实是我提前拿走的。我好不容易查出来了,总该有点回报吧?”

安托尼娜帮侯爵整理那些首饰,然后把它们包了起来。她是那么纯真,根本不会猜疑劳尔。

这时,戴尔勒蒙侯爵把劳尔叫到一旁。他急切地问:“快告诉我伊丽莎白到底是怎么死的?是谁杀的她?宝石都在,凶手到底是为了什么呢?我一想起当年的事情,心里就很难过。不瞒您说,到现在我还陷在痛苦中没有走出来。我很想知道真相。”

劳尔很清楚伊丽莎白是怎么死的,只是他还没有说出来。在侯爵眼里,劳尔非常厉害,好像什么都知道似的。他不停地追问劳尔。

他们来到了废墟前，又登上了当年伊丽莎白站过的那个小丘。这时，整个城堡、钟楼和花园都尽收眼底。安托尼娜就站在劳尔身旁，她小声告诉他：“谢谢您，您帮了我义父，我很高兴。不过……我很害怕。”

“怎么了？您怕什么呢？”

“我怕戈尔勒雷，我觉得您还是尽快离开的好。”

“听您这么说我很高兴，我知道您关心我。不过他肯定想从我这儿得到更多的消息，所以在我没有说完之前，他不会轻举妄动的。”

听了这些话，安托尼娜没那么担心了。

劳尔又开始讲了起来：“侯爵先生，刚开始的时候我就在想，这个惨案会不会没有凶手？为了证实这种可能性，我做了很多努力。我推翻了大家所有的猜测。当时四十多个人在场，有谁敢当着这么多人的面行凶呢？就像瓦勒泰科斯说的，有人用石头子射死伊丽莎白，如果真是这样，肯定会有人发现他的动作。开枪更不可能了，每一个人都会听到枪声的。所以我认为，没有凶手这种推测应该是正确的，所以我就着手调查。”

侯爵问：“查出来了吗？是怎么回事？”

“是偶然的意外伤亡。偶然事件是存在的，我们不得不接受这个事实。前不久就发生了一件奇怪的事情。有一个非常高的塔，而且没有阶梯。塔顶放着一份文件，文件的主人只有拿到它才能拥有显赫的地位和巨大的财产，可是根本没有办法爬上塔顶。有一天，一个大气球从塔的上空飞过，里边的乘客为了减轻气球的负担，就将一条长长的绳子扔了出去，结果这条绳子正好横跨在塔上。早晨起来，这个人忽然发现，塔的两端垂下了两根长长的绳子，他立刻派人借助绳子攀登上去取文件。真是一个奇迹，谁会想到有这么巧的事情呢？”

“所以？”

“所以只是一个巧合而已，只不过这种死因太少见了。有一件事情启发了我。瓦勒泰科斯告诉过我，伊丽莎白是被加西乌射出的石子击中而死的，显然这是不成立的，当时加西乌根本不在这里。不过伊丽莎白·奥尔纳确实是被石头击中而死，这就是事情的真相。”

侯爵不相信，嘲讽地说：“那您的意思是说这块石头是从天上掉来的？这可能吗？”

“就是这样，您还真说对了。”

“真是莫名其妙，什么人会从天上往下扔石头？”

“侯爵先生，不是人扔的石头，是英仙座。这个我刚才已经说过了。”

“求您不要再说这些幼稚的话了，好吗？”侯爵无奈地说。

劳尔肯定地说：“这话幼稚吗？我不是在这里胡言乱语，我是认真的，这就是事实。难道您不知道吗？每天都会有流星、陨石或者行星的碎片落到地球上，它们燃烧着以极快的速度落下。地球上这样的石头很多，人们可以随便捡起一块。不幸的伊丽莎白就是被其中的一块击中了。所以人的死亡是无法预料的，有时候真的让人无法相信。但是……”

劳尔停了一下，继续说：“但是这种情况确实存在。在某些地方，这种石头会更加疯狂，它们落下的时候就像下雨一样。你们听说过‘八月流星雨’吗？在8月份的9日到14日，英仙座上的石头就会频繁地落下，并且每次都会有很多。”

还没等侯爵反应，劳尔又接着说：“我有个手下对我很忠诚，也很能干。四天前的夜里，他跳过墙上的那个缺口来到废墟堆，天刚刚亮他就开始寻找起来。我实际上是昨天早上来的，直到今天见到你们。”

“那他找到什么了吗？”

“他找到了。”

劳尔亮出了手里的石头，它只有核桃那么大，非常圆，表面凹凸不平，上面涂着一层黑色的东西，看上去很亮。它原本是有棱角的，在落到地球之前，它在大气层中高速穿越，结果棱角都熔化掉了。

他们看过之后，劳尔继续说："侦探们当年也曾来过这里，可是他们一直搜寻的是弹壳或者其他凶器，有谁注意地上这个小石头呢？这就是凶器，我认为通过它就可以说明一切。那天是 8 月 10 日，正好是流星频繁下落的日子。我想到了这个时间，和八月流星雨结合到了一起。"

"这些都不是我凭空设想出来的，我已经做过了进一步的证实。前几天，我把这块黑石头送到了维希的著名的化学家和生物学家那里。他们研究发现，石头表面有一种含有碳的物质，这种含碳物的成分是人体组织，也就是说，这块石头表面存在着人的肌肤或者细胞的残留物。当人体的肌肤接触这个带着火的石头时，肌肤或者细胞就会被碳化，之后会紧紧地粘在石头表面，不管经历多少岁月，都不会掉落或者发生质变。化学家们已经取下了一些进行研究，这将是一个科学的证据。到时这种东西会送到侯爵手里，如果戈尔勒雷先生也想要的话，也可以送给他一份。"

劳尔转过身看了看戈尔勒雷，继续说道："这个案子在 15 年前就已经被法院了结了，所以法院不可能再重新审理这个案子。戈尔勒雷先生看到了瓦勒泰科斯骗人的证据后，推断出了这个案子和戴尔勒蒙侯爵有关，很有可能就是侯爵干的，可是他并没有充足的证据，所以他只好把这种猜测埋在心里，不断地来打扰侯爵，以便从中查出有用的线索。我说得对吗？"

劳尔站在戈尔勒雷面前，说："老兄，您对我说的这些有什么疑问吗？您之前怀疑的凶手为了首饰杀害了伊丽莎白，可是这两种情况都被我推翻了，难道您就没有想说的吗？您应该比我聪明啊，可是您一直绕在里边，却不知从另一个角度思考问题。而想法单纯、为人和善的我发现了这块黑石头，并且找到了贵重的首饰，还给了主人。我该兴致勃勃地离开了。老兄，别忘了回去把刚才的事情讲给'傻妞'听，我相信她会很感兴趣的，也许她会更喜欢我。"

这时，戈尔勒雷温和地拍了拍劳尔的肩膀。劳尔有些吃惊，喊道："您想干什么？难道又想抓我吗？您应该好好想想，我帮了您多大的忙啊，您竟敢抓我？我就是一个盗窃犯，您有胆量抓吗？”

戈尔勒雷一脸的傲慢，不管劳尔怎么鄙视他，他都不在乎。他突然从口袋里掏出一个哨子，然后吹了几声，声音在附近回荡。劳尔听出来了这是集合的哨声，他有些吃惊，说：“戈尔勒雷先生，看来这次您是来真的了？”

探长冷冷一笑，说：“您应该没想到吧？”

“这有什么关系，不就是一场决斗吗？”

“不错，就是一场决斗。不过这次我布置周密，您肯定跑不了了。昨天我就在这周围巡视，今天早上我发现您已经到了。我的人已经把这里包围起来了，墙的周围、通往废墟的两条路，还有城堡。您知道这次来了多少警察吗？整个区的警察局局长、宪兵、巴黎的警察，他们都在这里。”

这时，有人摁门铃。

戈尔勒雷高声喊道：“这次您完蛋了，等他们进来，我就下命令，如果您敢跑，子弹就像雨点一样打在您身上，您就死定了。”

侯爵走了过来，说：“戈尔勒雷探长，这个人是我约来的，他帮我找到了珠宝，解决了疑问，我是不会允许你们的人进来对付他的。钥匙在我这儿，他们根本进不来。”

“侯爵先生，您觉得我有那么愚蠢吗？我们可以把门卸了。”

劳尔冷冷一笑说：“用斧头或者锤子吗？戈尔勒雷先生，恐怕到天黑你们都砸不开，我足可以趁这个机会逃跑的。”

戈尔勒雷大声吼道：“我们用炸药把门炸开。”

“你们带炸药了吗？”

还没等戈尔勒雷回答，劳尔一把把他拽到一旁，说：“您为什么总是和我过不去呢？我帮了您那么大的忙，您却报复我，难道您就不能把我视为您的伙伴吗？非得对付我的话，您希望给我点面子，不要让我在这个姑娘面前出丑。还有，这个具有历史意义的城堡，您最好不要把大门卸掉。”

戈尔勒雷看了他一眼，说：“您是不是在讽刺我？”

劳尔生气地说："没有，绝对没有，我只是在提醒您决斗的后果。"

"后果我已经考虑得很清楚了。"

"可是忽略了一个。"

"什么？"

"如果您非要这么做的话，我会在两个月后带着'傻妞'出去旅游半个月。"

戈尔勒雷非常愤怒，厉声说道："你等不到那一天了，今天我就扒了你的皮。"

劳尔笑了起来，说："好啊。"

接着，他走向戴尔勒蒙侯爵，说："侯爵先生，我不想看着他们破坏这座历史性的建筑，请您命令仆人们把所有的门都打开。您不用担心，我已经想好了解决的办法。这是一个和平办法，不会有人伤亡。"

戴尔勒蒙侯爵非常相信劳尔，正好现在他也很为难。于是，他准备去把大门打开。他问："安托尼娜，你跟我一起过去吗？"

这时，戈尔勒雷对劳尔说："劳尔，您要跟我们一块儿过去。"

"我不去，我就站在这里。"

"我知道您想趁我们去开门，从这里偷偷地溜走。"

"戈尔勒雷，您提醒了我，我怎么就没想呢？"

"我还是怕您溜走，我也不去了，我看着您。"

"难道您不害怕我又把您绑起来，然后用破布塞上嘴巴？还是您自己决定吧？"

戈尔勒雷很犹豫，他想：这里已经被我们的人包围了，他不可能逃出去的。于是紧跑几步追上了戴尔勒蒙侯爵。

安托尼娜脸色苍白，并且看上去很紧张。本来她是想和侯爵一起去的，可是她觉得自己一点儿力气都没有，就留了下来。

劳尔看她的脸色很难看，温和地问："小姐，您是不是身体不舒服？"

她关切地说："这里应该有可以藏身的地方，您赶快去躲起来吧。"

"我干吗要躲呢？"

"他们来了那么多人，不是要抓您吗？"

"我这就走了，他们不可能抓到我的。"

"但是四周都是警察，您走不了的。"

"我不是因为这个才走不了的。"

"他们可能会枪毙您的。"她差点流出眼泪。

"您不要为我难过，我曾经欺负过您，是不值得您这么担心的。实际上我有好多话要对您说，可是这次我们相处的时间只有几分钟，等有机会再跟您说吧。"

劳尔有些冲动，不过他控制住了自己的情绪，没有强行拥抱她。劳尔把她带到一个隐蔽的地方，实际他们并没有走很远。这里就像一个小房间，有 10 米宽。它处在一堆废墟和一面厚厚的墙壁中间，是以前老城堡的主塔没有拆干净遗留下来的。它的侧面是悬崖峭壁，下边是湍急的河流。它还有一个大窗户，透过窗户可以看到一望无际的平原。

安托尼娜对他说："这件事情来得太突然了，我根本没有想到，刚开始很害怕，不过现在好多了。我知道您这么做的目的，就是不想让他们破坏城堡，对吗？"

"我是这么想的。"

"我想问您一件事情，这件事可能只有您自己知道，您说侯爵是我的生父吗？"

"不错，他是您的父亲。我看了您母亲写给他的那封信，上边说了。"

"实际上我心里早就明白，可是和他在一起的时候我仍然放不开，因为我没有证据证明他确实是我的父亲。这下好了，我就会跟他坦诚相处，这样我就会很快乐。那克拉拉是不是他的女儿呢？"

"不错，你们是姐妹，只不过不是一个母亲。"

“我回头把这件事告诉他。”

“他应该想到了。”

“我觉得他不知道这件事情。总有一天我们姐妹会团聚的，希望她尽快给我写封信。父亲那么爱我，肯定也会爱克拉拉。”

她说着说着，脸上又浮现了微笑，那么纯真，那么善良。劳尔盯着她的嘴唇，紧张地站在那里。安托尼娜又问他：“您爱克拉拉对吗?”

他看着她，眼神很真诚，小声说：“自从那个外省的小姑娘站在我的面前，我就爱上了她。她的单纯、她的微笑使我无法忘记。可是我以为安托尼娜和克拉拉是一个人，所以当我见到克拉拉时，却找不到那份纯真，我一直想从她身上找到初次见到你的影子，后来我就爱上她了。不能否认，她身上也有吸引我的地方。当我知道第一次见到的安托尼娜不是克拉拉时，多少有些遗憾。我最初爱的是您，这种感觉是无法忘记的，您不能阻止我爱您。”

她的脸蛋很红，说：“天哪，您不应该对我说这些的。”

“我知道，不过我们可能以后再也见不着了。偶然间我迷恋上了您，接触之后我爱上了您。可是糊里糊涂的，我又爱上了克拉拉，实际上我爱的还是您，因为我想从她身上找到您的影子。您爱我吗?”

她心跳加速，紧张地说：“求您赶快离开这儿吧。”

他走向矮墙，她浑身颤抖，大声喊道：“不，您不能从这里走。”

“可是其他的出口都被包围了。”

“我求您了，不能从这里走。真是太可怕了，我不让您从这儿走。”

在这个危险的时刻，她对他的爱完全表达了出来，可能连她自己都不确定她已经爱上了面前这个男人。她不愿看着他去冒险，她为他担心。

他们听到了戈尔勒雷和他的伙伴们的说话声，声音越来越近。

她哭着恳求道：“我害怕，您不能从这儿走……如果他们把您抓走，我会救您的。”

这时，劳尔已经把一条腿跨到了矮墙的另一边。

“不要害怕，安托尼娜，以前有人从这里出去过。我已经研究过了，这对我来说不算什么，我向您保证我会安全出去的，放心吧。”

他说话时那么自信，那么有力量，这种力量使她无法抗拒。

“笑一个，安托尼娜。”

她脸上挤出了苦涩的笑容。

劳尔说：“安托尼娜，放心吧，有您的笑容，我会很安全的。振作起来，这样才能很好地掩护我。来，把手伸过来。”

她把手伸过去，当他俯身准备亲吻她的时候，她立刻把手缩了回来。她好像在犹豫什么。几秒钟后，她把身体倾向他，微闭着眼睛，亲吻了他的嘴唇。

当她的双唇伸向劳尔的时候，她是那么单纯那么可爱。他们的嘴唇碰到了一起，劳尔感觉到了她的呼吸。她以怎样的情感去吻他的呢？可能她自己都不清楚。但是劳尔感觉到了，她的感情里边包含了一种兄妹之间的爱情。

她很激动，也很紧张，不禁向后退了几步，慢慢地说：“我不害怕了，您赶快走吧，我不会忘记这一刻的。”

她没有勇气看攀爬在悬崖峭壁上的劳尔。她转过身，立刻向废墟走去。戈尔勒雷的声音越来越近了。她相信劳尔可以安全脱身，她站在废墟上，尽量使自己平静下来，等待劳尔给她发来的安全信号。

有些人在土台下边的树丛中搜寻着。

“安托尼娜，安托尼娜……”侯爵在大声喊她。

刚刚过了几分钟，她的心又揪了起来。这时，悬崖深处的河谷里传来了警报器的声音，接着又传来了发动汽车的声音。这是劳尔给她传递的信号。

她眼里含着泪水，自言自语：“我们还会再见吗？永别了。”

在离城堡 20 公里处，有一家小旅馆。克拉拉正坐在一个房间里焦急地等待着劳尔。劳尔终于到了，她跑过去扑进劳尔的怀抱，迫切地问："你见到安托尼娜了吗？"

他笑着说："你应该先关心一下我，问我碰到戈尔勒雷没有。他们将我包围起来，我逃脱了。虽然有些艰辛，但是我对我自己的表现很满意。"

"快给我讲讲安托尼娜，她最近怎么样？"

"我把15年前的事情都给他们分析清楚了，还帮侯爵找回来了首饰。"

"我问的是安托尼娜，你见到她了吗？"

"安托尼娜·戈蒂埃是吧？哦，我碰巧看到她了。"

"你和她说话了吗？"

"我没找她说话，是她主动跟我说话的。"

"她都跟你说了些什么？"

"她问我你是不是她的姐姐，反正一直说的就是你，还说总有一天会见到你的。"

"我们长得像吗？"

"很像。我们只是简单地聊了几句，回头我把这一切都给你讲一遍。"

他们开车去西班牙。在路上，她又止不住地问："你说，是我长得好看，还是她长得好看？她身上是不是有种外省姑娘的美？"

戈尔勒雷调过去那么多人，将整个城堡包围了起来，可是劳尔还是逃跑了，想想逃离时的过程，他觉得很开心。这次他没有预料到戈尔勒雷的计谋，只是临时决定从悬崖逃跑。他觉得很刺激，也很兴奋。还有那个甜甜的吻，他怎么会忘记呢？克拉拉提出的问题，他有时会很认真地回答，有时却随便应付。

他心里不断地喊道："安托尼娜，安托尼娜。"

瓦勒泰科斯康复了，他决定把自己的猜测和掌握的情况公之于众，可是后来他却没有那么做。戈尔勒雷已经调查清楚了，瓦勒泰科斯就是高个子保尔，他就是在逃的抢劫犯。得知警察调查清楚这一切后，他上吊自杀了。

阿拉伯人没有去领劳尔曾经给他寄出去的钱，因为他是高个子保尔的同伙儿，所以也被判了刑，有一次他试图逃跑，被警察当场击毙了。

三个月后，戈尔勒雷的太太‘傻妞’不见了，15 天后她又回来了。戈尔勒雷问她这么多天去哪儿了，她就是不肯回答。她对戈尔勒雷说：“不用再问了，我是不会说的。你就告诉我你还要我吗?”

不知道怎么回事，她这次回来后两只眼睛特别有神，并且浑身富有朝气，真是魅力无穷。戈尔勒雷向她保证不再问了，并请求她的原谅。他被她的美丽迷住了，他迫不及待地张开双臂扑了过去。

最后是一件喜事。奥尔嘉王后 10 年都没有怀孕，国王以为他们这辈子不可能有孩子了，可是在他们离开巴黎的第六个月时，奥尔嘉王后生了一个孩子，他将是博罗斯蒂里的多瑙河王国的继承人。这是一个举国同庆的好消息，因为王室后继有人了。国王站在阳台上宣布这个好消息，王后的脸上也绽放着灿烂的笑容。